搜妖記
中國古代妖怪事件簿
白龍 著

事有難言聊志怪
人非吾與更搜神

目錄

卷一

有狐

卷二

說龍

目錄

卷三

天神地祇

目錄

卷四

有人就有鬼

卷五

萬物皆可成怪

目錄

附錄

卷一

有狐

狐狸們狡黠聰敏，
擁有可愛又迷人的外表，
有千百種面貌的它們愛恨分明，至情至性；
可以說，有多少種人間事就有多少種狐事。

人類歷史上對狐妖的第一次採訪

為了方便敘述，故事裡凡是沒有名字的主人翁，本書大都用張子虛或李烏有代稱，取一個「子虛烏有」之意。

首先聲明，我不是狐狸，也沒有認識的狐狸朋友，所以只能透過古代這些光怪陸離的志怪故事以及想像，拼湊出一個狐狸精的世界。

狐狸這種動物，名字裡既有「狐」又有「狸」。在古代，若「狐」、「狸」二字合併出現在書中，並不特指現代的狐狸，就好比豺狼虎豹泛指四大猛獸一樣，它指的是狐、貉子、黃鼠狼、狸貓等晝伏夜出的小型獸類。

在志怪小說中，「狐狸」二字一般是分開的，狐是狐，狸是狸，它們分別指兩種不同的動物，但傾向於指狐。

翻譯時，部分現代學者認為「狸」應當成狸貓、黃鼠狼之類的動物來翻譯，也有部分學者認為此處的「狸」指的也是狐狸，也就是說，只要出現在志怪故事裡，不管是「狐」還是「狸」，翻譯出來都是「狐狸」。

筆者認為還是實事求是，不少志怪故事裡面的「狸」指的就是狸貓，如《宣室志》中李甲一篇：

> 寶應中，有李氏子亡其名，家於洛陽。其世以不好殺，故家未嘗畜狸，所以宥鼠之死也。

這裡的「狸」特指貓咪。

為了方便講述，以下故事中的「狐」統稱為狐狸。

狐狸這種動物成精之後，有各種稱呼，可以稱它為狐妖，可以稱它為狐仙，更可以稱它為狐神，但不管什麼名稱，總歸是一隻狐狸精。

在東漢許慎的《說文解字》中，它被解釋為：

> 狐，祅[1]獸也，鬼所乘之。有三德：其色中和，小前大後，死則丘首。

短短一句話，將獨屬於狐的「妖異」與「人之德」的特性展現得淋漓盡致。

《山海經》有言：

> 又東三百里，曰青丘之山，其陽多玉，其陰多青雘。有獸焉，其狀如狐而九尾，其音如嬰兒，能食人，食者不蠱[2]。

東晉郭璞在《山海經校注》裡對九尾狐表達了高度的讚揚：

> 有青丘之國，有狐九尾，太平則出而爲瑞也。

在狐的身上，妖性與德性，祥瑞的象徵與食人的恐怖特徵並存，人對狐的定義從它誕生之初就存在

1 編按：「祅」的異體字，通「妖」。（全書註解未特別標明編按者，為作者原注）。
2 編按：意指吃了狐狸的肉可以不受邪氣的侵犯。

著矛盾。

而這種矛盾的特質，註定了狐在中國傳統文學上擁有不可替代和不可撼動的地位，這也解釋了為什麼狐幾乎佔據了志怪故事的半壁江山。

漢朝時期是狐文化發展的萌芽期，最有名的故事當屬東漢《吳越春秋》裡記載的一則故事。故事的大意為大禹遇九尾狐，心中有所悟，於是停下打拚事業的腳步，娶了塗山女。

關於塗山這個地方，後人的解釋不同。有人認為是大禹看到九尾狐之後，娶了當地部落塗山氏一位名叫女嬌的女孩；也有人認為大禹娶的是九尾狐，所以之後狐族會稱自己為「塗山氏之苗裔」。

到了魏晉南北朝，隨著《搜神記》這部巨著的崛起，狐正式開始以一種妖裡妖氣的形象活躍在歷史的舞臺上。

唐朝是狐妖文化發展的第一個高峰期，這時候的狐妖，「德」和「祥瑞」的一面不斷被壓縮，直至消失，狐「妖性」的一面被不斷擴大。這時候的狐已經開始跟人混雜而居了。

經過宋、元、明三個朝代的低速發展，清朝時狐文化達到了發展的最高峰。

《聊齋志異》將狐文化推到了一個前所未有的高度，賦予了狐狸幾乎所有獨屬於人類的美好特質。清朝後期的《子不語》、《閱微草堂筆記》、《耳食錄》等志怪筆記，更是將狐妖文學發揚光大，寫出了風格迥異、千姿百態的狐。至此，狐文化盛極。

歷代以來，說狐的故事很多，但能夠最完備地賦予狐狸「類人品行」的著作，當屬蒲松齡的《聊齋志異》與紀曉嵐的《閱微草堂筆記》，而能夠專門論述自古到今大部分關於狐狸成精問題的是《閱微草堂筆記》中的〈狐言〉一篇。

紀曉嵐曾負責編纂《四庫全書》，稱得上博覽群書。對於狐妖這種精怪，他確實是費了一番工夫專門研究過的，他總結道：

人物異類，狐則在人物之間；幽明異路，狐則在幽明之間；仙妖殊途，狐則在仙妖之間。

狐真是天地之間的異數啊。

因為狐的特性，人遇到狐精，說是怪事也行，說是常事也可以。在夏、商、周三代之前，關於狐的具體事蹟已經難以考據，但《史記．陳涉世家》曾記載過陳勝、吳廣等人點燃篝火，做狐狸鳴叫：「大楚興，陳勝王！」

之所以會出現人假借狐神之口作怪這種事，說明在那個朝代，已經有狐狸成精的故事存在了。

那麼，第一個化為人形的狐狸是哪一隻呢？

漢朝吳均的《西京雜記》中曾記載過一個故事：

廣川王挖掘欒書的墳墓，沒想到挖出了狐狸。眾人對奔逃的狐狸圍追堵截，狐狸避無可避，被人打傷了左腳才一瘸一拐地逃掉。等到晚上，廣川王夢到有個瘸腿老頭來找他算帳，老頭質問他「你為什麼要把我的左腿打斷？」。說罷，老頭用拐杖打了一下廣川王的左腳。等廣川王醒來，他的左腳果然受傷了，到他死都沒有好起來。

這是歷史上第一篇關於狐狸幻化成人形的故事。不過，這時候的狐狸以人形示人，只能出現在人的夢中，還沒有出現在現實世界中。

魏晉南北朝時，狐化為人形出現在人類日常生活中的故事就多了起來，這種情況的發生，可能與當時道教的發展壯大有一定的關係。

唐高宗時期，老子被尊為太上玄元皇帝，道教迎來了發展的第二個高峰期，與此同時，狐文化也進入了繁盛期。

據張鷟的《朝野僉載》考據，自唐初以來，百姓們大多拜祭狐神。當時甚至流傳著一句諺語：「無狐魅，不成村。」唐朝的狐崇拜發展到了第一個高峰期。而作為中國第一部文言紀實小說總集，宋朝的《太平廣記》匯總了自漢朝到宋初的大部分有關奇聞異事的野史小說及雜聞，裡面收錄的關於「狐」的故事有十二卷，而唐朝的狐故事占了十分之九，這足以證明唐朝狐文化的興盛。

但在如此多的狐故事中，關於狐成精怪或神仙的始末，各種古書典籍中卻記載不一。

紀曉嵐博覽群書後，不僅沒解惑，反而產生了更多學術上的疑問。他跟朋友劉師退聊起這一點，劉師退哈哈一笑：「這不巧了？我前段時間剛剛詳細地採訪了一隻狐狸精。」

接下來是史上第一篇也是唯一一篇人類對狐妖的完整訪談記錄。

採訪的緣由是劉師退收到內部消息，說舊滄州南有個學究和狐狸是朋友。劉師退趕緊請學究幫忙引薦一下，他有問題想請教狐狸。

狐狸很隨和，沒多久，一人一狐就舉辦一場粉絲見面會。

見面後，一線記者劉師退先是詳細描述了這位狐狸精的長相和各種細節。

這個變成人的狐狸，長得很接地氣，身材短小，貌似五、六十歲的老人家，穿著不今不古，滿髮圓領，像個道士。也跟人一樣拱手作揖。作揖時，狐仙看上去很是謙和恭謹，也很安詳平靜。

一人一狐寒暄完了，狐狸問起劉師退的來意。

記者劉師退說：「我們人類和你們狐族世世代代相處，但是關於你們的傳說大有不同，裡面也似乎有很多隱晦不明的細節。聽我們共同的朋友說您生性豁達，並不忌諱自己狐族的身分，所以我特意前來求您幫忙解惑。」

狐狸聽罷，淡然一笑：「天生萬物，會以不同的名字為它們命名。狐之所以叫狐，就像人之所以叫人一樣。喊狐為狐，就像喊人為人一樣。這有什麼好忌諱的呢？至於我們狐族，好壞不一，就像你們人類，良莠不齊，都是一樣的。人都不避諱人醜惡的一面，我們狐狸又怎麼會避諱狐狸的醜惡呢？確實沒有必要忌諱。」

劉師退對這隻豁達的狐狸表達了欽慕之意後，問：「那麼狐之間是否有區別？」

「凡是狐都能修道，狐中最有靈氣的叫狌狐，打個比方，就像你們人類之中，儒生讀書多，農民讀書少一樣。」

「狌狐生下來就有靈性嗎？」

「這關係到遺傳，還沒成道的狌狐生下來的是普通的狐狸，但是成道以後的狌狐生出來的小狐狸，剛生下來就懂變化。」

「既然能成道，那一定能做到青春常駐了，但是小說中也時常出現一些關於老頭狐、老太太狐的記載，這又是什麼原因呢？」

「我們狐族所說的成道跟你們人類的得道成仙不太一樣，我們的成道指的是修成人道，蛻去狐身，化為人。真正變成人之後，我們吃飯穿衣、生老病死、男歡女愛都和人一模一樣。可以說，這時候的狐狸已經完全變成了人類。」

「至於白日飛升，那就是另外一回事了。這就好比你們人類求學，千百個讀書人中，也只有一、兩個能考中狀元做官。飛升成仙可是比千軍萬馬走獨木橋還艱難的一件事情。」

「狐狸修煉的方式，大致分為兩種，一種是服氣煉形，一種是媚人採補。」

「服氣煉形的狐狸，就像人從小到大不停地學習、積累，學到一定程度，才能考中狀元。而那些媚人採補的狐狸，好比你們人類中那些靠走捷徑和邪門歪道暴富的人。」

「兩種修煉方法，各有千秋。但是，想遊仙島、飛升天界，就必須紮紮實實地煉形修煉才能做得到。媚人採補的，傷人、害人太多的，往往有違天律，會受到上天的懲罰。」

「那麼，是誰來掌管你們狐族的禁令賞罰呢？」

「小的賞罰由我們狐族首領來掌管，大的賞罰則有當地的鬼神於暗中監察。如果沒有禁令，那我們狐族完全可以做到來往無形，出入無跡，隨心所欲而為所欲為，那什麼事是我們狐狸做不出來的呢？」

「既然媚人採補不是正道，那為什麼不把它列入禁令，反而等狐族傷了人後才進行懲罰呢？」

「這就像你們人類有的會設下圈套，用種種巧妙的手段騙人錢財，上當受騙的人是自願出錢的，這種事就連王法也沒辦法禁止。至於因奪財而殺人的，那就要依法論罪了。《列仙傳》中記載的酒家婆，她又何曾受到過冥府的懲罰呢？」

「經常聽說哪個狐狸為人生了孩子，卻從來沒聽過有人為狐狸生孩子。這是為什麼呢？」

狐狸聽到這個問題，嘴角勾起一抹笑：「這種問題不值得討論，因為和人交歡，狐狸重在採補，既然是媚人採補，那這種形式註定了狐狸對人只有索取，沒有給予。」

「那狐女和人在一起，就不怕它的狐族配偶嫉妒嗎？」

狐狸再次一笑：「先生的話太過放肆。看樣子，您對這一方面是真的毫不知情。跟你們人類一樣，凡是未婚狐女，就像那位對鄫子一見鍾情的未婚少女季姬一樣，是可以自行擇偶婚配的。而已經成婚的狐女呢，她們恪守婦道，不敢越過男女大防。」

「至於那種贈芍采蘭[3]偶然越禮的情況也是有的，不過，這乃人之常情，你們人類中不也有偷情的人存在嗎？在這一點上，人和狐沒有什麼差別，由人及狐，類比一下就可以瞭解了。」

劉師退了然地點頭，再問：「那成精的狐狸，有的住在人家家裡，有的住在曠野裡，這又是什麼原因呢？」

3 編按：指男女之間有好感，互贈禮物以表心意。

「還沒成人道的狐狸，獸性也沒有脫盡，它們現在還不適合與人有太多接觸，住在深山曠野中最合適不過。」

「已經成道的狐狸，處處都和人一模一樣。它們適合和人住在一起。所以，在這種情況下，沒有比城市更適合它們居住的了。」

「至於那些道行高的狐狸，城市、山林，往來逍遙，想住哪裡就住哪裡。這就像你們人類中的富貴人，因為有錢，所以什麼也能買到，即使住在窮鄉僻壤，也跟住在大都市沒有什麼區別。」

疑惑解得差不多了，劉師退開始和狐狸縱談天地，但是狐狸對此興致不高，話裡話外的意思都是讓劉師退珍惜人身，早學大道。

狐狸語重心長地勸他：「我們狐族辛辛苦苦修煉一、兩百年才能化為人身，先生您現在就是人，修仙已經比我們輕鬆了一大半。可惜啊，你卻天天無所事事，四處遊蕩，將精力平白浪費在一些無聊的小事上，最終跟草木一樣，沒多久就枯朽死掉了，實在可惜！」

劉師退聽罷，尷尬一笑。他想，我是來採訪你，滿足人類好奇心的，可不是來聽你說教的。老劉滿肚子的佛學禪理，也不知是出於賣弄學問的心理，還是單純地好奇，他話鋒一轉，將話題引到了佛學上。

狐狸謝絕談論這個話題：「佛家地位很高，可是大部分人修持功夫不到，還不等悟道，就身死入了輪回。一入輪回就失掉了本來面目，還不如先求不死，這樣還比較有把握一點。我也曾遇到過很多善知識，但是從來都不敢見異思遷。」

臨別時，劉師退高興地道：「今天相逢，乃是我天大的幸運和福氣。您能不能給我一句臨別贈言呢？」

狐狸躊躇良久，似乎很為難，最終才下定決心開口道：「自夏、商、周三代以來，恐怕沒有不好名的人，但這些人大都淪為了下乘人。自古以來的聖賢，都心平氣和，沒有一絲一毫的做作之態。宋朝那些崇尚程朱理學的儒者，動不動就一副橫眉怒目的樣子，平白生出許多的枝節。先生您呀，還是自己好好考慮一下吧。」

劉師退聽罷，心中似有感觸，一時間帳然若失，大概是因為他太過傲慢嚴峻，時常有過分的言行吧。

至此，人類歷史上對狐妖的第一次採訪正式完成。這篇故事裡提到的一些問題，比如狐狸的修煉方式、白住人類房舍等，筆者會在接下來的故事裡詳細解說。

狐族的考核晉級制度

《子不語》曾藉一隻狐狸之口，詳細解答過狐族修煉晉級這個問題。

趙將軍的兒子襄敏公在保定做總督時，有一天晚上，獨自在西樓讀書。讀書的間隙，襄敏公就著昏黃的燭光抬頭一看，驚訝地發現，似乎有個怪東西從緊閉的窗戶縫裡鑽進來了。

襄敏公一時之間被嚇住了，呆坐在椅子上，眼睜睜地看著這個——姑且稱之為一團霧氣的東西鑽進了房間。

這東西進房後，先化為像紙片一樣薄的人形。

剛開始，紙片人還不能動，靜立當場，推測是在「運力」。

慢慢地，紙片人動了起來，它的手四處揮舞，接到頭上，頭變圓了；接到脖子，脖子變長了；接到胸，胸變寬厚了。

紙片人那細小的胳膊一刻不停地完善著自己的身體，直到把自己捏成一個身材頎長、挺拔圓潤的少年才停下來。

只見這位紙片化成的少年頭戴方巾，腳蹬紅靴，長衫裹體，唇紅齒白，整個人文質彬彬的，分明是一位俏書生。

化為人後，那書生四處摸一摸，直到確認自己已經收拾整齊，才清了清嗓子向前一步，作了個長長的揖，對呆立當場的襄敏公道：「大人您不要害怕，我是個……嗯，按你們人類的說法來說，我是個狐仙。」

襄敏公這時候依然嚇得說不出話來。

於是這位懂禮貌的狐仙，繼續拱著手，咬文嚼字地道：「承蒙以往諸位大人的關照和恩准，小生我才能安穩地在這裡住上幾百年。大人，您是天子重臣，國家棟梁，您這樣的大人物突然到我這來讀書學習，簡直令寒舍蓬蓽生輝。」

書生很會說話，一番奉承下來，襄敏公才稍微減輕了一點恐懼感。

書生窺到襄敏公神色略有緩和，繼續道：「生員我不才，只是隻小狐狸，實在不敢在您眼皮子底下耍小動作，所以趕緊過來向您請安，順便跟您請示一下——」

書生鞠了個躬：「大人，您如果打算將這裡作為長期讀書的書房，那小生就得搬出去了，不過，因為住的時間太長，東西置辦得也多，希望您能寬限三日，讓小生有足夠的時間搬家。」

說著，他又誠懇一笑：「當然了，如果您可憐小人，容許小生如以往百年那般，安靜地待在此處讀書學習，就請您像平時那樣把門鎖好吧。」

聽到這裡，襄敏公的恐懼感已經被這隻懂禮貌、說話又文謅謅的俏狐狸全部趕跑了。他不僅不怕，甚至還被狐狸給逗笑了。

於是他真的笑了出來，問了他從一開始就想問的問題：「你只是一隻狐狸呀，怎麼能成為生員呢？」

這隻狐狸又彎下身子，認認真真地鞠了一個躬，這才抬頭對襄敏公說道：「您不知道，其實，我們狐狸一族在修仙這方面，競爭是很激烈的。每年承蒙太山娘娘舉辦考試，天文地理都精通的是生員，資質差一點的稱之為野狐。只有生員才可以修道成仙，野狐是沒有這個資格的。」

說到這裡，狐生員羨慕地打量了一下襄敏公，真誠地望向他道：「像您這樣貴不可言的貴人，不修仙真是可惜了啊。」

襄敏公疑惑地問他為什麼，狐生員有些苦惱地皺皺眉：「像我們這樣的獸類，修仙是最難的。首先，我們要學你們人的形貌體態，學會了之後，才能學人說話。而要想學人說話呢，就得先學鳥語。想學鳥語，又必須學盡四海九州之地的百千萬種鳥語，要做到無所不能、無所不通、無所不精，然後，我們才能發出人的聲音，說出人的話語來，再然後，才能慢慢修煉出人形。而這時，已經過去五百年了。」

一席話聽得襄敏公目瞪口呆。狐生員少年老成地嘆了一口氣，有些惋惜地拍了拍胸口，轉而語重心長地對襄敏公說：「你們人類修仙，相較於我們獸類要少五百年的辛苦。倘若要是像您這樣的貴人修仙，又比那些普通人省去三百年的苦功。大致來說，修仙之類，需要一千年才能有所成就，這是天地定理。」

襄敏公聽了他的話，覺得非常有趣，同時也被這隻小有成就的修仙狐狸打動了。

於是第二天，他特地將西樓鎖好，告誡身邊的僕人要小心避開這裡，讓這位禮貌的狐生員安心住下了。

從這個故事來看，古代的狐狸要想走正道修煉成仙，是有類似人類科舉制度的晉升管道的，跟現代人考公務員一樣，一級一級地考，穩步上升，每一步都有根可循、有理可據。狐狸們一步一個腳印地修煉，最終晉升為「仙」。

狐族修煉百科全書

很多志怪故事都講過狐狸修煉的事，但不少故事流於豔俗，不像是講狐狸的，倒像是為人解悶的通俗小說。

在這種情況下，紀曉嵐的《閱微草堂筆記》的重要性就凸顯出來了。

這本書記錄了長長短短二百餘篇關於狐的故事，被人熟知的《聊齋志異》所記錄的也不過八十二篇，雖然後者篇幅佔比大，但在狐妖性格的多樣性上，《閱微草堂筆記》更全面一些，紀曉嵐賦予了狐從身到心幾乎所有人的特性和品德。

紀曉嵐治學態度嚴謹，《閱微草堂筆記》也稱得上是一部狐族修煉百科全書了。

我們從中選取幾篇故事，幫大家拼湊出一個狐狸修煉的世界來。

紀曉嵐有位叫高冠瀛的朋友，高冠瀛少年得志，才華橫溢，但不知怎麼回事，他大考總是名落孫山，人到中年，一身才華無處施展，都快抑鬱了。

有次聊天的時候，他對紀曉嵐和莫雪崖說了這樣一個故事——

有個大戶人家有棟很邪門的宅子，每次有人睡在裡面，都會魘住[4]。說不清那使人魘住的東西是什麼，有人說是鬼，有人說是狐狸。

有個書生很有膽色，聽說這事後，很想一探究竟。徵得主人同意後，他晚上就睡在了這棟宅子裡面。雖然睡下了，但是書生並沒有真的睡著，他只是躺在床上，靜靜地等待那東西的到來。

4 編按：即夢魘。做惡夢，感到被壓迫，俗稱鬼壓床。

靜靜地等到二更天，果然有東西來了。

當晚月色湛然，月光透過破紙糊的窗櫺照了進來，房內簡單的家具被照得清晰可辨。

喀嚓——

窗戶內似乎鑽入了一個東西。一團比夜色更黑的黑影悄然落地。

書生隱隱感覺那東西趴在地上，一會兒匍匐前行，一會兒悄然後退，鬼鬼祟祟的，一看就知道它準備幹壞事。書生假裝翻身，一聽到動靜，那東西馬上趴在地上一動不動。

看來就是這東西在作祟，就讓我來看看你的真面目！

書生躺在床上，瞇眼窺到怪物的動靜，就知道它一定怕人。為了引它上鉤，書生微微打了個小呼嚕，假裝熟睡了。

怪物果然上當，不一會兒，書生就覺得自己的腳一沉，是那東西上來了。不久，怪物嗅嗅聞聞，輕輕地踩在書生身上，來到了他的肚子附近。

書生此時本應該萬分緊張，保持警惕和清醒，但奇怪的是，他忽然昏昏沉沉起來，似乎要被魘住了。不能再等了！

書生猛然起身，一把將怪物捏在了手心裡。

怪物被嚇了一跳，扭身要逃，但被書生抓住了尾巴，只能四爪亂蹬，拚命掙扎。

書生右手緊緊攥住怪物的尾巴，左手摸黑掐住怪物毛茸茸的脖子。

怪物哀叫一聲：「饒命！」它竟然像人一樣開口求饒。

書生不上當，急忙大叫，喊人拿燈來。等室內亮起光，他死死地掐著怪物，將它往燈前一送。

等看清手裡是個什麼，書生頓時不屑地一笑：「我還以為是什麼，原來是隻黑狐狸。」

狐狸掙扎得厲害，眾人七手八腳地一齊幫忙才按住了它。書生也是個狠角色，發現困擾人多年的不過是隻野狐狸，馬上拿刀刺穿狐狸的大腿，穿上繩子，將繩子的另一頭繫在了自己的胳膊上，量狐狸現在這副模樣也無法幻化樣子魅惑人了。

書生提刀逼近狐狸，質問它為什麼作祟害人。

狐狸哀鳴：「但凡像狐狸這種有靈性的動物，都想修煉成仙。最上乘的辦法，是調息煉神。這種方法講究坎離龍虎，吸精服氣，吸收日月星斗之精華，然後內結金丹，蛻去狐形，羽化登仙。但是這種情況，需要仙人的教授，也需要本身就是成仙的資質。上述這種方法，我辦不到。」

「其次是修行容成公和素女的房中術，幻化為美人去蠱惑人，攝取人的精氣來增補自己，內外配合，才能結成金丹。但是，這種方法有個弊端，如果攝取的精氣少，那成不了氣候；採得多了，就是害人利己，即使不被冥界責罰，也必定遭到天譴。這種方法，我不敢做。」

「所以，我才採取最下乘的方法，靠偷竊這種小法子來竊取人的精氣。趁人睡覺時，我偷偷趴在人鼻下吸人的鼻息。這種方法，就好比蜜蜂採蜜，對花沒什麼影響，但是採多了，也能融結為一，煉成元神不散，時間長了，也能通靈成道。」

「我雖然道行淺薄，術法也低微，但是，累積功力累積得很苦。如果您不放了我，那我辛辛苦苦練就的百年功力，就都付諸東流了。求您可憐可憐我，就饒了我吧。」

書生見狐狸誠實，確實沒真的害死過人，又見它言辭懇切，於是解了繩子，放它離去了。

這事發生在雍正末年（1735），高冠瀛說完這個故事，感慨道：「這狐狸不就是我嗎？」

「在那科舉考場上，有的人鴻才碩學，我做不到；有的呢，棋行險招，靠不正當的手段謀取功名，這種，我不敢做；最下等者，靠剽竊來獲得功名，這點我雖然能做到，但是我又不肯做。三種我都不行，只能無路可走。」

他問紀曉嵐和莫雪崖：「你們二位都是年紀輕輕就考取了功名，有什麼經驗能傳授一下嗎？」

莫雪崖跟他開玩笑：「你是高士奇的轉世（在高冠瀛出生之前，他母親做夢夢到了高江村，也就是高士奇，所以也給他起名為『士奇』），就像白居易後來托生成李商隱的兒子白老一樣。只是你這種倔強不肯隨俗的習氣還在，大概是身體雖不同，但是本性卻沒有變。你這個毛病根深蒂固，我們也沒有藥能救你。」

說罷，三人大笑一場作罷。

原來高冠瀛寫文章，喜歡別出心裁，總想與眾不同。他的文章大氣磅礴，劍走偏鋒，所以才會在科舉考場上屢戰屢敗。大概是這個原因，莫雪崖才這麼說的。

這個故事雖然藉事言理的意味比較重，但裡面同時記錄了紀曉嵐總結的狐狸修煉成仙的三種途徑：最上乘的修煉方式是服氣煉形，蛻去狐形，真正成為一個人，但這種方式慢且需要資質和仙緣；次一等的修煉方式為媚人採補，採用這種方式一不小心就會灰飛煙滅；最差一等的修煉方式是仰人鼻息吸收餘氣，這種方式雖慢，但穩，且普通狐狸也可以修煉。

上述故事說的都是狐狸蛻形之前的修煉方式，那麼，狐狸蛻去狐形之後該如何修煉呢？

哈密的駐軍大多在西北的深山中牧馬。管理屯田的軍官有時會去考察放牧的情況，途中常常住在一戶百姓家。這家主人是個熱心腸的老頭子，偶爾還會為軍官端來瓜果點心，態度一直很恭謹，時間長了，他們便漸漸熟悉起來。

軍官很納悶，這附近沒有村莊，也沒有鄰居，老人家不種莊稼也不種菜，一個人住在這空山之中，以什麼為生呢？

有一天軍官偶然問起這個問題，聊得深了，老翁最終沒辦法自圓其說，只得承認自己是已經蛻形的狐狸。

軍官好奇了：「聽說狐狸都喜歡親近人，喜歡聚族而居，你為什麼選擇離群索居，一隻狐住在這偏僻的地方呢？」

狐狸很誠懇，為軍官詳細解答了這個問題：「修道必須在世外幽靜的地方獨自棲息，這樣精神才能堅定。如果往來於城市之中，各種欲望很容易日漸增長，欲望增長了，就很難再煉形補氣了。為了速成，有些狐狸會選擇媚人採補，偷取外丹。倘若害人太多，最終會違犯天條，害死自己。」

「至於那些往來於墳墓之間的狐狸，除了修行的狐狸，還有普通的野狐狸。狐狸的種類太多了，如果我們都在墳墓間進進出出，蹤跡太過明顯，很容易招來獵戶，這更加不是遠禍避害的方式，所以我只能離群索居。」

軍官喜歡老翁的質樸和誠實，也不畏懼，便問他能不能結為異族兄弟，老翁欣然答應了下來。

出去方便的時候，軍官圍著老翁房子的牆壁轉來轉去地看。老翁知道他心裡在想什麼，便笑著說：「但凡變形的狐狸，所住的房子也都是變化而來的，不過，像我們這種蛻形的狐狸，不但身體是真實存在的，就連屋子家具也全都是真的。老夫自從屍解[5]以來，早已歸於人道，這棟房子是我割草砍樹，親手蓋起來的，你不要懷疑它是海市蜃樓。」

軍官聽罷，哈哈大笑起來。

後來軍官又到牧場去考察，屯軍告訴他，在月明之夜，明明沒有人，但石壁上卻時時顯出兩個人影，都有一丈多高，屯軍懷疑對方是鬼類，所以打算換牧場。

軍官對老翁說了這事，老翁說：「這就是《國語》和《孔子家語》中所說的山林之怪，大概是像夔、魍魎之類的妖怪吧。它們由山川精氣融合而生，開始時像泡沫露水，時間長了就凝聚成了煙霧，時間再

5 修煉方術，指修道者元神離開肉體而登仙。

長一些就凝聚成形了。但由於還是無實質的物體，所以只有在月光下才能看見它的影子。再過一百多年，它精氣足了就有實體了。這兩個影子我也曾見過，它們不害人，你們不用換牧場。」

後來軍官無意間洩露了老翁的情況，老翁便遷走了，只有那兩個影子如今還在。

這事乃是哈密的徐守備講的。他說他早就打算去看了，但因往返需要許多天，所以還沒有空出時間來。

這篇故事裡的狐是一位已經修煉到蛻形地步的狐狸了。他還細心地向人解釋了蛻形與變形的區別。「變形之狐，其室皆幻」，意思是說，還沒修煉到蛻形這步的狐狸，自己的人身以及房子、吃食、錢，幾乎都是幻化而來的，都是假的，它們還是狐狸。但蛻形的狐狸就不一樣了，他們已經是人了，可以用真正的東西生活，更重要的是，和人一樣，它們能「調息煉神」，邁入修煉的正途。畢竟，修煉講究的是一個「真」字。

還有一篇故事可以與上文互為佐證。

郭石洲說，朱靜園和一位狐狸交上了朋友。

一日，春光大盛，一人一狐來了興致，命人搬來酒菜，在花園中賞花喝酒。

狐狸喝多了，歪歪扭扭地走到花叢中，剛做出嗅聞的動作，整個人就順勢醉倒在了花叢中。

一直到暮色初染，狐狸才悠悠醒轉。

看到狐狸睜開了眼，朱靜園笑道：「你醒啦。」

狐狸點點頭，迷迷糊糊間看到自己身上披著一層被子，朱靜園見他疑惑，便道：「我聽說你們狐族醉後會現出原形，所以我就用被子把你蓋住了。我一直守在旁邊，但是發現你竟然全程都沒有變回去，這是為什麼呢？」

狐狸起身把被子疊好，遞給旁邊的僕人，解釋道：「哇，你說這個啊，那得看道行的深淺啊。道行淺的僅僅能幻化形體，所以它醉酒睡著後，或者倉皇驚恐時，會控制不住自己，這時候就得變回原形。那些道行深的呢，已然蛻形，就好比仙家的屍解，已經歸入人道了。人就是它的本形，它還有什麼可變的呢？」

朱靜園一聽，心想：「哇，還有這種事？那道家的屍解就是真的了？那我豈不是也有機會得道成仙？」

想到這裡，朱靜園趕緊問：「那我能不能拜你為師，跟你學道？」

狐狸擺擺手：「你不行，但凡修道，人比動物要容易，這是因為人氣純，而動物的氣雜。但是成道呢，人就不如動物了，這是因為動物心思單純，而人心過於雜亂。煉形者先煉氣，煉氣者先煉心，這就是所謂的『志，氣之帥也』。心定則氣聚而形固，心搖則氣渙而形萎。當年廣成子對黃帝說的修行之法，乃是道家的核心要義，並非莊子的寓言故事。」

說到這裡，狐狸嚴肅地看著他：「我問你，在深山幽谷之中，不見不聞，只一心凝神導引，與天地陰陽往來消息，閱百年如一日，你能做到嗎？」

聽了這話，朱靜園趕緊搖頭，他當然做不到，只得將念頭打消。

上面兩個故事都描述了修成人身對狐狸的重要性和難度，那修不成人身怎麼辦呢？有速成的方法嗎？以狐狸這種古靈精怪的多智形象，它們少不得要走些偏門歪道。

紀曉嵐的族兄紀次辰說，有個叫張仲深的人，不知道怎麼回事，和一隻狐狸交上了朋友。聊天的時候，張仲深偶然間問起狐狸修道的方法。

狐狸倒是有問必答，跟他講，狐狸修煉，一開始是幻化形體，等道行深了，就煉蛻形之術，蛻形之後，就可以換形了。

大家要注意了，狐狸同時也強調，身邊如果有人發生這種情況，比如癡呆的人忽然變得狡黠聰明，狡黠的人忽然變成了傻子，還有以前對修仙沒有半點瞭解和興趣，卻忽然喜歡服用丹藥、修習導引之術等，性情上發生了巨大變化的，一定是魂氣已經離體，人已經不是原來的那個人了，現在附在他們身上的乃是狐狸。換一種說法來講，這人被狐狸奪舍了。

狐狸既然化為人形，就歸入人道，不能再幻化、飛騰了。從此以後，它就要老老實實地在人的基礎上精進修煉，這時，狐狸修道和人修道的步驟是一樣的。

這種修煉方法，在成仙方面，相比以狐身修煉更加容易。

不過，以人形修煉也有弊端，有的狐狸變成人之後，把持不住自己，開始沉溺於人間的聲色利益，被欲望牽纏誘惑。這時候的它們墮入輪回比普通人更快。所以，不是那種道行很深的狐狸，不敢輕涉世緣，就是怕自己會不自覺地沉溺在俗世的欲望中，無法自拔。

這隻狐狸說的話倒是有幾分道理，人欲之險惡，令狐可畏。

上述狐狸都是在說蛻形，那麼，狐狸該怎麼修煉才能如蟬一般蛻去原形化為人呢？難道平白無故就能從狐狸變成人身嗎？

明朝末年有位書生，他有次獨行在茫茫荒野裡。恍惚間，他似乎聽到了琅琅書聲。書生暗想，這荒郊野外的，怎麼會有這麼多人在讀書？書生膽子大，也不趕路了，順著聲音尋了過去。

書生分草拂枝，找到了聲音的源頭。

有一個鶴髮雞皮的老翁正坐在荒廢的墓地上，書聲正是從他面前發出的。

書生撥開松枝，探頭一看，大驚失色，那人面前竟然蹲著十幾隻狐狸，這些小狐狸都認認真真地捧著一本書，大聲地朗讀著。

啊！

書生受了驚嚇，松枝彈回去的聲音驚動了聽覺靈敏的狐狸們。

老翁抬頭，站起身迎向他，而蹲在地上的狐狸都緊緊地捧著書，人立了起來，一齊望向書生。

書生開始還很害怕，但轉念一想，看樣子，這些狐狸和外面那些專門魅惑人的狐狸精不一樣，這些狐狸是熱愛讀書、清純不做作的好狐狸，一定不會作祟。

這樣安慰著自己，書生定下心來，向老翁作揖後，席地而坐。

狐狸們也都坐了回去，繼續琅琅地念書。

書生好奇地看著身邊一隻紅毛狐狸手中的書，問老翁：「你們只是一群狐狸啊，是為了什麼而讀書呢？」

老翁回答道：「當然是為了修仙啊。我們可不是一般的狐狸，我們以後可是要修仙的。狐狸修仙，只有兩種途徑，一種是採人精氣，禮拜星斗，時間長了就能通靈變化，最後修成正果，這是從妖轉為仙。這種方法雖然便捷，但很危險，很容易讓人誤入邪道，也容易讓人違背天條戒律，一步走錯，萬劫不復。」

「還有一種方法，是狐狸先煉化成人，變成人之後，再學習煉製內丹，這是由人轉為仙。這種方法要吐納導引，並不是一朝一夕就能煉成的，必須經過長久的堅持，才能自然而然地功成圓滿。」

「這條道路雖然曲折耗時，但是非常安全。只是我們無法平白無故就從狐狸變成人，而是隨著『心』而幻化的。所以我們要先讀聖賢書，明白三綱五常的道理，那麼，心變了，形貌自然而然就轉化了。」

書生聽了老翁的話，沉默良久後問道：「我可以看一下您的書嗎？」

老翁欣然應允。

接過書，書生仔細地翻看，都是些四書五經，不過，這些書只有經文，沒有任何注解。

書生納悶了：「這只有經，沒有注解，你們怎麼融會貫通地學習呢？」

老翁捋了捋鬍子，哈哈一笑：「我們狐族讀書，但求明理，聖賢之語本來就不艱深難懂，都是口口相授，解釋一下詞義，就能瞭解其中的義理要旨，何須注解？」

書生覺得他的言論古怪，茫然良久，又找不到話反駁他，於是沉默了一會兒，乾脆像人間寒暄一樣，問起老翁的年齡來。

老翁笑著擺擺手：「太久遠了，我都不記得了，我只記得我接觸經典的時候世間還沒有刻板印刷的書呢。」

書生又問他：「老先生經歷了這麼多朝代，如今世事比起過去，有什麼不一樣的地方嗎？」

老翁回道：「大都相去不遠，只是在唐代之前，只有儒者，到北宋後期，喜歡稱某某為聖賢之人，只是這點略有差別罷了。」

聽了老翁的話，書生覺得他實在是高深莫測，也不知道他說的話是真是假，畢竟兩人的境界相差太遠了，尷尬地靜默了良久後，書生作了一揖，告辭離去。

後來，書生再次在路上遇到這位老翁，他剛要上前寒暄，老翁竟然掉頭離去，也許老翁不想再與世人有所接觸了吧。

這事是何勵庵先生對紀曉嵐講的。何勵庵還說，用注解過的經典來求科第，支離破碎又敷衍潦草，辭藻越優美，離經典中的奧義就越遙遠。而凡人喜歡用講解經典的方式來自立門戶，建立許多流派，最終搞得眾說紛紜，為了各自的立場辯個不停。殊不知，說得越詳細，對經典的理解就相距得越遠啊！

何先生說的這段話與狐仙老翁的意思完全吻合。

何先生又說，凡機巧之術，中間一定有不穩妥的地方，只有一步一步踏踏實實地走，即使偶爾遇到一點小挫折，但只要堅持下去，就不至於傷筋動骨。

他說的這段話與狐仙老翁說的話有異曲同工之妙。

從這個故事來看，想蛻形成人，狐狸首先要讀書明理，心變了，才能自然而然地化為人。由此可證，能化為人的狐狸都是學霸。

除了上述方式，還有憑做好事成仙的狐狸。

下面的故事是紀曉嵐母親的乳母廖氏說的。

滄州的馬落坡有個婦人以賣麵為生，營生之餘，多的麵就用來奉養婆婆。因為家裡太窮了，養不起驢，這個婦人只能自己一個人推磨磨麵，每天都要磨到四更天才能睡下。

後來婦人的婆婆過世了，某天她上墳回來，迎面走來兩名少女。她們笑著對婦人說：「同住了二十多年，妳認得我們嗎？」婦人對著陽光瞇著眼睛瞅了一會兒，這兩個姑娘光彩奪目，哪裡像她那個石頭窩裡走出來的人啊，這倆姑娘認錯人了吧？

兩個少女相視一笑：「嫂嫂不要驚訝，我們姐妹都是狐狸，因為感動於嫂嫂的孝心，所以每晚前來幫嫂嫂推磨。沒想到這一點善心竟然受到了上天的嘉獎，因為這個功德，我們姐妹二人已證得正果。現在，嫂嫂您也盡完了孝道，我們姐妹二人馬上要登仙而去了，所以特意前來道別，感謝您的提攜之恩。」說罷，兩個少女化作一陣清風消失在了荒野中。

等婦人一路琢磨著回到家裡，再去推磨的時候，磨盤卻重得她幾乎推不動，石磨再也不像往常那樣運轉自如了。

從上面幾則故事可以看出，由動物變成仙，狐狸可走的路各式各樣，這就好比人類修仙，道教講三千六百法門，由此可見人類的修行法門之多。狐界受人類影響巨大，大概也正因為人類的修行法門五花八門，所以它們也有了豐富多彩的成仙方式。

除了人，狐狸大概是上天最寵愛的物種了。

當一個「毛孩子」就不用看書學習了嗎？

你以為當一個「毛孩子」就不用看書學習了嗎？不好好學習的狐狸，是會被家長抽鞭子、被老師管教的。

吳中有個滿頭白髮的書生，他自稱胡博士，以教書為生。一天，他忽然不見了蹤影，彷彿憑空消失，沒有人知道他身上發生了什麼事情。

《搜神記》中記載了這麼一個故事。

九月初九這天，幾個書生相約登山遊玩，他們剛深入大山腹地，遠方忽然傳來琅琅的讀書聲。深山裡怎麼會有人讀書呢？於是他們命僕人去看看是什麼情況。

循著聲音，僕人來到一處被挖空的墳墓前，他透過孔穴往裡看，藉著一線陽光瞧見裡坐著一群毛茸茸的狐狸。狐狸警醒，聽到人聲，耳朵一轉，馬上拖著尾巴往洞穴深處逃竄。

只有中間教書的老狐狸端坐不動，等僕人再看時，老狐消失不見了，取而代之的是一位白頭書生，此時正對他微微而笑，不就是那位無故失蹤的胡博士嗎？

身為一隻狐狸，得多麼博學多才，才能到人間教書育人？胡博士也算是不枉為狐了。據考證，這位胡博士是歷史上第一位「博學狐」。而且，它教完了人，還得回洞裡繼續教狐狸。

不管是在人間，還是在狐界，胡博士都稱得上是一位嘔心瀝血的辛勤園丁了。

上一篇裡講過明末有位書生遇到一群讀書狐的故事，那群狐狸也是在老狐狸的教導下，捧著書認真地研讀。

想一想，這個場景其實挺可愛的。

那麼，所有的狐狸都願意讀書嗎？

不，狐族有潛心學習的狐狸，也有翹課狐。

紀曉嵐說他們村裡有個人叫王五賢，這人是個老師。有一天，王五賢出門辦事，回來晚了，經過一片古墓。走著走著，突然聽到「啪」一聲，是有人在抽鞭子。

在鞭子啪啪的響聲中，同時還傳來了訓斥聲：「就知道玩！就知道玩！要你讀書你不讀，不讀書不識字，就做不到明理見性。做不到明理見性，將來什麼事你做不出來？等你觸犯了天條律法，後悔就晚了！」

王五賢納悶了，這深更半夜的曠野之中，是誰在教育孩子？他仔細一聽，原來聲音是從一個狐狸洞裡傳出來的。

王五賢嘆道：「沒想到啊，這種教育孩子的話，我竟然是從狐狸口中聽到的。」

原來不僅是人，連狐族的內部競爭都這麼激烈，即使是個「毛孩子」，也不能天天混吃等死、只知玩樂，還必須跨越物種障礙，像人一樣，捧起書來好好學習，天天向上！因為只有學習，才能進步！

狐書

說到學習，人類有書作為載體傳承知識，那麼狐狸呢？上文中講過好幾次狐狸捧書閱讀，那它們在看什麼書呢？其實，狐族也有專屬的狐書。

《太平廣記》的狐卷中記載了七則關於狐書的故事，這種密度足以證明唐朝時期狐書之說的興盛。

那麼，狐書到底是怎樣的一種東西呢？

話說唐朝貞元末年（805），南陽有位叫張簡棲的公子哥，終日裡無所事事，以玩鷹逗犬為樂。

某次，連日的暴雨過後，在家裡許多天的張簡棲心癢難耐，一等雲收雨霽，天色放晴，就呼朋喚友，臂上站鷹，胯下縱馬，來山野間散散心。

沒想到憋了幾天的老鷹，趁張簡棲不注意，掙脫束縛，一飛沖天。

這老鷹才剛養沒多久，丟了可惜，觀察了一下老鷹的飛行蹤跡，張簡棲決定與朋友分頭尋覓。

在密林中一直尋到了晚上一更時分，張簡棲不但沒找到他的鷹，反而迷了路。

穿過一片陌生的樹林，他面前出現了影影綽綽的建築物，是座廢棄的古宅，而古宅中竟然有光！

荒郊野嶺，古宅廢墟，突然現出一點昏黃的燭火。

猶疑之下，張簡棲往前走，眼前竟然是座墳墓。

那燭光正是從墳墓裡射出來的，他悄悄湊上前，偷偷一看，被眼前的場景嚇了一跳。

不大的墓室裡，正中間擺放著一張案几，案几上燭火搖曳，把一隻憑几而坐的狐狸照得纖毫畢現。毛茸茸的狐狸此時像人一樣，端坐在案几旁就著燭火埋頭苦讀。

讀書的狐狸旁站著數隻大老鼠，老鼠們也像人一般拱著手走路。它們在墓穴裡走來走去，忙得很，一會兒為讀書的狐狸添添茶水，一會兒送個水果，一會兒剪剪燭心，竄來竄去，一刻也不得閒。

張簡棲是玩鷹的老手，十幾歲時就三天三夜不睡，訓成了人生中的第一隻鷹。常年在野外放鷹的他膽色過人，看到眼前詭異的場景，他絲毫不懼地大喝一聲：「孽畜！」

老鼠被這一聲吼嚇得連拱手也拱不成了，四肢著地，滿洞亂鑽。

狐狸也被嚇到，它抬頭一看，正看到張簡棲滿懷怒火大踏步走上前來。狐狸慌忙收拾書冊，往更幽深的墳穴裡逃竄而去。沒有衣服和口袋，狐狸只能用嘴巴叼住自己的書，慌亂之中，冊子被漏下了一本。

洞穴太深了，實在追不上，張簡棲只好伸出鷹竿挑走了這本書。將書放在懷裡後，他從古墓裡走出來，仔細辨別了方向，這次終於回了家。當晚，約四更時分，剛剛躺下睡著的張簡棲就聽到門外有人在大喊：「還我書來！」

等他出來查看時，門外卻空無一人。

就這樣，反反覆覆，直到天亮，那索要書冊的聲音才徹底平息。

等張簡棲白天補足了覺，晚上躺在床上正無聊時，忽然又聽到了昨晚那個「還我書來」的索書聲。反正閒著也是閒著，他這次也不叫僕人出門察看了，挽了袖子，打算親自會一會這隻妖怪。但是推開大門，外面空空蕩蕩，連個影也沒有，等他罵罵咧咧地回床上躺好，那聲音又出現了。

那聲音反反覆覆，將張簡棲折騰得徹底沒了脾氣，他無計可施，但也堅決不肯還書。

不還我的書？狐狸也和張簡棲槓上了，它下定決心和張簡棲打游擊戰。從此，狐狸索要書冊的聲音每晚都會準時在張家門外響起。

因為狐狸要書要得緊，張簡棲轉念一想，這裡面一定記著很重要的東西，不然狐狸不會這麼大費周章地天天上門討要。

這就更加堅定了不還書的想法，還打算帶著這本書去城裡，讓有本事的人看看書裡到底寫了些什麼東西。

從他家到縣城有三、四里的路，這天，張簡棲將狐書嚴嚴實實地包裹起來，塞進懷裡，騎上馬往城裡而去。

走到半路，張簡棲突然遇到了自己的至交，兩人許久不見，驚喜之下，雙雙下馬作揖。相互寒暄完畢後，好友見他行色匆匆，好奇地問道：「這麼著急，要去哪裡啊？」

於是張簡棲把事情的來龍去脈跟好友講了一遍。好友聽罷，既覺得好笑又覺得驚異，隨後若無其事地問道：「竟然有這種事情，那我能看看那本狐書嗎？說不定我剛好就認識裡面的字呢？」

張簡棲不作他想，將包得嚴嚴實實的狐書從懷裡拿出來，遞給了好友。

接過書後，好友飛身上馬，揮動韁繩，策馬奔馳。他一邊跑，一邊回頭對張簡棲笑道：「張兄，謝了！」

見好友竟然搶走了自己的寶貝，愣了一瞬的張簡棲馬上反應過來，也翻身上馬，策馬狂追。

他越追越緊，兩匹馬的距離也越來越近，就在他快要追上對方時，前方的馬突然變成了獐子，好友也變成了一隻狐狸。

狐狸騎在獐子上，還抽空回了他一個千嬌百媚的笑。

馬當然跑不過身姿靈巧的運動小能手獐子，眼看一狐一獐越跑越遠，張簡棲鬱悶地叫停了馬，怏怏地去了城裡，打算找老友討個說法。

來到這位好友家，張簡棲問他剛剛出去沒有。

好友納悶道：「沒有啊，我今天因為有事，哪裡都沒去，一直都待在家裡。」

於是張簡棲把剛剛發生的事跟好友說了一遍，兩人一討論，這才肯定，剛剛是狐狸幻化成了好友，用計謀奪回了自己的書。

在好友招待他的酒席上，張簡棲搖著頭，又嘆又笑，自己竟然被一隻小狐狸給騙了。

因為這事太過於詭異，大家都好奇狐書長什麼樣子。在好友的追問下，張簡棲說，那本書的紙墨跟人間的書並沒有什麼差別，只是裡面的字不同。他在家裡無聊的時候，曾經試著描摹了三行。後來，他展示給人看，沒有人能看得懂那些字。

這還真是隻熱愛學習的狐狸，平白無故被人嚇，還被人仗著種族的優勢搶走了書，受了這樣的「霸凌」，狐狸也沒作祟，只是每晚耗時間前去討要自己的書。討要不成，無奈之下，它才使出本事，幻化成主角的好友，用計將書騙回來。

狐狸一族向來狡黠多謀，平白被人欺負，竟然可以如此平靜地收場，也是張簡棲運氣好，不然，你看看下面這隻狐狸，它施展的報復手段簡直令人拍案叫絕。它一計不成，再生一計，欺騙範圍之大，跨越地區之廣，布局之精巧，堪稱古代的「龐氏騙局」。

唐德宗建中初年（780），杭州有個姓王的書生為了前途，辭別親人，北上求官。半路上，走到一處田圃前，他下了山道，這附近有他外祖父的舊莊園，他準備順道過來收拾一下自家的產業。

經過一片柏樹林時，王生忽然看到了兩隻狐狸，此時兩狐正像人一樣倚在樹上，其中一隻手裡還拿著一卷黃色的文書。當著王生的面，兩狐旁若無人地說說笑笑。

看到眼前的情景，王生又驚又怒，毛狐狸竟然敢學人。

他大喝一聲：「什麼妖怪？」

狐狸連眼神都沒變，繼續旁若無人地說笑。

小小狐狸竟然敢看不起人！王生來勁了，從行囊裡取出一個彈弓，拉了塊小石子，拉滿弓，向狐狸射去。石子打中了其中一隻狐狸的眼睛。狐狸吃痛，書掉落在地，來不及撿，兩隻狐狸便飛一般地逃跑了。

捏著彈弓，王生幾步跑到樹下，撿起了狐狸掉落的書。

說是書，不過是薄薄的兩頁紙罷了，就著朦朧的月光一看，王生發現上面都是像梵文一樣的字，字彎彎曲曲的，他實在是看不懂。

天色已晚，打跑了兩隻狐狸的王生喜孜孜地將狐狸掉落的兩頁書放進自己的書袋裡，揚長而去。晚上住進旅店後，王生邊吃飯邊將傍晚發生的事告訴了店主人。剛說到一半，木門就被人拍響，又有一人前來投宿。

這人把自己包裹得嚴嚴實實，隨身帶著一堆行李，一進門就把行李往胡床上一放，緊接著一屁股坐了上去。這是個奇怪的人，從進門開始，就緊緊捂著眼睛，似乎害了很嚴重的眼疾。

等人入了座，王生繼續繪聲繪色地講自己傍晚鬥狐的英勇事蹟，店主人聽得一愣一愣的。

不知不覺中，新來的旅客一點點靠近，沒多久就移到了王生旁邊，他端著一杯店家剛沏好的熱茶，靜靜地聽著。等王生說完，在店主人訝異地和人討論時，他也跟著問道：「竟然有這種怪事？那麼，到底是一本什麼樣的怪書呢？」

得意揚揚的王生剛要把書拿出來給他看，店主人餘光掃過客人身側，突然發現胡床上耷拉下來一條蓬鬆的大尾巴。

店主人著急地大喊：「它是隻狐狸！」

王生一聽，趕緊將書藏進懷裡，又拔出腰間的刀子，準備宰了這妖怪。

那人自知露餡，就地一滾，化為一隻狐狸，仗著身形靈巧，在店主人和王生的圍追堵截下，三兩下逃出了旅店。

一更時分，又有人來叩門，王生心想：「它要是敢再來，我一定刀劍伺候。」

沒想到狐狸只是站在門外，隔著門板撂了一句狠話：「不把文書還我，你可不要後悔！」

話音剛落，門外變得靜謐無聲。

狐狸這麼看重這本書，這書一定相當玄妙貴重，王生反而將這本書藏得越發隱祕了。

到了長安後，為了求官，王生將家族以前留在長安的舊產業典當出去，選了個靠近坊市的房子，打算長久地住下來。

平安無事一個月，忽然有個小童從家鄉千里迢迢地找來了。

小童穿一身喪服，手裡拿著報喪的信。王生驚訝地問他：「這是怎麼了？」

小童難以自制地哭道：「家裡遭難了。」

話音未落，王生也哭了起來。好不容易止住淚水，他看向書信，發現是母親的親筆信，上面寫道：「我覺得自己不大行了，我的老家原本在陝西，等我死後，我想葉落歸根，不想讓自己的屍骨流落他鄉。現在咱們江東的田地物業，你一絲一毫也不准動。如果需要用錢，咱家留在長安的產業，可以任憑你處置。賣掉宅邸得來的錢，就用作喪葬的費用，等一切處理好後，你再親自來迎接我們吧。」

母親死了，王生痛哭過後，依照母訓，未等最佳銷售時機，便將長安的田宅全部低價拋售。得來的錢，剛好夠買紙人紙馬等喪葬用品，置辦完這些東西後，錢財已所剩無幾。

王生著一身喪服，坐著轎子往東而去，去迎接送葬的隊伍。

轎子行經揚州時，他遠遠地看到一艘船，船上有數人，都喜笑顏開地又唱又跳。

漸漸走近了，王生一看，這些人他都認識啊，是他們家的奴僕。

看到他們唱跳玩樂的樣子，王生不由得一陣唏噓，家道中落，這些人一定是被別的人家給買走了，現在他們肯定都已經成了別人家的僕人了。

正在唏噓時，王生突然注意到，掀開船簾走出來的人，不正是自己的弟弟妹妹嗎？他們喜笑顏開，都是一副光鮮亮麗的模樣。在王生目瞪口呆之際，船上有眼尖的人看到了王生，邊朝他揮手，邊大喊他的名字：「郎君回來了，怎麼回事，你穿得這麼怪異？」

王生覺得此事另有蹊蹺，忙遣人偷偷去打聽，但不等僕人離開，王生悚然發現，本該死去的老母親竟然也顫顫巍巍地從船艙裡走出來了。

大驚之下，王生趕緊將自己的喪服撕去，來到母親面前，深深一拜。

母親迎上來，扶住他的胳膊，問他：「這是怎麼一回事？」

王生將事情一說，老母親怒道：「豈有此理！」

王生於是把母親親筆寫的遺書取出來，再看時，上面哪裡還有字，只是一張白紙罷了。

母親嘆了一口氣：「我們之所以來這裡，是因為上個月收到一封信，信上說你做官了，要我們將浙江的田宅全賣了，一起到長安來生活。現在可好，我們無家可歸了。」

母親把王生的家書拿出來一看，不出意外，上面也是一片空白。

王生氣急之下，遣僕人回長安將他置辦的那些喪葬用品全燒掉，再把家人聚集起來，把所有人的錢收在一起，準備省吃儉用走淮水返回江東後再做打算，畢竟那裡是他們的根。

狼狽地回到浙江，他們的錢財已經所剩無幾，剛剛好夠買幾間破房子，作為遮風擋雨之處罷了。

王生一家從當地呼風喚雨的富豪，一夕之間變為了窮光蛋。

這家人無比艱難地生活了一段時間後，忽然有人騎馬上門拜訪。

房子太小，也不用等門房通知了。王生聽到拍門聲，出門一看，門口等待著的俊逸少年不正是自己的弟弟嗎？兩人分別多年，再次相見，分外親熱。

等兄弟二人訴完離別之苦，王弟打量了一下哥哥的住宅和衣著，見他們家道敗落，心痛好奇之餘，問王生緣由。

王生將事情從頭到尾說了一遍，最後長嘆一口氣：「肯定是那隻妖狐在作祟。」

弟弟也跟著嗟嘆，憤憤地痛罵了狐狸良久。

王生總算找到了一個傾訴對象，於是翻箱倒櫃，將那隻有兩頁紙的書找出來，遞給弟弟，咬牙切齒地道：「就是這本書害了我們全家！」

弟弟一聲不吭地拿起書，後退一步，將書往懷裡一放，剛剛還滿面愁容的他立馬變得狡黠詭異：「你總算捨得把書還給我了。」

話音未落，弟弟原地化為一隻狐狸，趁王生尚未反應過來，飛速逃跑了。

這隻狐狸的心思真是深沉如海，一般人還真不是它的對手。雖然是人先冒犯了它，但狐狸的報復也稍微有點過火了。那麼，當人面對狐狸時，就只能任憑它宰割而束手無策嗎？不，也有將狐狸玩弄於股掌之間的人。

在聽這個故事前，得先瞭解一下故事主人公的生平事蹟。

《明皇雜錄》記載，唐朝的孫甑生，是一位道術高深的方士。據說，他能讓石頭自己動起來，也能將草折成馬，讓人騎在上面飛馳而去。楊貴妃非常喜歡看這些奇奇怪怪的把戲，經常把他召到宮中來表演。後來，安祿山造反，才下落不明。《新唐書》中也記載了「玄宗時孫甑生皆能作黃金」一句，這是說他有點石成金的法術。

好了，這位厲害人物的背景介紹完畢。

據說，這個孫甑生原來並不是方士，他本來是個養鷹的。那麼，一個養鷹的漢子到底遇到了什麼機緣，搖身一變成了楊貴妃的寵臣呢？

有次孫甑生去放鷹，偶然進入一個山洞，洞窟內有十幾隻小狐狸正在讀書，當中有一隻老狐狸像老學究一般背著手，站在小狐狸中間，正在教授它們功課。孫甑生見到眼前情景，不僅不害怕，甚至有些激動。趁眾狐狸還沒反應過來，他直衝過去，大力將老狐狸手中的書搶走了。他抱著書，連鷹都來不及找，一路逃回了家裡。

第二天，孫甑生門前站了十幾個人，他們抬著金銀綢緞，在門外懇求孫甑生把書還給他們，孫甑生不同意。

眼看孫甑生油鹽不進，這群人正束手無策之際，其中一人下定決心道：「先生得了這本書也沒什麼用，如果能夠抄一本還給我們，我一定教給您其中的口訣祕法。」

得了這個承諾，老謀深算的孫甑生才點頭答應。

不久，在狐狸的傾囊相授下，孫甑生果然習得了狐狸的法術，成了一個呼風喚雨的方士。在學法術之前，狐狸與孫甑生有個約定，那就是不准將這本書給其他人看，如果違約，必當死於非命。

天寶末年（756），唐玄宗聽說了孫甑生的發跡史，堅持要看這本狐狸天書，孫甑生很惜命，就是不給。不久，孫甑生就被惱羞成怒的唐玄宗找了個理由殺頭了。

上述故事出自《廣異記》，在這本書裡孫甑生被皇帝殺了，但是有一個前提大家不要忘了，那就是孫甑生可是一個方士，他最擅長的就是幻術。

歷史上有許多牛脾氣的牛鼻子老道，因為不服從皇帝的管教，被皇帝一怒之下用各種方法殺死了，最後卻有人在相隔千里的異地，再次見到逍遙自在的老道士。這位孫甑生說不定也用異術避過一劫呢。

當然，這也可能是有人寫來編派這位天子寵臣的。在《新唐書》中，孫甑生曾經因為陷害忠臣李憕而被記錄在案。

上述三個故事雖曲折離奇，但大概是因為和「書」有關，少了血腥和恐怖，平白多了一分雅趣，結局大都是狐狸遂了心願。人呢，除了損失財產，也沒受到別的傷害，甚至在最後一個故事裡，人和狐竟然達到了一種奇妙的和諧狀態。不過，在狐書的問題上，也有衝突流血事件發生。

唐朝有個叫林景玄的人，他原籍西安，現居雁門關，靠騎射打獵為生。當地郡守愛他這渾身的本事，特地招募他為府衙門將。捧了鐵飯碗後，林景玄越發抖擻精神，經常帶著數十位同僚，臂上飛鷹，地上跑犬，乘著駿馬，跑到森林裡打獵。

因為每次他都能獵到一堆的兔子、狐狸，甚至連大一點的麋鹿都能獵到，郡守特意免了他的點卯[6]，隨他自由，他想去哪就去哪。

一天，這人照常呼朋喚友前往深山裡打獵，半路上突然竄出一隻野兔，林景玄拍馬追了上去，一直追了數十里，兔子慌不擇路，逃進了一處墓穴中。

林景玄下馬後，覺得有些乏累，就命令手下兩個小兵守在墓穴邊，他要休息一會兒。

他正愜意地仰躺在古樹上曬太陽，畢竟這神仙般的日子哪是一般人能享受得到的呢？突然，林景玄聽到悠悠的一聲嘆息，緊接著，那陌生又縹緲的聲音憂愁道：「唉……我生在土年，命是土命，木剋土。今天這日子，是乙木之日，現在的時辰是卯時，時辰也屬木。現在二木皆當王道，難道今天是我的死期？」哀愁地嘆息過後，那聲音繼續自言自語：「東方屬木，如果那人是從東方而來，我必死無疑。」

林景玄枕著雙手躺在樹上，聽了這人的話，覺得很怪異，這荒郊野嶺的，哪裡來的人？於是他悄悄起身，循著聲音來到墓穴前，透過拳頭大小的墓洞，赫然發現，裡面竟然站著一位白衣老翁，這老翁手執一卷書，鬍子又長又白，他面前躺著許多的死鳥。

林景玄站在洞外大喊：「誰？」

老翁聽到聲音，抬眼往外一看，馬上驚慌失措起來：「我的禍事果然到了！」說完這句，他竟然先

6 編按：點名之意。

發制人，開始對著林景玄破口大罵。

林景玄無辜被罵，站在洞外沉默良久，心中暗想：「這個孔洞小得只能放進我的拳頭，老頭竟然能在裡面生活，難道他是鬼？即使他不是鬼，也可能是盜墓賊。」

想到這裡，林景玄再無顧忌，命令手下將洞穴鑿開。老翁大罵不止，眼睜睜看著洞穴被一點點鑿開。眼看沒了活路，他只好化為一隻狐狸，乖乖趴在了地上。

林景玄見對方原來是隻狐狸精，擔心它作祟，於是引箭把它射殺了。等狐狸被射死了，林景玄走上前查看狐狸剛剛拿著的那卷書。這書用素縑製成，僅僅數尺長，書上的字也很奇異，字的筆劃走勢像是梵字卻又不是很像。林景玄問身邊的人，但沒有一個人認識上面的字。林景玄覺得妖物不祥，點了火把這本書就地焚燒，令手下扛上狐狸的屍體，策馬離去。

從上述幾則故事來看，狐書是獨屬於狐族內部的，只有經過它們傳承才能看懂的一種書。狐書上的字像梵文卻又不是很像，唐代志怪筆記小說《河東記》中的〈李自良〉一篇中又說「其字皆古篆」，意思是說狐書上的字都是古篆，這等稀奇古怪的文字倒是有點像道家的符籙。

那麼，狐狸為什麼對自己一族的書這麼重視，不惜一切代價，想方設法也要將之奪回來呢？《中國狐文化》一書中曾做出解釋：「所謂『狐書』、『天書』，乃是狐學習修煉法術的祕書。狐妖幻化人形須藉法術，作祟惑人，與道士術士鬥法亦須有神術法力，千歲狐要想通天，更應掌握高超法術。總之狐種種作祟護身，『預知休咎』[7]，禍福於人之術，均得之『狐書』」

正因為狐書如此重要，狐狸們才會不惜任何代價也要將書討要回來。

7 編按：預先測知吉凶。

文人雅士般的才狐

唐朝時期狐書之說就這麼興盛，等到了狐文化最燦爛的清朝，狐狸們不僅擁有自己的狐書，還開始大肆閱讀人類的書，成了飽讀詩書的才狐、雅狐。可以說，當狐狸風雅起來，就沒有人什麼事了。

西城將軍教場有一處住宅，周蘭坡學士曾經在這裡居住。無人的樓上在夜晚偶爾會傳來吟哦誦讀之聲，他知道上面住了狐狸，也聽之任之，不怎麼大驚小怪。

後來，周蘭坡搬了家，沒多久，那隻熱愛學習、喜歡吟詩作對的狐狸也跟著搬走了。再後來，這棟房子被田白岩租了下來。幾個月後，田白岩驚訝地發現那無人的樓上傳來了優雅的朗讀聲。是那隻狐狸！它又搬回來了。

租房前，田白岩就聽房東講過這隻狐狸。聽說狐狸隨著前房客搬走了，田白岩本來還在慶幸呢，沒想到它竟然又回來了。是自己哪裡做得不好，所以才招來了妖怪嗎？

他馬上命人買來美酒和肉脯，擺了一桌豐盛的酒席後，致辭道：

「聽說這簡陋得像蝸牛殼的房子，曾停留過仙人的鶴駕，又聽說仙人如沙門佛子般飄然遠去了。鄙人當這麼一個芝麻大的小官，漂泊十年，手頭依然拮据，不得不找人貸款才租下了這棟宅子。」

「最近連續幾晚都聽到仙人您的咳嗽聲和笑聲，似乎……仙駕去而復返了。難道是因為鄙人德行淺薄，所以家宅才受到了侵犯？或者說，這是我們宿世的因緣，所以我們才不得不來此相聚？」

「承蒙惠顧，我怎麼敢拒絕您。只希望我們能夠各自守好自己那一畝三分地，使幽冥異路，這樣，或許我們能夠各自歸於寧靜，就像不同種類的苔蘚能相安無事地同在一座山中那樣，互不打擾是我們為彼此保留的最後一絲溫柔。」

「恭敬地陳述一下鄙人的肺腑之言，希望您明鑑。」

第二天，狐狸住的那棟小樓前輕飄飄地墜下一張帖子。下人將帖子交給田白岩，上面是狐狸的回話：

在下雖然屬於異類，但生平最愛讀書誦詩，自認爲是一隻雅狐，所以不願與那些俗人爲伍。這座宅子幾十年前，所住的都是文人墨客，因爲愛好相同，所以我特意帶著全家來到這裡定居。自從周蘭坡先生捨我而去，住在這裡的人都成了些市儈之徒。我的耳朵聽不得他們那些豔俗的小曲，鼻子聞不得那些酒肉的臭氣，被逼無奈，我才帶著家人重新返回了山林。後來先生您住了進來，我聽說您是山薑的小兒子，文章必定是得到了傳承的，所以望影歸來，不是有意打擾您的。

從今往後，在下可能會偶爾翻翻書，動動您的書箋，也可能借您的筆墨紙寫畫一番。除此之外，但凡我有一絲一毫的侵犯，任憑先生訴諸神明。希望先生您胸襟寬闊，不要猜忌在下。

康默頓首頓首

從此以後，樓上寂然無聲。

田白岩曾拿著這個名為康默的狐狸寫的帖子給客人看，那帖子字跡傾斜，墨色淺淡，看起來像是匆匆寫成的。

有人說：「這是田白岩托微末小官的身分，滑稽玩世。這肯定是他寫的自嘲之詞，十之八九是寓言故事吧。」

不過，這故事和李慶子遇到老頭狐的故事大體相似，這種不願與俗人為伍的風雅妖怪於同一時期出現，又都出現在山東，可能是李慶子聽了田白岩的故事後，牽強附會，編出一個故事來，或者是田白岩根據李慶子的故事推演出另一個相似的故事來，這就不得而知了。這些傳聞中的不同說法，我姑且記載下來，保留它們針砭時弊的意思吧。

上文提到的李慶子，他的故事如下：

董曲江遊歷京城時，和一位友人合租了一處宅子，不是為了做伴，而是為了省食宿費。這位友人喜歡追逐富貴名利，應酬也多，在家的時間不多，晚上經常住在外面。所以，在大多數情況下，這宅子是董曲江一人住著的。

一晚，董曲江照常獨自睡在書齋內。猛然間，他被驚醒了，雖然上一秒他還睡意濃厚，但下一秒，他腦海內一片清明，後腦甚至緊張得發緊。

書齋內有人！

那人在翻動自己的書……現在，那人正在把玩自己的瓷器古玩。

不，不對。

董曲江想到了什麼，腦後緊繃的那根弦一下子放鬆了下來。京城多狐狸，所以那不是人，應該是那隻喜歡讀書的小狐狸過來看書了。

他心中暗笑，那狐狸明明來了這麼多次了，自己還是這麼敏感。

又是一晚，他臨睡前將還沒寫完的詩稿放在了書桌上，晚上，他聽到書頁翻動的聲音便再次醒來了，除了翻書聲，他似乎還聽到了吟哦聲。

「是你嗎？」董曲江一問話，那聲音便陡然消失了。

第二天董曲江來到書桌前，正準備繼續寫詩，卻發現昨天的詩稿已經被那隻博學的狐狸圈點了好幾句。

狐狸給的意見都很中肯。

就這樣，一人一狐神交起來。唯一令董曲江遺憾的是，那狐狸總是不回應他。明明會說人話，但每次自己逮住機會跟它交流，它卻始終不回應。

當然了，這種人狐神交的事情只發生在友人外出的時候，等友人回家休息了，整個晚上宅院都靜悄悄的，也不見狐狸前來看書。

友人聽董曲江說了這事，不由得沾沾自喜起來，覺得自己一定是貴人，所以那些邪魅才不敢靠近自己。

有一次，日照的李慶子到他們家借宿，三人許久不見，馬上叫來酒菜，吃喝了一頓。

喝完了酒，董曲江和友人都去休息了，李慶子卻遲遲睡不著覺，當晚月色明亮，將院子裡的花草照得纖毫畢現。於是他帶著微醺之意，乘著月色欣賞起宅院來。

他偶然間一抬頭，忽然發現一棵樹下站了一個老翁和一個童子。這家裡除了他們還有誰呢？這是狐狸吧？

李慶子於是趕緊躲在牆角偷聽它們要做什麼。

童子清亮的聲音在空寂的庭院內響起：「冷死了！咱們快回房間裡去吧。」

老翁搖搖頭：「與董公同處一室，倒是沒什麼，只是另外那人俗氣逼人，我們怎麼能和他同處一室呢？與其和他待在一間房裡，我寧可在這淒風冷月下枯坐一整晚。」

李慶子聽罷，暗暗記下，後來，他到底沒忍住，將這話原封不動地說給了他們的共同好友聽。沒多久，這事就傳開了，那位友人自然就知道了。

從此之後，那位友人對李慶子恨之入骨。李慶子受他排擠，實在是待不下去了，沒過多久，只得背著書箱狼狽地回家了。

好一隻風雅的狐狸，寧肯吹冷風、睡院子，也不要和俗人同屋而居，真是風雅到了極致。

上面故事中的雅狐和人混雜而居，雖身處紅塵之中，卻縹緲悠遠，宛如高嶺之花，人只能遠遠地看著、聽著、感受著，近不得身。

其實，也有親近人的雅狐。

相傳魏環極先生曾經在山間寺廟中讀書。讀的時間長了，他發現了一件怪事，自己房間裡的筆墨几榻，不必人擦拭，就自然無塵。一開始他沒在意，但時間長了，這才覺得有點奇怪。

一天他出門歸來，正要開門，忽然聽到房內傳來窸窸窣窣的聲音，有賊！

魏環極透過門縫往裡窺去，發現裡面果然有人，那人竟然正手腳麻利地幫自己整理書案。

他是幹嘛的？

魏環極猛然開門，那人回頭一看，嚇了一跳，慌不擇路下，竟然飛身穿過後窗準備逃走。

「別跑，別跑啊。你給我回來！」

魏環極大聲疾呼將人叫住。

那人不敢再逃，拱著手站在窗外，神情非常恭謹。

「你是什麼精怪？」想到對方能穿窗而過，魏環極心裡便有數了，打量了他一會兒後，就直截了當地問出了這句話。

那人彎腰回答：「實不相瞞，我是一隻習儒的狐狸。只因為先生您乃正人君子，所以我不敢靠近你，但是我心中實在是敬重您，所以天天偷偷為您做些僕人的活，希望您不要驚訝。」

魏環極果然好大的膽子，聽了對方的真實身分，不但不害怕，反而還隔著窗戶跟它聊起天來。一人一狐聊了很久，從詩詞歌賦談到了人生哲學，不管談什麼，這隻狐狸都對答如流。魏環極還發現它的思路條理分明，邏輯清晰，是隻有學問的厲害狐狸。

從此之後，這狐狸雖然還是不敢登堂入室與魏環極坐而論道，但遇到魏環極時已不再慌慌張地躲避了。魏環極也經常和它談天說地。

一天，魏環極偶然問狐狸：「你看我能當聖賢嗎？」

狐狸微笑道：「您講習的乃是道學，和儒家所講的聖賢完全是兩碼事。聖賢以《中庸》為依據，以真心實意激勵實際行動，以實用的學問來求得實際的運用。道學卻講究言語的精微，首先重視理氣，其次才講倫常，尊重性命，輕視事業和功績。其宗旨已經和聖賢之道有些區別了。」

「聖賢對人，有是非心，無彼我心；有誘導心，無苛刻心。道學卻是各立門戶，在這種情況下，不可能沒有爭鬥，既然有了爭鬥，那就不可能不互相詆毀、靠貶低對方來求勝。上述種種最終導致種種後果，所以，踐行道學之說，有很多地方是見不得孔孟聖人的。」

「先生您有剛大之氣、正直之情，可以面對鬼神而無愧，這就是我敬重您的原因。」

「先生能率本性而為，這也是成聖成賢的根本，至於先生您講的道學，就是另外一回事了。這就不是我這隻愚昧的狐狸所能知道的事情了。」

魏環極聽罷，久久說不出話來，揮揮手，默默地將狐狸遣退了。

後來，魏環極對自己的門人說：「這狐狸肯定是因為明代的黨派之爭造成的禍亂才有感而發，所以言論有些過激，並不是確鑿中肯的評價。但是它揭露出道學中的虛情假意，確實可以警醒講學之人。」

這隻飽讀詩書的狐狸，喜歡親近讀書人，沒有被人類紛紛擾擾的黨派之爭帶偏，對萬事萬物有著自己獨特的見解，是一隻不錯的才狐。

上文原文皆出自《閱微草堂筆記》。

愛露一手的畫家狐

古代人和狐同住在一個屋檐下，卻相安無事，這似乎是很常見的事情。

紀曉嵐曾感慨過，在各種傳記小說裡，擅長吟詩的狐狸常見，但是擅長畫畫的卻如鳳毛麟角。確實如此。不過，紀曉嵐倒是親身經歷過狐狸畫畫的事情。

丁亥年（1767）春天，紀曉嵐帶著家人回到了京城，因為他之前在虎坊橋的舊宅子沒贖回來，所以就暫住在錢香樹先生的空宅子裡。在這之前，紀曉嵐的老家裡也住了狐仙，所以他對狐仙有一定的瞭解。

住進去之前，錢香樹告訴他：「你老家的小樓上不是住了狐仙嗎？我們家的閣樓上也住著狐仙，閣樓平常都是鎖著的，只放了一點雜物，如果沒有特別的事，你不要隨便上去打擾它們。」

紀曉嵐到底還是對狐仙很好奇。他住進去後，偶然有一天，閒來沒事，做了一首詩，貼在了這間閣樓的牆上。

詩曰：

草草移家偶遇君，一樓上下且平分。耽詩自是書生癖，徹夜吟哦莫厭聞。

寫完之後，他就把這事忘了。一天，他的一名侍妾開鎖拿東西，突然大呼：「怪事，怪事！」

聽到侍妾的呼喊，紀曉嵐連忙走過來察看，發現這間平常緊緊關著的閣樓地板上竟然畫滿了荷花，從灰塵中開出的荷花，亭亭玉立，頗有筆致。

紀曉嵐一時手癢，命童子將筆墨紙硯放在案几上，又做了一首詩粘在了牆上：

仙人果是好樓居，文采風流我不如。新得吳箋三十幅，可能一一畫芙蕖？

過了許多天後他來探看，發現筆墨一動未動。

以詩會友的時候，狐仙畫田田荷葉來回報。等紀曉嵐送上紙筆了，狐仙反而不理他了。於是紀曉嵐在閒聊時，將這事告訴了裘文達，裘文達聽了，笑道：「錢香樹家的狐狸，本來就應該比平常的狐狸風雅一些。」

這種故事大約也只會發生在古代那些文人墨客的身上了，現代人的家中自然不可能住著這樣一隻風雅的狐仙，但我們可以發揮想像，事情大約是這樣的吧：

看到人寫的詩時，一隻有著火紅皮毛的狐狸好奇地上前一嗅。

「我也渴望交一個人類的朋友啊！」

狐狸竭盡全力，在落滿灰塵的地板上，用自己的爪子，足足畫了三天三夜，才畫出了滿地雅致的荷花。

畫出花朵後，狐狸害羞地躲回房梁上，按著怦怦亂跳的心，眼巴巴地盯著閣樓的小門。

「一天一天過去了，這人怎麼還不來看我的荷花？」

狐狸一開始還是聚精會神的，慢慢地，那有著一點白尖的蓬鬆尾巴耷拉了下來。它趴在房梁上開始無所事事地打起了瞌睡。

終於有一天，那人發現了狐狸的心意。

人為了以雅會友，專門備好了筆墨。人想，在布滿灰塵的地板上都能畫出如此有風骨的花，那麼，畫在紙上該有多好看呢？

在看到人的一瞬，趴在房梁上的小狐狸耳朵嗖的一下立起來了。等人走，害羞的狐狸才順著梁柱爬下來。它讀完了詩，看看人留下來的紙和筆，再低頭看看自己毛茸茸的爪子，可憐它只是一隻狐狸，怎麼會拿筆寫字畫畫呢？

還不會變成人的狐狸只得再次垂著頭，耷拉著尾巴爬上了房梁。

上述狐狸是純天然無公害的，但接下來這隻擅長畫畫的狐狸就沒那麼好對付了。

海陽人李硯亭先生說，順治、康熙年間，處士周璕遊歷湖北、河南一帶。

周璕擅長畫松，當時，有個叫張子虛的書生請他在書房的牆上畫了一幅蒼松圖。松根起於西牆一角，盤根虯結，枝椏怒張，一路橫貫至北牆，松枝細梢宛如扇面，蔓延到了東邊牆壁的一、二尺處。松枝蒼翠欲滴，幾乎可以以假亂真。賞畫的人站在牆壁前，瞬時感覺濃蔭入座，長風欲來，真是一幅絕世好畫。

這畫雅致極了！張子虛特意擺了酒席，邀請朋友過來一起欣賞。

大家正站在牆壁前對著這幅蒼松圖指點讚嘆，忽然，其中一個朋友拍著手掌大笑起來。眾人好奇，順著這人的手指一看，也哄堂大笑起來。

原來，如扇的松枝下竟然是一幅活色生香的祕戲圖。

畫上有一張大床，床上鋪著長竹席，上面有一男一女，兩人眼波流轉間，媚態橫生。一旁站著兩個未著衣服的侍女，其中一位揮扇驅趕蚊蠅，另一位用兩手托住女人的頭，防止她掉到地上。

這畫上的男人和女人，正是張子虛和他的妻子。

嗡的一聲，認出畫中人身分的眾人紛紛聚在畫前，恨不得抓一柄放大鏡細看。

畫中人眉目逼真，即使是童僕也能明確地分辨出是哪個人的臉。大家一邊欣賞著現實主義寫真畫，一邊盯著一臉尷尬的張子虛，爆出如雷的笑聲。

張子虛衝到壁畫前，但奈何身短手細，擋得住東邊，擋不住西邊。不一會兒，畫就被眾人給看光了，他還得到了一堆的嘲笑。

張子虛氣炸了，對著空中指指點點，大罵惡作劇的妖狐：「不要臉，給我滾出來！」

屋檐上忽然有大笑聲傳來：「你呀，也太沒風度了。我聽說周處士為你畫了一幅蒼松圖。因為之前從沒見識過，所以我昨晚特意過來欣賞……」

那聲音的主人嘖嘖稱讚道：「哎呀，真是美！當下把我迷得暈頭轉向的。我沉浸其中臥在地上，一時不察，沒來得及躲開你。就為了這點事，我也沒扔磚頭瓦片打你啊，請大家評評理！就為了這點事，子虛這個小氣鬼，竟然用那麼惡毒的話咒罵我。」

「我出不了這口惡氣，心裡難受，所以跟你開了一個小玩笑。沒想到你不但不知自我反省，還那麼乖張暴躁。好，那我就將這幅畫再畫在你家的白門板上，讓過路的人也跟著樂一樂。到底該如何做，你自己看著辦吧。」

原來，昨晚張子虛擺好了茶具，和僕人在書房裡秉燭夜坐，忽然有個黑忽忽的東西往門口衝去。書生知道這一定是狐狸，所以當場大罵了它一頓。

眾人聽了狐狸的訴苦，笑完了，都過來勸架。有能說會道的，讓僕人專門在酒席上設了一個空座，請狐狸大狐有大量，高抬貴手，饒了子虛。

狐狸倒是聽人勸，果然跟眾人喝起酒、吹起牛來。

大家只能聽到狐狸說話，卻看不到它的樣子。狐狸有好酒量，來者不拒，只是不吃肉。它說自己已經有四百多年不吃葷腥了。

等到酒席快散的時候，狐狸大概是被這群讀書人奉承舒服了，終於鬆了口：「你這個人過於聰明，而過於聰明的人，往往容易盛氣凌人，這可不利於涵養德行，也不是保身之道。今天的事，還好你是遇到了我，要是遇到了那些小心眼愛計較的狐狸，看它們不把你折騰掉半條命。只有不斷地學習才能改變一個人的氣質，你自己要多多留意，保重啊！」

狐狸也是愛操心的，千叮萬囑完後，才鄭重其事地和眾人道了別。

送走狐狸後，再回頭時，其中一個人驚訝地「啊」一聲，牆壁上除了蒼松，已經潔淨如洗了。

第二天，書房的東牆上忽然出現一幅迎面春風圖。只見整幅圖以青苔、碧草為底色，上面有桃花數枝，豔麗的桃花並不是很繁密，有盛開的，有半開的，還有已經垂落的，那些半落不落的花瓣隨著風兒翩翩飛舞，共八、九片，片片風姿都不同。花瓣反側橫斜，好像真的飄灑在青草間。畫作逼真美妙，簡直不像人用筆畫出來的。

上面還題了兩句詩：「芳草無行徑，空山正落花。」

這兩句是初唐楊師道的詩，畫上沒有署名。

張子虛知道，這是狐狸為答謝昨晚的酒宴所作的。

後來，周璕見了這幅畫，讚嘆道：「一點筆墨痕跡都沒有！與這幅畫一比，我感覺我的畫還有刻意為之的矯揉之態。」

雖然這隻狐狸惡作劇捉弄了人一番，但足以見得其繪畫功底之深，這是一位大度的藝術家狐。

狐狸美髮師

人們常說狐狸害人，其實在大多數情況下，是人想要狐狸的命。狐狸面對想要自己皮毛的獵人時，大多不會以牙還牙，而是選擇用一個不失幽默的惡作劇來化解這場無妄之災。

狐狸報仇——點到即止。

《閱微草堂筆記》中記載了這麼一個故事：

紀曉嵐的堂叔梅庵公說，他的族裡有兩個少年，聽說某處墓穴裡藏著狐狸精。少年人嘛，正處於天不怕地不怕、躁動愛玩的年紀，兩人大半夜的也不睡覺，相約一起去打狐狸。

背著鳥槍，兩人來到陰森森的墓地後，趴在草叢中悄悄地等狐狸現身。

但兩人又睏又冷地等了一晚上，也沒等來狐狸。不知不覺間，兩人背靠背，竟在墳堆裡呼呼大睡起來。

晨光微顯，枝幹盤虬的松柏間傳來啁啾的鳥鳴聲，晨起的霧氣凝成了細如針尖的露水，林間一片躁動前的靜謐。

草地上有野兔翩然越過，兩人終於被喀嚓喀嚓的細碎聲吵醒了。

一睜開酸澀的眼皮，頭皮上傳來的感覺頓時讓兩少年大呼出聲：

「咦？我的頭髮！」

「疼疼疼！」

被朝露湮濕的草叢裡傳來此起彼伏的嗷嗷呼痛聲。

兩人被劇痛弄醒後，扭頭一看，呸！哪個缺德帶冒煙的，竟然把兩人的頭髮繫在一塊了！

兩人疼得直抽氣，百忙之中還不忘破口大罵，只有鳥鳴蟲叫聲的森林裡，不一會兒就充滿了花式叫罵聲。

也不知道那狐狸精是怎麼纏的，這兩股頭髮交錯縱橫，毫無解開的希望，他們一點辦法也沒有。

兩人頭抵著頭，相互攙扶著，好不容易站起身來，剛要邁步，森林裡又響起哇哇亂叫的喊痛聲。

頭髮繫得太有藝術感了，兩個腦袋互相牽制，兩人走不得站不得，畢竟牽一髮而動全身，稍微一動，渾身就如通電似的疼。

維持著交頸而眠的姿勢，絕望的兩人最終決定按兵不動。

好不容易挨到天光大亮，路邊傳來了窸窸窣窣的聲音，終於有行人經過這裡了。兩人趕緊高聲求救。那人順著聲音望過來，正看到草叢中冒出兩個黑忽忽的圓腦袋，嚇得當場抽出配刀，以為自己遇到了雙頭怪。

等看清二人的現狀，路人才抽動著嘴角，用佩刀將他們的頭髮割開了。

一個少年幾乎成了禿頭，另一個少年則拖著一團亂蓬蓬的大辮子。

兩個少年狼狽而歸。

回家之後，兩人越想越氣，再加上被朋友各種圍觀和嘲笑，兩人又羞又怒，當即要找狐狸精報仇。少年們的父輩們勸道：「它們無形無聲，來無影去無蹤，不是你們憑本事就能戰勝的。況且是你們無緣無故去招惹它們，本來就是你們理虧。今天的羞辱不是自己招來的嗎？又有什麼仇恨可言呢？倘若果真要去，只怕會輸得更慘。」

少年們倒也聽話，這才憤憤作罷。

紀曉嵐說這隻狐狸只是稍微戲弄了一下兩名少年，讓他們自己醒悟，而不是狠狠地作祟。如果狐狸真那樣做，一定會激起兩人的鬥志，他們必定前去復仇，到時就會落得一個兩敗俱傷的結果。可以說，這隻狐狸很善於自保。

不過，紀曉嵐筆鋒一轉，說即使是些微的戲弄也足以激起滔天的怒火，還不如深藏不露，讓窺伺的人連自己的蹤跡也看不到，這才是上上之策。

接下來是我們「開腦洞」的時間，想像一下：

半夜三更，古墓，松枝，兩個少年，一隻狐狸鬼鬼祟祟地從古墓裡鑽出來，它早已洞悉兩人的來意，兩人是為取它性命而來的。

但是狐狸很大度，並不生氣，只是歪著腦袋看著沉睡的兩個人，它看了一會兒後，嘴角一翹，忽然升起一種莫名的興致。它用那兩隻戴著「黑手套」的細爪子摸黑操作一番後，沉沉一笑，深藏功與名，飄然而去……

人狐的四種相處模式

狐狸本是獨居動物，雌狐雄狐只有在繁殖期才會聚在一起，等孩子長大了，狐狸媽媽也會把小狐狸趕出領地，讓它們獨自謀生。

早期的狐狸精形象也大都是獨來獨往，一隻狐作祟，一隻狐搞惡作劇，或者一隻狐跟人打交道。它們是獨行俠，不需要任何幫手。這時候的狐狸精大都住在墓穴中，比如《搜神記》裡的著名狐狸精阿紫，受阿紫魅惑的人被發現時，就處於一座墓穴中。

但是隨著人類社會的發展，狐族也與時俱進，社會化的程度逐漸加深了。

唐代以前，狐妖們還只是學個人樣，將自己居住的墳墓或布置或幻化為人類的住宅，但歸根結柢，這都不是真的。

從明清時期開始，狐妖們徹底採用了「拿來主義」，宅子也只是在必要時幻化一下用來騙騙那些窮書生，很多時候，它們摒棄洞穴，像人一樣，正式搬到人的家中與人雜居。

與人最大的不同之處在於，狐狸們不事生產，它們沒錢交房租。

狐狸拖家帶口住進人的家中，一般情況下會選擇空置許久的樓房或者糧倉，也有一些雅致的狐狸選擇住在書房裡，因為這種地方一般乾燥又透風透氣，還很少有人打擾，最適合它們居住。

那麼這種不請自來的房客到底是怎麼和主人家相處的呢？一般有四種模式。

模式一：當「保全狐」，盡職盡責地為人看家護院

在《閱微草堂筆記》中，紀曉嵐的堂叔梅庵公說，淮鎮有個叫張子虛的人，他有五間空房，自成院落，不住人，專門用來放置雜物。

這樣的地方一般很吸引好奇心旺盛的孩童，於是張子虛經常聽到一群小孩在他家院子裡鬧騰。他嫌吵，就把門鎖上了，沒想到孩童們自有妙招，他們翻牆進去玩。玩高興了，十幾個小孩開懷尖叫，這不是一般人能受得了的。

煩透了的張子虛想了個法子，他特意寫了一行字貼在了門上，上書：「此房狐仙所住，毋得穢汙！」一開始，他只是想嚇唬一下孩子們，也算是奏效了，畢竟小孩子多少都被告誡過，不要招惹狐狸。可是幾天後，張子虛正躺在床上睡覺，忽然聽到窗外有人在說話，那人說：「感謝先生您的召喚，我們一家已經搬來了，以後我們一定會好好替您看守這個院落的。」

從此之後，只要有人靠近這個院子，空中馬上飛來磚瓦，就連張子虛家的僮僕進門搬雜物，也會遭到無差別攻擊，大家不敢隨便靠近這裡。

張子虛也忙，不能天天進來收拾房子。這五間大空房由於長時間得不到修葺，又沾染不到人氣，不知道什麼時候竟然塌了，直到這時狐狸才搬走。

這就叫作「妖由人興」。

上述故事中的狐狸有點自作多情，人明明沒有請它，它竟然不請自來，還帶著一家老小全搬來了，也太會見縫插針，更有點過於堅守崗位了。

如果這古板的狐狸稍微通融一點，學習一下永續經營的策略，對那些僕人、婢女通融一點，自己也落得輕鬆。至於這家人，有狐狸幫忙看家、逮耗子，又何樂不為？這才是雙贏的策略。

只可惜這狐狸大概是第一次做住家狐狸，不太會當房客，不然也不會搞到房子塌了，主人家煩了，自己一家流落街頭，又要出門另覓住處這個地步。

狐狸，不過是看房子當保全嘛！可以不必這麼敬業的。

上面的狐狸和人顯然鬧得有點不愉快，不過，住在一起的人和狐也有和諧相處的。

模式二：與人和諧相處的「管家狐」

古籍記載，住家狐狸的形象一般都是白吃白住、偶爾一言不合還會搗亂使壞的房客，但古代也有以幫人看家顧家，用來抵扣房租的「管家狐」。

中書舍人張完質說，有個商人和一隻狐狸交上了朋友。一天，商人要出門經商，擔心家裡沒男主人會出事，就把一家老小全託付給了狐狸。

狐狸很負責，照顧起這一家人來倒是有模有樣的：對外，它張羅著防範一切起火偷盜之事；對內，家裡一應童僕婢女偷奸耍滑之事，它也都處理得井井有條。

只有一點，商人的老婆忽然跟鄰居勾搭上了，狐狸明明察覺到了這事，但還是表現得毫不知情，對此不聞不問。

兩年後，商人做生意回來了。

商人回到家之後，一看家裡內外被狐狸管理得很好，非常高興。他也很感激這隻仗義的狐狸。

但是，沒多久，商人漸漸察覺到了妻子跟鄰居間的曖昧情事。他怪罪狐狸為什麼不阻止鄰居，讓他戴了綠帽子。

狐狸倒是不生氣，聽了指責後，耐心地解釋：「你這件事乃是神仙所判，我這等小東西哪敢違背上天的旨意啊？」

商人不服氣：「萬惡淫為首，鬼神最厭惡的就是淫，怎麼會導人向淫呢？」

「是有這麼一回事，」狐狸解釋道，「不過，這位鄰居上輩子乃是一個土豪，你當時是他家的出納，仗著他的信任，利用職務之便吞了不少銀子。冥間判定拿你妻子抵債，他倆同床一晚，就能抵消五兩銀子，現在你還欠他七十多兩銀子呢，等還完了這筆錢，他們倆的緣分自然就盡了，你急什麼呢？」

商人露出了「你在逗我」的神情，狐狸高聲道：「你要是不信，不妨試一下，你把這七十多兩銀子還給他，看看會有什麼後果。」

商人想，反正自己出門一趟賺了不少銀子，有的是錢，試一下也無妨。

商人果然帶著銀子去了鄰居家。

鄰居見商人來訪，明顯有些心虛，他以為商人是來打人的。

商人一拱手，鄰居下意識地抬手一擋，沒想到，預想中的拳頭沒落下來，鄰居尷尬地順勢撓了撓頭：「啥事啊？」

商人心裡恨得牙癢癢的，但還是哈哈一笑：「聽說你家裡最近很困難，這次出門，多虧老天保佑，我賺了一點錢。大家都是鄰居，理應互相幫助，看你過這種苦日子，我於心不忍，所以特意拿八十兩銀子給你補貼家用。」

說罷，商人一扭頭，將銀子送到了鄰居面前。

一臉茫然的鄰居收下銀子後，商人頭也不回地告辭離去了。

看著手裡白花花的銀子，鄰居良心發現，從此之後，果然跟商人之妻徹底斷了關係。

等到年末，鄰居為表示謝意，特意買了熟食和點心前去感謝商人，點心包裝得十分精緻。等鄰居離開後，商人粗略估算了一下，去掉這些小禮物的錢，鄰居剩下的正好就是那七十多兩銀子。

由此可知，前生負債，今世必須償還，但債主一毫都不能多得，還債的人也分毫不能少給。天道可畏啊！

模式三：你不犯我，我不犯你；你若犯我，我必揍你

紀曉嵐的表伯王洪生的家中忽然來了一群狐狸，不過，平常它們都住在倉庫裡，不怎麼作祟。只是，當家裡的小朋友玩鬧時，一不小心靠近倉庫，就會被橫空飛來的瓦片給打跑。

一天，王洪生的家人在廚房裡捉住了一隻偷吃東西的狐狸幼崽。眾人聽說捉住了狐狸，紛紛前來看熱鬧。因為記恨它們打自家的孩子，眾人憤憤地提議捶死它以洩憤。

王洪生匆匆趕來，拉開眾人，急匆匆道：「快放開它！你們這種想法很危險啊，知不知道？你們這是在挑釁狐威。人與妖鬥，你在明處它們在暗處。狐狸們行事又很詭異難以捉摸，人哪裡有勝算？」說罷，王洪生從眾人手底下搶過狐崽，摸了摸它的腦袋，把它放在了床上，還特意拿來了新鮮的水果餵它吃。

等狐處吃飽了，他親自將毛茸茸的狐崽送回了倉庫。

從此之後，王洪生家的小朋友再經過倉庫，就沒有瓦片打過來了。

這就是不戰而屈人之兵。

狐狸雖然不是人，但耳濡目染後，也遵守人間的道德。上面故事裡的狐狸雖然是蹭吃蹭住的房客，但被人折服後，也奉行「你敬我一尺，我還你一丈」的基本行為準則。但如果人類對狐狸不敬呢？

芮鐵崖的宅院裡有一棟小樓，樓上住了狐狸。這樓常年上著鎖，人狐相安無事，沒人打擾狐，狐也

不騷擾人。

住在樓上的狐狸是隻好客的賢慧狐狸，經常炒個菜做個飯。它還喜歡交朋友，交了一堆狐朋狗友。等半夜三更人睡了，它就偷偷跑到廚房裡，炒拌滷燉，熱火朝天地忙一番，好來招待它那群朋友。

這家人起夜時偶爾聽到廚房裡鬧騰也不覺得奇怪，都習慣了。

除了熱愛做飯，狐狸也喜歡當糾察隊大隊長，但凡是失火偷盜之類，人睡熟後發生的危險事情，它都盡職盡責地提醒這家人，守護他們。

後來，芮鐵崖把宅子賣給了學士李廉衣。賣房時，他對李學士說了這樓上住著狐狸的事。雖然他一再強調，狐狸不但不害人，還會保護人，但李學士向來不信怪力亂神，所以不打算留狐在家中。

等到交房這天，李學士親自前往小樓查看，將生了鏽的鐵鎖打開後，他發現裡面共有三間房，每一間房都纖塵不染，樓房中間有一片像席子那麼大的地方，上面鋪著乾淨的木板，整潔如几榻，其他就沒有什麼了。當時，李學士要重修房屋，便打算將整棟樓推倒，讓狐狸們居無可居，趁早離開。

樓房被順利拆掉，期間倒沒發生什麼異常的事。

但是新樓房剛剛落成，火焰忽然四起，頃刻之間，新樓化為一片灰燼，連半寸椽木都沒有留下。奇怪的是，與新樓毗鄰的房屋，連根草都沒燒起來。

大家都說，這事是狐狸做的。

少宗伯劉青垣說：「這宅子命中註定該這天被燒掉，如果不是命數裡該燒，狐狸怎麼敢做出縱火這種壞事？」

紀曉嵐不同意了，反駁道：「如果所有的神鬼妖怪都能認認真真地遵守天條戒律，又哪裡會有雷霆之誅呢？在人間殺人會犯王法，所以很多想殺人的人不敢去殺人，但也有寧可拿命抵罪，也要把人殺掉的人。所以說，這種事，本來就沒辦法窺探其中的道理。」

看樣子，狐狸對人的態度如何，完全取決於人類對它們的態度。人類對它們好，它們也會報之以瓊瑤，如果對它們不好，那麼它們也會展開報復。

模式四：人狐相鬥，反目成仇

上面故事中的狐狸，大都是一開始就莫名其妙地當了人類的房客。在這種關係中，人類大多數會選擇「想住就住唄」的態度，但是也有一種情況，就如上面的李廉衣，不讓妖怪留在家中，那狐狸該怎麼辦呢？這時候人和狐會如何相處呢？

下面依然是《閱微草堂筆記》中的故事。

這事是李阿亭說的。

灤州有一個叫李烏有的人，他家的糧倉忽然被一群狐狸給佔了。狐狸倒是挺老實，也不怎麼作祟，只是偶爾在人經過的時候扔塊石頭，或者偷點東西吃罷了。

但是李烏有眼裡容不得沙子，他心想：我家的糧倉，憑什麼給你們這群妖怪住？我要驅狐！

他果然請來術士幫忙，術士也有真本事，一口氣殺死了好幾隻狐狸，還留下符，惡狠狠地威脅道：「再來就把你們統統燒死！」

經過這次絞殺，狐狸們果然搬走了。但是狐狸們嚥不下這口氣，它們一族鬼心眼最多，有時簡直讓人防不勝防。

狐狸懂變化，經常變成這家的女人，晚上出門和鄰家的少年們鬼混，甚至還幻化成李烏有的兒子，和無賴們同床共枕。

李烏有一家在不知不覺間臭名遠揚。

一天，李烏有來佛寺，忽然聽到禪房內傳來男女的嬉笑聲。他覺得奇怪，佛門清淨地，怎麼會有女人的嬉笑聲？於是好奇地捅破窗戶往裡看，剛看清房內情形，他眼珠子一下子紅了，與和尚們坐在一起嬉笑的，分明是自己的女兒！

他馬上扭頭回家，準備拿刀來砍人。

回家之後，李烏有的女兒從屋裡出來，正好迎上了他，問道：「爹爹的臉色怎麼這麼差？」

李烏有這才醒悟，一定是之前那群狐狸在向他報仇。

他再次請來術士，術士掐指一算，搖搖頭道：「狐狸已經逃竄了，不知道去了哪裡。」

狐狸精這種妖怪，偶爾擾擾民，這種事自古就有，其實可以不必管。即使治它們的罪，也罪不至死。李烏有讓術士猛然間殺死那麼多狐狸，本來就做得很過分，狐狸懷恨在心也是自然的。

當人仗著符咒有恃無恐時，狐狸雖然沒辦法當面搗亂，卻能巧妙地施展它們的法術在背後進行報復。這種報復方式可以說大大地出乎人的意料。

可見，君子之於小人，如果沒辦法戰勝他，就會被小人反咬一口。即使君子的力量足夠碾壓小人，但小人的機巧萬千、變化百端也是很可怕的。

看樣子，如果被狐狸選中了住家，要麼像上面的張子虛一樣不聞不問，任由狐狸住在家裡，最終房塌狐散；要麼像商人一樣，和狐狸成為好朋友；要麼像王洪生一樣，主動遞橄欖枝，和狐狸成為好鄰居；要麼像李烏有一樣，奮起反抗。只不過，狐狸狡黠，可能一個不慎，人反而會被它狠狠地捉弄。

如果不小心被狐狸選中成為它們的房東，你會怎麼對待這個不交租金的房客呢？

狐也有俠肝義膽

《說文解字》曰：

狐，祥獸也。鬼所乘之。有三德：其色中和，小前大後，死則丘首。

分布在中國境內的狐狸以赤狐最多，赤狐狐毛呈黃色，黃色為青、黃、赤、白、黑五色中最中庸平和的一種顏色，由毛色可推及德行，所以說狐狸的第一德為中庸之道。

小前大後是指狐狸的形態，狐狸擁有尖尖的鼻頭、小小的腦袋和又大又蓬鬆的尾巴。它的外形特點是由小到大，這暗合古人崇尚的尊卑有序。這就是狐狸的第二德。

狐狸的第三德為「死則丘首」。這是說狐狸死的時候，頭一定會朝著洞穴的方向，這表示狐狸不忘本。但接下來的幾則故事，我們要說的是狐狸的第四德——俠義。

這是記載在《閱微草堂筆記》中的故事，是紀曉嵐的舅舅安實齋說的。

有位程老先生是村裡的教書先生。程老有個女兒，長得很是清秀。偶然有一次，女孩出門買胭脂水粉，碰到村裡的一個無賴少年，那無賴少年竟然調戲了女孩。

女孩哭著回家告訴了父母，但是父母都是老實人，程老又年老體衰，唯一的本事只有教書，女孩是個獨女，沒有兄弟撐腰，家族裡也沒有可以撐腰的人。那個無賴家大業大，老人家忌憚這無賴的暴戾，所以不敢和他計較，竟然就這樣平白讓自家女兒吃了這麼大的虧。

自從發生了這事，程老一直沒辦法釋懷，經常鬱鬱寡歡。

在這之前，程老交了一個狐狸朋友，兩人關係很是融洽，時不時會打上幾兩好酒，對飲暢談。一天，一人一狐再次聚在一起喝酒時，狐狸見老朋友一臉愁苦之色，就問他怎麼了。程老灌下杯中酒，氣咻咻地將這事說了一遍。

聽罷，狐狸默默離去了。

之後的某一天，這無賴再次經過程老家，赫然發現，程老家門口正倚著一個千嬌百媚的程家女，女孩見他望過來，竟對他嫣然一笑。無賴一看，嘿，有門兒！兩人說笑幾句後，漸入佳境。於是女孩勾著無賴在小菜園的空屋子裡做成了好事。

分別時，女孩哭著表示依依不捨，並提議：「如今我已經是你的人了，父親肯定不同意我嫁給你做小，不如我隨你一起私奔吧！」

無賴一聽，心花怒放，於是半夜悄悄來到程家門外，帶著早已經等在那裡的女孩回了家。

回到家後，無賴的老婆還守在家裡，他擔心老婆亂說話，更擔心程老知道這事後把女兒要回去，就拿著刀子威脅老婆：「妳要是敢把這事洩露出去，我就弄死妳。」

左手老婆，右手程家女，無賴美滋滋地躲了幾天後，才提心吊膽地出門打聽，也沒聽到程老在找女兒，於是自得一笑：「這老東西，一定是怕丟人才不敢聲張的。」這樣一想，無賴越發無所顧忌，天天跟程女尋歡作樂。

偶然的一天，無賴發現了一點程女的妖跡，他這才知道，原來自己帶回家的是一隻妖怪。但這時候他們兩情相悅，而且生米煮成了熟飯，他捨不得將妖怪趕走。

不到一年的時間，身強力壯的無賴就得了癆病，最終竟然病得只剩下一口氣，直到這時，妖怪才離他而去。

無賴的家人千方百計地抓藥搶救他，才勉強保住了他的一條命。但此時，他之前的那點家財已經花得差不多了。沒錢了，無賴和他的妻子只能露宿街頭。又因為被癆病掏空了身子，沒辦法做工賺錢，無賴竟然逼妻子出賣色相，靠此勉強度日。

此時，無賴再也沒有先前那股驃悍之氣了。

無賴倒楣到這個地步，程老聽說之後，覺得真是報應不爽。再次跟狐狸喝酒時，他搖頭嘆息著把這事跟狐狸說了。

狐狸淡然道：「這不過是我派我家丫鬟戲弄了一下他罷了。當時小丫頭借了你女兒的樣貌，你不要生氣，因為如果不借你女兒的模樣，就沒辦法引他上鉤。」

「他上鉤之後，我一定要讓他知道跟他私奔的乃是一隻狐狸，不然會汙了你家女兒的清白。」

「讓丫鬟在他快死之前離開，是因為他罪不至死，報復已經夠了。老兄你呀，就不要再怏怏不樂啦。」

這隻狐狸是像朱家、郭解那樣的俠客吧？但它做事完全不是為了自己，這點就不是朱家、郭解能做到的了。

這裡不討論無賴的結局怎樣，無賴的老婆有多無辜、多可憐，只說這狐狸的俠氣。聽說好友的女兒被人調戲了，狐狸沒有假惺惺的義憤填膺，而是一聲不吭地前去幫忙報復。報復對方時，狐狸這小腦袋瓜想的主意絕了。它沒有意氣用事，也沒有因為站在道德制高點就無所顧忌、只圖自己開心，而是冷靜睿智、妥善布局，在不影響朋友女兒聲譽的情況下，施展計謀。等報復得差不多了，它也懂得及時收手，事了拂衣去，毫不拖泥帶水。

事情徹底辦妥了，當事人程老還絲毫不知情呢。直到此時，狐狸才淡淡地說出自己為好友做過什麼「不足掛齒」的小事情。

這個狐狸朋友穩重、妥當，得此朋友，此生無憾！

除了這隻幫朋友報仇的俠氣狐，還有為弱小者仗義執言的狐狸。

劉擬山家忽然丟了一隻金手鐲，於是他讓人把家中的奴僕拷問了一圈，最終嫌疑落在了最弱小的小女奴身上。

女孩受不住殘虐的拷打，最後不得不承認，自己偷了鐲子並把它賣給了一個收雜物的打鼓人。

聽說女孩把金鐲子賣了，劉擬山又拷問女孩打鼓人的衣著、長相，女孩支支吾吾地回答完之後，劉擬山連忙出門找人，但遍尋不獲，回家後，他再次拿起鞭子準備繼續拷問女孩。

鞭子快要打在傷痕累累的女孩身上時，天花板上忽然傳來輕輕的咳嗽聲：「我住在你家四十年了，從來都不輕易顯露行跡，所以，你不知道我的存在。但是，我今天實在是忍不住了，不得不多嘴一句，這金鐲子難道不是你夫人在檢點雜物時，錯放到漆奩裡了嗎？」

劉擬山趕緊去漆奩裡找，果然，金鐲子正好端端的在裡頭。

但是此時，被冤枉的女孩已經體無完膚了。

自從知道自己冤枉了好人，還差點將人打死，劉擬山一直都很後悔，他經常把這事說出來告誡別人，還說：「冤枉人的事時時刻刻都會有，但怎麼可能處處都有這隻狐狸呢？」

也因為這件事，他後來當了二十多年的官，審案時，再也沒有刑訊逼供過。

狐狸的仗義執言，不僅救了小女奴的命，還救了劉擬山的慧命[8]，更救了無數經劉擬山手的囚犯的命。狐狸可以稱得上「一言救萬人」，有了這等大功德，按照其他志怪小說中的說法，這隻狐狸可以登仙界了。

8 法身以智慧為壽命。智慧之命夭傷，則法身之體亡失。智慧是法身的壽命，所以叫慧命。

除了為弱小者仗義執言，狐狸也會對故人仗義相助。

下面這事是觀察使盧撝吉說的。

茌平縣有對夫婦相繼死去，留下一個剛滿周歲的娃娃。這對夫婦的兄嫂不顧骨肉情誼，也沒半點憐憫之心，根本不照顧嬰兒，眼看孩子就要餓死了。

就在孩子連哭都快沒力氣時，兄長家的門忽然被推開了，從外面進來一個光彩亮麗的大美人。那人進來就憐愛地將孩子抱在懷裡，同時對驚訝地望著她的兄嫂大罵：「呸！沒良心！你的弟弟和弟媳屍骨未寒，你們怎麼忍心眼睜睜地看著兩人唯一的孩子餓死？我看，不如把孩子交給我，或許我還能給娃找條活路。」

說罷，女人抱著孩子出了門，眨眼間就消失不見了。

這事鄰居們都親眼看到了，有知道內情的就說：「這弟弟活著的時候，曾經和一個狐女交好。沒想到，人死了，親哥哥不講兄弟情，卻是一隻狐狸不忘舊情，前來探視他的遺孤。」

大家愛罵那些喪盡天良的人連畜生都不如，在這個故事裡，人倒不如心直口快的狐狸了。

除了仗義執言、挺身而出的狐狸，還有路見不平一聲吼的狐狸。下面依然是《閱微草堂筆記》裡的故事。

有個叫張子虛的太學生，家裡很有錢，他的妻子生了一個兒子後就死了。他再娶，娶了一個很美的女人。從此，張子虛被新妻子迷得神魂顛倒。

自從女人來到家裡，他對她幾乎言聽計從。

女人藉口家務繁雜，無人幫忙，就將她的母親接來了，同時還接來了她的兩個妹妹。

不到一年的時間，女人用了各種藉口，讓她的一個哥哥兩個弟弟拖家帶口地全來了，幾大家子全住進了張子虛的豪宅中。

久而久之，張子虛家的僕人、奴婢來了個大換血，一一被換成了妻子家的心腹，張子虛和他爹反倒成了寄人籬下的外人。

此時，張子虛依然愛他的老婆，只是這個家現在沒了他說話的份，就連鑰匙、帳簿及錢糧出入，他都不能過問了。

每天，他們父子倆和前妻留下的幼童都只能吃些殘羹剩菜，就這樣，還天天被妻家的人嫌棄和厭惡。

偶然的一天，張子虛看到衣衫襤褸的老父親在吃長毛的饅頭時，實在是忍不下去了：「這可是我的家啊，我要奪回家政大權！」

一聽張子虛的話，妻子開始哭天抹淚，她的兄弟們也一起在院子裡起哄，她的母親和妹妹們更是在屋內破口大罵為妻子助威。

這次奪權行動因為張子虛要面子，只能不了了之。

後來，張子虛還因為一些雞毛蒜皮的事，被妻子一家人圍住狠狠地揍了一頓，風度翩翩的他被揍得鼻青臉腫，連鬍子都被一根根地扯下，幾乎毀了容。眼看要被折磨死了，向來斯文的張子虛沒辦法，只能拋下面子，高聲呼救，他前妻留下的小兒子聽到爹爹在求救，連忙趕來救援，但是他太小了，又常年吃不飽，穿不暖，矮小得像個小豆丁，當場就被後妻的兄弟一耳光摑飛在地上。

最終，父子倆靠叩頭求饒才躲過一劫。

現在張子虛別說奪權了，就連正常地活在自己家裡都成了奢望。

張子虛家中有錢，肚子裡有墨水，還有一份朝廷公務員的好工作，這輩子都順風順水，受人尊敬，什麼時候被這樣糟蹋過？

面對這群鳩占鵲巢的惡人，他打又打不過，忍又忍不了，眼看日子實在是過不下去了，絕望的他跑到後園準備上吊。

剛把繩子綁好，他面前忽然出現了一位陌生的老人家。張子虛還以為對方又是哪個新冒出來的妻子親戚，馬上怒目而視，自己就要死了，也沒什麼好怕的了。張子虛抱著這樣的想法，惡狠狠地瞪著老人。

老人根本不在意他的目光，只是慈祥地勸他：「別這樣，您家的事人神共憤。我住在您家裡很久了，只是您不知道。其實，我一直憤憤不平，只是礙於身分不好插手。現在，事情已經到了這個地步，我不出面也不行了。這樣吧，您到土地廟去燒張狀子，就說請派後花園的狐狸驅逐這些壞蛋，神仙肯定會答應你。」

張子虛半信半疑，不過，反正他都是要死的人了，不如死馬當作活馬醫，於是他寫了狀子，來到土地廟把狀子燒了。

當晚，行動派的狐狸們就開始奉旨搗亂了。

狐狸們大鬧特鬧。

忽然間，平地颳起颶風，張宅頓時屋瓦亂鳴，門窗震動，妻子一家人全被磚頭和石塊打得頭破血流。沒多久，這家的女人都被狐狸給魅住了，大白天就發了瘋裸著身亂跑，種種醜態不一而足，晚上，宅子裡會發生各種不可描述的事情。

現在廚子做了好吃的，剛端到妻子這邊的人的手裡，狐狸馬上使用法術，把好吃的移到張子虛父子面前。而妻子這家人吃東西時，飯菜裡會被狐狸扔上泥巴和蟲子。

狐狸們鬧騰得太厲害了，精力又旺盛，甚至採用了輪班制來推行搗亂大計，白天折騰盡興了，晚上接著折騰。

妻子這家人被折騰了個半死，知道這裡沒法住人了，只好四下逃竄。

張子虛重振家風，陸續地將之前被妻子辭退的僕人們召回，重理家政後，才自給自足地活了下來。

但是妻子這邊的人對張子虛的家產一直不死心，悄悄打聽情況，躲在外面蠢蠢欲動。

但是狐狸保鏢們恪守職責，堅決不讓他們進門。只要他們一進門，馬上會被橫空飛來的磚頭給砸跑。有的人躲過「槍林彈雨」，想偷偷帶點什麼東西回家，等他鼻青臉腫地拎著沉沉的包袱回到家，打開包袱一看，裡面是空的！張子虛的妻子私自給他們的財物也是這樣莫名其妙地變沒了。

總是得不到好處，他們便不再來了。

然而此時，因為被蠶食鯨吞太久，核算資產時，張子虛發現萬貫家財已經被消耗得差不多了。但如果不是狐狸們幫忙，他們父子幾個早就餓死了。

這件事，即便是至親好友也沒辦法幫他的忙，狐狸卻能給他出謀劃策，難道狐狸真的勝過人嗎？人老於世故，因為害怕跟人結怨，所以會主動避嫌，在做事時又喜歡趨易避難，所以能做到坐視不救。但是狐狸很單純，不太懂人情世故，所以不會去討乖賣巧、耍手段摶一個忠厚長者的名號，但凡道義上應當做的，狐狸們便奮然相助。這就是人和狐的不同之處。

發表完感慨後，紀曉嵐嘆道：「雖然它們是狐狸，但即使是做它們的隨從，也是讓人嚮往的吧。」這樣嫉惡如仇又俠肝義膽的狐狸，人間難尋。

狐狸的報復手段

《論語》有言：「以直報怨，以德報德。」

人生很長，前行路上，難免會遇到幾個狼心狗肺之人。

那麼，如果被信任的朋友出賣了，你該怎麼辦？遇到負心人時又該如何有理有據地討回公道呢？

《閱微草堂筆記》中一隻狐狸的做法堪稱復仇的典範。

有個叫柳子虛的人，不知怎麼的，和一隻狐狸交上了朋友，一人一狐關係非常親密。這隻狐狸沒事就來柳子虛家做客，但是只有柳子虛能看到狐狸長什麼樣，家人只能聽到狐狸的說話聲。

因為柳子虛很窮，家裡還有一兒一女，那狐狸朋友每次來，都大包小包的帶來一堆禮物。

除了帶禮物，這位狐狸朋友還負責幫柳子虛還債。

有一次，柳子虛因故欠了富豪的錢，但他實在是沒錢還，狐狸帶來的禮物僅僅夠他們吃穿，並不足以讓他還清欠款。富豪就想讓柳子虛的女兒來當人質，柳子虛什麼時候還錢他什麼時候放人。

在狐狸又一次來柳子虛家做客的時候，柳子虛開始長吁短嘆，女孩也「嚶嚶嚶」地哭。

狐狸就問：「兄弟，你怎麼啦？」

柳子虛就把這事說了一遍，他也不求狐狸幫忙，只是當著它的面唉聲嘆氣，一副愁得要死的樣子。

狐狸大大咧咧地一拍胸脯：「這算什麼？兄弟，你就瞧好吧。」

說完，狐狸瀟灑離去了。

不一會兒，在柳子虛一家的殷殷期待中，狐狸飄然而回：「諾！」

柳子虛看看狐狸塞到自己手裡的紙片，等看清上面寫了什麼，手都抖起來了，是自己借錢的字據！

他們一家抱頭大哭，女兒得救了。

狐狸就站在一旁，欣慰地看著這家人笑。

後來，狐狸不知道怎麼的，竟然喜歡上了那個富豪的女兒，可能是那天去取字據的時候，不小心一見鍾情了吧。

總之，狐狸跟女孩好上了。

富豪知道了，當然不願意，馬上到術士那請來符咒，準備驅走狐狸。但是符咒不管用，眼看女兒被狐狸迷得越來越厲害，富豪沒辦法，只好張貼榜文，誰能把這隻狐狸制伏，他就給對方白銀一百兩。

這事從頭到尾柳子盧一家人都知道。

一天晚上，柳子盧兩口子躺在床上剛要睡，柳妻嘆了一口氣：「你說，咱們家這麼窮，什麼時候才能有錢啊？」

柳子盧也嘆氣，他真是窮怕了。

柳妻碰碰他：「哎，你說，如果，我是說如果，咱們家忽然有了一百兩銀子，這輩子就不用愁吃穿了吧？」

柳子盧嘿嘿兩聲：「那可不。」

柳妻爬起來，眼睛發亮地問他：「你說，如果眼前就有這麼個機會，你幹不幹？」

「當然幹！」柳子盧來勁了，問：「哪裡有機會？怎麼做？」

柳妻沒說話，只是指了指天上。

「你是說？」黑暗中柳子盧瞪大了眼睛。

「對！」柳妻微微一笑，「只要我們揭了那個榜，這筆銀子還不是手到擒來？」

柳子盧一聽，趕緊坐起身，連連擺手：「不行不行，那可是咱們的好朋友。再說，它幫了我們這麼多，咱們不能做個負心人。」

柳妻呸了一聲：「說你傻，你還真不通人氣，你以為那騷狐狸沒什麼企圖？它現在魅惑了富豪家的女兒，說不定哪天就來魅惑我們家妞妞。昨天，它可是剛剛用五兩銀子為妞妞做了一件冬衣。無事獻殷勤，非奸即盜，恐怕它早就有了這個意思。這等禍患，不除不行。」

柳子虛不說話了。

灰暗破敗的房間裡頓時安靜下來。

第二天，柳子虛偷偷跑到市集上買了二兩砒霜，還打好了酒，回到家，就靜靜地等著狐狸上門。其實所有的事情，在兩人心思一動之時，狐狸就已經知曉了。

當晚狐狸並沒有出現。

一直到白天柳子虛和鄉親們坐著聊天時，狐狸才現身。它站在房檐上呼喊柳子虛的名字，眾人紛紛抬頭望去。

柳子虛站在院子裡驚愕地看著狐狸。

狐狸坐在屋檐上開始動情地訴說往事。它從兩人深厚的異族友誼談起，然後說自從和柳子虛交上朋友後，自己明裡暗裡不知道周濟了他們家多少東西，還特地舉了幾個鄰居知道的、顯而易見的例子，最後才揭發了柳子虛夫婦的陰謀。

說完之後，狐狸懇切地說道：「我並不是不能報復你，只是我們做了這麼久的朋友，我不忍心與你為敵。」

說完，狐狸從房檐上扔下來一匹布和一捆彈好的棉花：「最近天冷了，昨天你家小兒子哭著喊冷，我承諾給他做一床被子，我不能失信於孩童。」

眾人聽到這裡，徹底倒戈，紛紛用譴責的目光看著柳子虛。有感於狐狸的仁義，有人終於忍不住了，開始指著柳子虛罵他忘恩負義。

狐狸深深嘆了一口氣，勸解憤怒的鄉親：「唉……交友不擇人，這是我的過錯，世態人情就是這樣，你們又何必過度地指責他呢？讓他心裡明白道理也就是了。」

說完之後，狐狸嘆息著離去了。

經此一事，柳子虛被鄉親們徹底看不起了，也沒有人肯救濟他家。他實在是活不下去了，只得攜一家老小連夜離開當地。從此，柳子虛一家不知所終。

這故事不談狐狸魅人的事情，只解讀狐狸如何為人處世，從中就能知曉這狐狸的段位可不是一般的高。閱遍志怪故事，它算是目前志怪宇宙中將世態人情玩得最溜的一隻狐狸了。

首先，這狐狸知曉朋友想謀害自己一事後隱忍不發，靜待時機；其次，它在戳穿真相時，動之以情，曉之以理，從頭到尾，它都將自己放在了道德的制高點——當然了，它值得；最後，它使出撒手鐧，即使被朋友這樣殘忍地背叛，它依然不肯失信於孩童——你無情，我不能無義。

狐狸與狼心狗肺的柳家夫妻形成了一個鮮明的對比。它只憑事實說話，狐爪上不沾一絲鮮血，就讓想害死自己的負心友人徹底「社會性死亡」了。

高明！

狐狸比人守法紀

狐狸作為一種動物，成精之後，被無數文人墨客賦予了各種獨屬於人的特性，如「才華」、「智慧」，擁有這兩者特性的代表狐為《搜神記》中的胡博士。此外，擁有「貞潔」、「賢慧」特性的代表狐為《任氏傳》中的任氏，而擁有「淫」這一特性的代表狐為《搜神記》中的阿紫。

清朝是狐文化大爆發的一個朝代。在這樣一個朝代，狐狸的特性標籤更加豐富多彩。可以說，人類該有的習性和脾氣，它們全部擁有了。除了上述狐狸，其實還有一些循規蹈矩，比人類還要遵守人類道德的「守法狐」。

相關的故事依然出自《閱微草堂筆記》。

張子虛不知怎麼的，和一隻狐狸交上了朋友。

這可不是一隻普通的狐狸，乃是一隻天狐。它法力高深，有大神通，能在彈指間將人攝到千萬里之外，凡名山大川、美景勝地，任其遊覽。彈指之間來，彈指之間去，去各地旅遊對它來說，簡單得像在一間小房子裡走動。那狐狸曾說：「也就是那些聖賢的居所，還有真靈所駐的地方我不敢去，其他的地方，只要我想，都可以按圖索驥，隨心而至。」

張子虛畢竟是凡人，與狐狸相處的時間長了，就對狐狸的能力動了歪腦筋。某天，去了十幾年的朋友李烏有家玩時，他相中了李烏有的一個小妾。回來之後，他茶不思飯不想，祈求狐狸：「你既然能帶我到九州之外欣賞美景，那能將我送到人家的房中嗎？」

狐狸問他：「這是何意？」

張子虛也不扭捏了，直接回答：「我曾到李烏有家玩，參加的是後庭的絲竹之宴。當時，他的一個愛妾在宴席上與我眉目傳情，雖然我倆沒有機會說一句話，但是我知道，我們已經心心相印了。」

說到這裡，張子虛咬牙切齒起來：「可恨啊！李烏有家宅院深邃，我們雖然只隔著盈盈一水，但也只能悵然相望罷了。」

眼看眼淚就要流出來了，張子虛舉起了袖子。他哀嘆的聲音似乎很是悲慟。揩去並不存在的眼淚，張子虛殷切地望向狐狸：「你能在夜深人靜的時候，將我攝到那女人的閨閣裡嗎？只要狐兄你願意幫忙，兄弟我的好事一定能成！」

聽罷，狐狸沉思了很久才說：「也不是不行，但如果主人在那該怎麼辦？」

一聽狐狸同意幫忙，張子虛馬上雀躍地一揮手：「這個不必擔心，等我去打探一番，找一個他宿在其他侍妾房間裡的日子。」

沒過多久，張子虛就打聽到消息了，著急地求狐狸快帶自己過去。

狐狸來時，張子虛正在打扮自己，不等他穿好衣服，狐狸一把薅住他的頭髮，直接帶他飛了起來。眨眼間，一人一狐停在了一個黑忽忽的地方，狐狸冷冷地說：「到了。」張子虛回頭看時，狐狸已經消失不見了。

太黑了，也不知道這是什麼地方。張子虛再叫狐狸，已經沒人理他了，他只能一邊在心中暗罵狐狸，一邊摸索著前進。

房間內很靜，聽不到任何聲音，他伸出手碰到的都是卷軸。張子虛悟了，這哪裡是香閨繡閣，分明是李烏有的書房！

張子虛罵了一句髒話，暗道：「沒想到我竟然被狐狸給耍了！回去看我怎麼收拾它！」張子虛胡亂地摸索著，倉皇失措間，一個茶几被他絆倒了，茶几上的瓷器古玩摔到地板上，發出砰的一聲巨響。

外面的守夜人聽到動靜，馬上高呼：「有強盜！」

不等張子虛從書樓裡轉出來，人們已經帶好傢伙、手執蠟燭，開鎖進門了。

眾人看了一圈，在屏風後發現了一個鬼鬼祟祟的人影。

「什麼人！滾出來！」

大家七手八腳將人撲倒，亂拳打完後，張子虛被結結實實地綁了好幾圈，眾人打算等到了白天將他押送官府。

張子虛都要羞死了，閉口不言，任憑處置。

等把人拖到燈下，眾人仔細地一打量：「這不是主人的朋友張子虛嗎？你大半夜的來我家主人的書房幹什麼？」

張子虛生性狡黠，從張惶失措中緩過神來，他眼珠一轉，扯了個謊：「我那……那狐友在跟我開玩笑呢，因為我不小心忤逆了它。畢竟，狐狸嘛——」張子虛曖昧地一笑，說道，「你們都懂，它很容易就被惹毛，這是在跟我鬧脾氣呢。」

和張子虛認識幾十年了，李烏有還不知道他的本性？趕來的李烏有拍掌哈哈一笑，揶揄道：「狐狸惡作劇，是想讓我把你狠揍一頓，但我寬宏大量，姑且免了你的一頓打，就把你逐出我家吧。」

於是，被鬆了綁的張子虛被僕人送回了家裡。

過了一段時間，張子虛越想越氣，就把這事跟他的好朋友說了，還罵道：「狐狸就是狐狸，不能拿它們當人看，和它相交十幾年，它竟然這樣出賣我。」

那好友不吃他這一套，勃然大怒道：「你和李烏有相交不止十幾年吧？你卻想借助狐狸的力量，勾搭他的小妾，到底誰不是人？這狐狸雖然氣你不講義氣，但只是開個玩笑來警醒你。它沒有做過頭，依然給了你脫身的機會，已經相當忠厚了。要是它等你華服盛飾打扮完畢，偷偷把你放在人家的床底下，我看你該怎麼脫身。從這件事來看，狐狸倒是個人，你倒是個狐狸了。你不知道反省也就罷了，竟然還罵人家。」

張子虛聽了這番話，愧疚又沮喪地離去了。

狐狸從此之後再也不來了，張子虛的好友漸漸地知道了這事，也都不再和他來往了。

郭彤綸和此人身邊的人有些交情，所以知道這件事的詳細過程。

這個故事裡的狐狸道德感非常強，我們甚至可以把它當成一個德行兼備的人來看待了。

這種跟人一樣遵守人類道德準則的道德狐，尚且在我們的接受範圍之內，但有的狐狸，為了守禮，會走極端。

清朝初年，有個姓孫的大富豪，因為沿海一帶海盜作亂，就帶著全家搬到了金壇。

一天，孫家門外忽然經過浩浩蕩蕩的一群人，為首那人自稱姓胡，跟在他身後的幾十人都是他的兒孫和奴僕，看得出來，這群人渾身都是名牌，坐的車也是豪車。

人群走近，富貴逼人。

經過孫家門前時，老胡上門拜訪孫某，說自己乃是山西人，遇到兵亂，不敢繼續趕路，看到孫先生家有空房子，所以想問問孫先生能不能借幾間房子暫時讓他們住一下。

孫某見老胡長相俊美異常，再往後看，見老胡一家全都是俊男美女，光彩照人，再聽他一口文謅謅的話，知道他們不是尋常人，肯定是群狐狸。不過，孫某心胸寬廣，不僅不排斥胡家人的身分，甚至還想結個善緣，於是命人收拾出一座宅子，讓胡家人住下了。

閒暇時，孫某也來這位蹭房子住的房客這閒談幾句。胡家人很勤快，沒多久就把髒亂的空房子收拾得大氣又雅致。

牆上掛著寶劍，桌上擺著古琴，書架上擺滿了一排排的古書。孫某徘徊在書架前，發現老胡讀的都是些《黃庭經》、《道德經》之類的道家經典。

兩人聊起天來，一本正經的老胡談的也都是《朱子語錄》裡的話。孫某觀察許久，發現老胡不僅自己一本正經，對他的子孫、僕人更是嚴厲，幾乎可以稱得上不苟言笑。

孫家人都偷偷地稱呼這個古板的異族房客為「狐道學」。

孫某有個美貌的小婢女，一天，這個婢女在巷子裡與老胡的小孫子相遇了。胡孫上前一步，想抱住婢女，婢女不從，那少年倒也不強求，兩人不歡而散。等回到家之後，婢女向老胡告了一狀。老胡聽罷，趕緊安慰她：「別氣，我替妳打他。」

第二天，日頭快升到頭頂了，老胡家的門還是沒開，孫家人敲了很久的門也沒人應聲。孫某擔心出事，就派人翻牆去查看，原來一夜之間，老胡一家已經搬了個乾乾淨淨。

只有桌子上放著包好的三十兩白銀，上面寫著「租資」二字。

再查找，有人驚訝地大叫一聲，只見臺階下躺著一隻被掐死了的小狐狸。

法君評論道：「這狐狸才是真正的道學家。世上有那麼多道貌岸然的道學家，這些人天天一副冠冕堂皇的樣子，卻嘴上一套，背地裡又是一套。這些人比起這隻狐狸來，可差得太遠了。」

這故事出自《子不語》，老胡也算是志怪世界中唯一一隻付了大筆租金的狐狸了。不容易。

替天行道的狐女

自從狐狸精誕生以來，尤其是《搜神記》中引男人來自己洞穴的阿紫這一角色誕生後，狐似乎總與「性」有著密不可分的關係，《聊齋志異》更是將談情說愛的媚狐文學發展到了巔峰。

不過，在這裡，我們不談那些癡迷於愛情的狐狸，只講一講面對好色之徒時，被人束縛在「媚」這一形象之下的狐狸的態度。

有的狐狸對此概然笑納，一心一意投注於修煉事業；有的狐狸選擇直接拒絕；有的狐狸會使壞、捉弄浪蕩子。

吳林塘就說過一個笑納好色之徒，專注於修煉事業的美狐故事。

有個叫張子虛的少年被狐狸給魅惑住了，感覺自己的身體逐漸被掏空。他覺得自己快不行了，但狐狸還是雷打不動地前來約會。這天，兩人再次共寢時，張子虛已經疲憊得沒辦法應付狐狸了。狐狸冷靜地起床，披好衣服準備告辭離去。

張子虛一看狐狸這般絕情，馬上哭了。他哭著挽留狐狸：「一日夫妻百日恩，妳我恩愛這麼久，妳竟然不顧夫妻情分，要離開我？」

狐狸充耳不聞，繼續往外走。張子虛怒了：「狐狸就是狐狸，薄情寡義！沒人性！」

狐狸也怒了，反駁道：「我跟你本來就沒什麼夫妻情分，我是為了採補而來的。如今你精血衰竭，對我來說，已經失去了利用價值。我不走還留在這當賢妻良母伺候你嗎？這就好比人以權勢交友，勢敗了，那些朋友自然四散離去；這也好比人以財交友，沒錢了，那些朋友自然也不再理你。當初那些人委屈獻媚，也不過是為權、為錢，難道是因為愛你才跟你交朋友的嗎？你當初對某家還有某家殷勤攀附，現在這兩家敗落了，你怎麼不和他們通音信了？你哪來的臉說我？」

狐狸斥責張子虛的聲音越來越大，在旁邊侍奉張子虛的僕人聽到後，不由得長長地嘆息一聲。張子虛聽罷，臉朝牆壁，靜默無言。

這個狐狸並不像《聊齋志異》裡各種沉浸在情情愛愛之中的「談情狐」，雖然它害人，但我喜歡這隻狐狸的態度——目標明確，不為情所困，專心修煉。只是它的採補方式有違天道，不過這也是因為張子虛自己動了心，俗話講「妖由人興」，誰也別說誰。

也有狐狸面對好色之徒的討好言行時，選擇直接拒絕。

東州邵家的公子放蕩輕佻，他聽說淮鎮古墓中的狐女清麗迷人，就經常躲在草叢裡窺伺。

一天，總算被他看到了，那美麗的狐女正坐在田壟上，垂頭沉思。

機會終於來了，不枉他忍了這麼多天的蟲咬蛇爬！邵公子大喜之下，馬上起身，想要去調戲狐女。

狐女回頭看到他，不等人說話，她已經知道了人的心意，馬上嚴肅警告：「我服氣煉形，已經有二百多年了。我從小就發誓，這輩子不會去魅惑任何人。你還是別生什麼妄念了。」

見邵公子被嚇住了，狐女語重心長地勸他：「那些魅惑人的狐狸接近你，難道是因為喜歡你嗎？它們只是饞你的身子，想吸你的精氣罷了，等你精盡人亡了，就知道遇上它們沒有好事，到時候你想逃都逃不掉。何必急著自投羅網呢？」

說罷，狐女舉袖一揮，頓時，淒風颯然，塵土飛揚，公子的雙眼被迷住了。

等邵公子揉揉眼睛再看時，狐女已經消失得無影無蹤了。

姚安公，也就是紀曉嵐的父親，聽到這個故事後評價道：「這位狐女能夠說出這番話來，日後定能升天。」

面對好色之徒，還有的狐狸會替天行道，捉弄對方。

有個叫張子虛的農家子，生性輕佻。一天，在幹農活回來的路上，他遇到了鄰村的一個女人，見了女人，他馬上從肩膀上卸下鐵鍬，拄著鐵鍬，站在原地，呆呆地盯著女人看。

看的時間長了，張子虛的膽子大了起來。他嬉皮笑臉的，正準備上前調戲對方，正巧旁邊來了一群去田裡送飯的女人，於是她們說笑著同行而去。

張子虛癡癡地望著女人們的背影發了好久的呆，這才沮喪地往家裡走。

過了幾天，他又在途中遇到了那個女人。女人騎著一匹烏黑油亮的小母牛，顧盼之間，似乎對張子虛頗有情意。

嘿，有門兒！

正駐足呆看女人的張子虛渾身好像通電一般，瞬間讀懂了女人眼中未盡的情意。

他什麼也不管了，尾隨著慢吞吞的牛兒，緊緊地跟了上去。

天剛剛下了場大雨，太陽一出來，水汽蒸騰，人像準備出鍋的饅頭，被天地這口大鍋沸騰騰地蒸著。光是站著，張子虛都感覺渾身黏膩。

泥巴路上溝壑縱橫，全是泥水窪。牛兒並不受泥漿的影響，走在上面，仍健步如飛。張子虛卻沒長四條腿，他擦著汗，深一腳淺一腳地走著，時不時還要摔上一跤，一會兒功夫就滿身泥漿了。

太陽在天上火辣辣地烤著，張子虛滿身泥巴，沒多久就被烤得焦乾酥脆，可他身上偏偏又跟發水似的淌著汗，一身粗布衣裳不一會就濕漉漉地粘在身上了。

張子虛扒拉著領口重重地吐出一口濁氣，他這輩子還沒吃過這種苦頭，不過，他心中的一團火熊熊地燒著，比太陽還烈，為了這個美人，他拚了！

他不顧自己狼狽的樣子，徑直追著牛往前走。

一開始，他還會小心地避開積水窪，但越走身上越髒，他乾脆啪啪地踩在沒腳的濕泥裡。費盡千辛萬苦，張子虛感覺自己都快累斷氣了，才終於到了女人的家。

等女人下了牛，張子虛忽然覺得不對勁。他喘勻了氣，仔細一看，這哪裡是什麼窈窕美人，分明是個皺巴巴的老頭子。

張子虛又驚又怕，宛如身在夢中。

老頭見他在自己家門外站了半晌，一聲不吭，精神恍惚，便納悶問道：「你站在我家門前幹嘛？」

張子虛囁嚅著，眼看老頭要喊人了，他靈機一動，說：「我迷路了，馬上就走。」等騙過老人，張子虛這才踉踉蹌蹌地回了家。

第二天，累癱了的張子虛還沒起床，就聽到他家院子外響起嘰嘰喳喳的說話聲，不知道是在議論些什麼，他胡亂穿上衣服，打算出門看熱鬧。

剛出門，還沒睡醒的張子虛就被鄰居們團團圍住，大家七手八腳地拉住他，指著柳樹，讓他看。

摸不著頭腦的張子虛定睛一看，自家門前的柳樹不知道被什麼人削去了一塊皮，上書幾個大字：「私竊貞婦，罰行泥濘十里。」

他這才知道，自己昨天是被妖魅給戲弄了。

來來往往的村民已經駐足欣賞了一個早上，見主角終於來了，連忙追問道：「這是啥啊，子虛？」

張子虛的腦袋嗡的一聲，從頭到腳紅了一片，似乎連頭髮都紅透了。

他支支吾吾的說不清，最終，張子虛沒辦法了，只得把昨天被妖怪戲弄的事說了出來。旁邊正在納悶的子虛他爹一聽這話，心想好小子，竟敢做偷雞摸狗的勾當，當場就摸了根棍子打了下來。

眾人嘻嘻哈哈地勸了一陣後，就紛紛袖著手，事不關己地站在院子外看爹揍兒子的熱鬧。

當著父老鄉親的面，張子虛挨了一頓好打，差點被打死。從此之後，張子虛痛改前非，再也不調戲女人了。

本故事雖未明確點出那女人是個什麼妖怪，但根據志怪小說中狐妖的泛濫程度以及狐狸一族愛惡作劇的習慣，我們很容易就能推斷出，上面這個以揶揄人為樂的妖怪，定是一隻千變萬化的調皮狐狸。

面對好色之徒的調戲，除了惡作劇，狐女也懂得以三寸不爛之舌講道理。

天津有一位舉人，一年春天，這個舉人和幾位朋友去郊外踏青，隨行的都是些輕薄少年。大家一路走著，眼睛看著嫩綠的草芽，心裡似乎也長了草。幾人談論著幾則不雅的笑話，其中一個四處張望的少年忽然壞笑一聲，把下巴往岸邊一抬：「喏！」

眾人抬頭望去，只見剛剛吐出鵝黃嫩芽的柳枝下，緩緩地走出一位騎著毛驢的少婦。

少婦經過柳樹時，少年們左右看了看，見少婦身旁沒有任何人跟隨，也就是說，在他們眼中，這是一位可以任意欺辱的女人。

少年們怪叫一聲，爭先恐後地追了過去。

開始少婦還不慌不忙，等少年們追在毛驢屁股後，嘴裡開始不乾不淨了，少婦這才輕捻皮鞭，毛驢挨了打，飛速跑了起來。

這些少年郎，不，應該稱之為無賴們，越發來勁了。他們養了一整個冬天的身子骨正在發癢呢，大家開始跟毛驢賽跑。毛驢跑了一陣，也累了。其中有三個人就先追了上去。

正當他們氣喘吁吁地想怎麼繼續調戲少婦時，被調戲的對象——少婦，忽然下了毛驢，對著這三個目瞪口呆的無賴微微一笑，笑完了，開始對溫言軟語起來，她似乎很享受被人調戲的感覺。

不一會兒，舉人和其他幾個無賴也追了上來。那舉人氣還沒喘勻，就扶著旁邊的柳樹仔細一打量，心想：「這……這不是我的妻子嗎？但我的妻子不會騎毛驢啊，而且今天她也沒理由跑到郊外踏青啊。但兩人太像了，不僅是長相，就連言談舉止都一模一樣。」

舉人又是懷疑又是羞怒，氣喘吁吁地上前責罵：「妳怎麼跑到這裡來了？」

舉人妻子既不回應，也不害羞，只是繼續對著眾人嬉笑。舉人氣血翻湧，他何曾見過妻子這副浪蕩樣，還是當著自己朋友的面，這讓自己的臉往哪放？於是上前就是一巴掌，但不等他的巴掌落到臉上，舉人妻子忽然飛身上驢，等她回頭俯視眾人時，已經換了一副面容。

女人用皮鞭指著舉人，搖搖頭道：「你呀，見到其他人的老婆，就百般狎昵，一看對方竟然是自己的老婆，馬上就氣成這樣。你可是讀聖賢書的人，一個『恕』字尚且沒弄明白，又憑什麼中舉呢？」

數落完後，女人徑直騎著小毛驢走遠了。

無賴們面面相覷。再看那舉人，只見他面如死灰，僵立在路邊，幾乎邁不動步子了。

在古代，想懲罰這些調戲女人的浪蕩子，大概也只能靠這些伶牙俐齒又法力無邊的狐狸了。

率性灑脫的狐狸對上道貌岸然的道學家

滿嘴之乎者也，天天一副道貌岸然的樣子，你累不累？道學家，今天就讓我狐狸來拆穿你的西洋鏡！

武邑縣有個叫張子虛的人，一天，他和親友們帶著酒食一同來到寺廟的藏經閣前賞花。藏經閣前有一片很大的花園，裡面開滿了雛菊。現在正是初秋月明時分，花前，月下，微風輕襲，鼻間拂過陣陣清香，正是最愜意的時刻。

眾人在微涼的秋風裡，坐在石凳上，喝著酒聊著天，紛紛感慨這麼寬廣宜人的花園，本該是當地人賞花休閒的好地方，但為什麼除了我們，沒見其他人呢？

說到這裡，坐在石桌旁的一名當地人神祕兮兮地悄聲道：「據說，這閣樓上有狐仙，狐仙晚上經常出來作祟，所以沒人敢來玩。」

張子虛是個老道學，一聽這話，不屑地撇撇嘴：「我根本不信什麼鬼怪之物，你們曉得《西銘》所說的萬物一體的道理嗎？」

眾人紛紛點頭，拱手傾聽。

見眾人捧場，張子虛開始口沫橫飛地大談特談。

空蕩蕩的藏經閣前迴蕩著張子虛抑揚頓挫的吟哦聲。

就在眾人聽得快要睡著時，閣樓上忽然傳來嚴厲的呵斥聲：「現在全國都在鬧饑荒，百姓們死的死，餓的餓，作為一位德高望重的鄉宦，既然不想著趕快藉你的影響力宣導義舉，為快要餓死的災民們施粥捨藥，那就應當趁此良辰美景關上門睡個好覺，這樣做，尚且不失為一名『自了漢』[9]。」

「沒想到你這個老傢伙，放著好日子不過，卻在這囉囉嗦嗦，高談闊論，講什麼『民胞物與』[10]，我就納悶，你講這些，是能當飯吃呢，還是能當藥喝？我給你一磚頭，看你還講不講什麼邪不勝正！」

半空中忽然飛來一塊磚頭，哐的一下似霹靂巨響，酒桌頓時被砸得左右亂晃，一瞬間，酒杯盤碟碎了一地。

張子虛倉皇出逃，嘴裡卻不依不饒：「看看，大家看看！這就是不信程朱理學的下場，所以它們才會成妖成怪了。」

說完之後，張子虛搖著頭背著手，感慨著「孺子不可教」而去。

狐狸大概也納悶了，我們自成妖怪，這又和程朱理學有什麼關係呢？難道信了這個，就能否定我們的存在嗎？

這個張子虛可真是個食古不化的腐儒，該痛打他三十大板。

除了這種食古不化的腐儒，自詡「人間正派小甜心」的官，在遇到古靈精怪的狐狸時也只能丟盔棄甲地逃跑。

滄州的劉士玉舉人家有間書房，不知怎麼的，被狐狸給佔了。這隻狐狸精乃是個話癆，白天非讓人陪著說話，不陪它，它就扔瓦片打人。而且狐狸很酷很有個性，來無影，去無蹤，只能它找人，不能人打擾它。

當時董思任是滄州知府，是位人人稱頌的好官。他聽說了這事後，來了興致：「豈有此理，朝廷命

---

9 只顧自己，不顧大局者。

10 出自宋代張載的《西銘》，意思是民為同胞，物為同類，泛指愛人和一切物類。

官的家，你一隻野狐狸也敢霸佔？」

董知府自認為一身正氣，兩袖清風，只要往那一坐，野狐狸就得乖乖磕頭認罪，麻利地滾蛋。

劉舉人見知府大人竟然為了這區區小事，親自前來驅邪，感激涕零。恭敬地將人迎進來後，劉舉人和董知府在客廳裡聊天，不，應該說是劉舉人在聽董知府發表個人演講。

正當董知府大談特談什麼人妖異路時，屋檐上忽然有人朗聲說道：「您當官很愛護百姓，也不撈錢，所以我不敢打你。但是，您愛民如子，乃是為了博取一個好名聲，不撈錢是擔心後患無窮，所以我不會躲著您。要我看，你呀，還是算了吧，該幹嘛幹嘛去，別在這裡自討沒趣了。」

狐狸這番話一出，董知府只得狼狽而去，好幾天都悶悶不樂。

當時，劉舉人家裡還有個僕婦，這女人甚是粗蠢，劉舉人全家上下，只有她不怕狐狸，而狐狸也從來不拿瓦片扔她。

後來，話癆狐又找劉舉人聊天，劉舉人問它：「你怎麼獨獨不拿瓦片扔那個女人呢？」

狐狸嘆了一口氣：「她雖然是個下人，卻是一位真正孝順的人，鬼神見了她都要斂跡避讓，何況我一個小小的狐狸精呢？」

一聽這話，劉舉人眼睛一亮，當天就命人打掃乾淨書房讓那個僕婦搬進去住。

果然，在僕婦搬進來的當天，狐狸悄然離去了。

我們可以想像一下狐狸此時的悔恨心情：「氣狐！氣狐！讓我多嘴！讓我多嘴！」它猛抽自己耳光。如果不多嘴，它現在還待在劉舉人的書房裡快活度日呢！

那麼面對無緣無故痛罵自己的老學究該怎麼辦呢？不怕，狐狸有辦法。

平原人董秋原說，海豐有座寺廟，裡面住了許多的狐狸，狐狸很喜歡惡作劇，經常丟石頭戲弄人。

反正被石頭砸一下也死不了人，所以大家都習以為常了。

當時，一個學究租了寺廟的三間東廂房教學生，聽說狐狸的事後，他勃然大怒：「豈有此理！區區孽畜，竟然也敢戲弄人？」他跑到佛殿上，對著門外叉著腰，將野狐狸們大罵了一頓。

說來也怪，這之後，寺廟連續幾晚都很安靜。學究認為自己德高望重，就連狐仙都怕自己這種正人君子，越發揚揚得意。

一天，東鄰的老頭到他這裡來聊天，兩人見面寒暄互相拱手作揖時，學究的袖子裡忽然有一卷東西掉落在地上。

不等學究俯身，老頭已經將這卷東西撿了起來。剛打算把東西遞給學究，老頭忽然愣住了。這是什麼？緊接著，老頭橘皮似的老臉紅彤彤的一片，彷彿被火燒到般，老頭將手中之物火速一丟。畫卷隨之展開，學究一看，上面是各種不可描述的場景——原來是一張春宮圖。

兩人面面相覷。片刻後，老頭默然離去。

第二天，學究的學生們便不來了。

狐狸沒惹這老學究，他卻沒事找事，去惹它們，他能不被這些狡黠的小精靈算計嗎？由此可知，君子對待小人，更應當謹慎地自我防備，無緣無故地招惹他們，沒有不自討晦氣的。

其實古人和現代人的差別真是頗大。您想像一下，老頭到隔壁鄰居那吹牛，剛寒暄完，鄰居的口袋裡掉出一本最新的《花花公子》，老頭激動得滿臉通紅：「哇！有這種好東西，竟然不分享！真是沒義氣！」圍觀的狐狸一愣，前輩流傳下來的惡作劇竟然沒成功！它生氣地將尾巴都薅禿了。

在這幾則故事中古靈精怪、真實不造作的狐狸被刻畫得淋漓盡致。它們通透灑脫，時而清高，時而調皮。這樣的狐狸，除了那些老頑固，誰會不愛呢？

狐狸也會拆家

狐狸這種動物雖然處於「人與物之間」，被賦予了種種美好品德，成仙方式也像人一樣多種多樣，但鑑於其犬科動物的特性，也有很多狐狸在有了靈性之後，拆家的本性依然不變。《閱微草堂筆記》中就有幾則關於狐狸無故瘋狂拆家的故事。

下面的這則故事是姚安公說的。

霸州有個老儒生，這是一位頗有古君子之風的好人，鄉人都推他為德高望重的長者。不知道什麼時候，老儒家忽然遭了狐狸。

狐狸太鬧騰了，老儒一家被鬧得雞犬不寧，但是當老儒在家時，狐狸卻馬上安靜起來，彷彿家裡沒它這隻狐狸一樣。

但只要老儒一出門，狐狸馬上鬧翻天。也不知道從哪裡撿來一堆瓦片，狐狸開始砸家裡的鍋碗瓢盆玩，還搖窗撼門，做出種種怪事嚇唬人，這可比狗拆家鬧騰多了，狗拆家人能管，狐狸成了精人管不了。一時間，簡直沒狐狸幹不出來的壞事。

老儒一出門狐狸就搗蛋，家裡再有錢也受不了狐狸這麼折騰啊，何況這只是個普通的小康之家。心疼家裡的鍋碗瓢盆，老儒只好推掉所有的應酬，專心待在家裡閉門自省外加鎮壓狐狸。

當時，霸州的書生們因為治河的事，打算彈劾霸州的長官，他們約定在學校集合，還打算把老儒的姓名列在首位。

老儒因為家裡鬧狐狸，實在是分身乏術，沒法出席集會。於是，眾人改推一位王書生當領頭人。

後來，王書生被判聚眾抗官，沒多久就被斬首示眾了。老儒竟然因禍得福，倖免於難。

說來也怪，等這案子開庭時，狐狸就離開了老儒家，從此，不管他出門還是在家，狐狸都不來搗蛋了。大家這才知道，之前那些混亂是狐狸故意製造出來的，目的就是阻撓老儒出門惹事。

紀曉嵐點評這個故事道：「所以說小人無瑞[11]。一個小人如果突然得勢，有了某種祥瑞吉兆，這是老天爺在用這樣的祥瑞加速他的滅亡。而君子無妖[12]。如果身為一個正人君子卻遇到了妖怪作祟的事，那一定是老天爺在用這徵兆向他們示警。」

小人如果得到祥瑞只是加速其滅亡，等加速到一定程度了，自有天收，這就好比西方說的：上帝欲使人滅亡，必先使其瘋狂。而凡事有則改之，無則加勉[13]，行得正坐得直，但行好事，又有什麼難關是邁不過去的呢？

除了上述來無影去無蹤的狐，李秋崖也講過一個「拆家狐」的故事，不過這家的狐狸是老房客了，向來跟主人和諧共存。那它好端端的為什麼會凶性大發，想不開要拆家呢？

這隻狐狸住在一個老儒生的空倉庫裡，三、四十年了，也沒人見它作過祟。人狐同住在一個屋檐下，宛如相處得不錯的鄰居。偶爾，一人一狐也會聊聊天，看狐狸的言談舉止，似乎是那種挺知書達理的狐狸。有時候老儒來了興致，還會邀請狐狸過來一起喝酒。狐狸也不拒絕，願意出來跟老儒喝一杯，只是老儒的家人從來沒見過狐狸。

後來，老儒死了，他的兒子張子虛也是個秀才。他倒是沒驅趕狐狸，依然和父親活著時一樣，客氣地對待這隻狐狸。

---

11 此處的意思是小人不會有吉兆

12 此處的意思是君子不會遇到妖怪作祟。

13 編按：勉勵自己小心不要犯錯。

但是，狐狸卻不怎麼搭理他，不像對他父親那樣熱情。

時間長了，它竟然還作起祟來了。

它是怎麼作祟的呢？

張子虛為了賺取家用，在家裡設了課堂來教書，也接一些幫人寫訟狀的私活。

不知道從什麼時候起，凡是他批改過的功課，一張也沒丟過，但凡是他寫的狀子，剛剛打好草稿，紙就碎了，有時候還有東西拉住自己的筆，讓自己寫不了字。

凡是他教學的收入，分毫不失，但是，凡是他靠替人寫狀子賺來的錢，即使被鎖在結結實實的箱子裡，都會被偷去。

凡是在他家出出進進的學生，從來沒有受到過狐狸的騷擾，但凡是那些打官司的人來到他家，有時會被飛來的瓦片打得頭破血流，有時屋頂還會傳來說話聲，當眾揭發來人的陰謀。

張子虛被折磨得很慘。

他暗暗發誓，這隻狐狸留不得了，畜生到底是畜生，不能把它們當人來對待。自己還要不要發財了？他必須除掉這狐狸。想到就做，張子虛趕緊去廟裡請來一名道士。

道士來到張子虛家，一句廢話都沒有，馬上設立法壇，登壇召將，狐狸沒多久就被貨真價實的道士捉住了。

被捉住的狐狸不服氣，侃侃而談：「他的父親從來不把我當成異類，與我相交甚厚。我也不拿自己當異類，與他見外。我視他的父親為弟兄，現在他自墮家風，種下種種惡業，看樣子，他是不毀掉自己不甘休。我實在不忍心坐視不理，所以才經常阻撓他，打算讓他改邪歸正。」

「我從他家拿走的那些不義之財，全埋在他老父親的墳墓裡了，就是打算等他出事後，用這筆錢來周濟他的妻子和孩子，除此之外，我實在是沒有別的目的。沒想到竟然因為這事，我要被法師驅逐。生死有命，你們愛怎麼樣就怎麼樣吧！」

狐狸說罷，閉上了雙眼。

那道士聽了它的話，馬上下了法座，先給狐狸作了三個揖，然後握住它的手說：「假如我亡友有這樣的兒子，捫心自問，我做不到您這樣。不僅僅是我做不到，恐怕像您一樣能做到的，千百人中無一二，沒想到，這義舉竟然出自你們狐族啊。」

說罷，道士看也不看張子虛，長長地嘆著氣，徑直離去了。

張子虛聽了狐狸的話，慚愧得無地自容。他當場發誓，從此以後，再也不幫人寫狀子了，後來他竟然得以善終。

補充一段：中國古代從上到下，向來「厭訟」。

清朝時期，政府為了維護社會和諧，推行息訟思想，甚至專門發布勸民息訟的告示：「……訟息民安，祥自天降；凜之慎之，示諭遵仰。」告示末尾這句話已經很明白地表達了政府對訴訟的貶斥之意。

來自上層的政治支援不存在，底層的老百姓認為訟師坑人害人，為了權勢和金錢可以顛倒是非，無中生有，所以老百姓也有一種厭訟的心態。

可以說，訟師這個職業在古代兩頭不討好。這也就解釋了狐狸拆家的緣由。狐狸不希望老友的孩子成為一個「訟棍」，墮入人憎鬼厭的境地。

上述兩隻狐狸都是為了報恩才大義拆家，接下來這隻狐狸乃是為了報仇拆家。

這事是高密的單作虞說的。據說山東有個大戶人家，無緣無故的，家裡的糧倉忽然失火了。一開始，這家人還以為是偶然著的火，可沒過多久，家裡開始頻頻出現怪事。

一天，客廳裡忽然砰砰啪啪地響了起來，大家趕過去一看，案几上陳列的古玩瓷器全碎了。

這家主人性情剛烈，他昂然站在大廳正中厲聲問：「你們是什麼妖怪？光天化日之下，竟然敢出來作祟，我要去神那裡告你們！」

話音剛落，房梁上忽然有人回話：「你平生好射獵，殺了我很多兒孫。我恨你入骨，已經在你家潛伏八年了。但因為你祖宗福德綿厚，你的福運還沒斷。你家中的雷神、灶神、門神都禁止我輕舉妄動。如果一直這樣下去，我也就一直拿你沒辦法。」

「但你猜怎麼著？」

那聲音暢快起來：「最近你們兄弟鬩牆，妻妾內訌，一家之中竟然分了那麼多小團體，彼此儼若仇敵。哈哈，你家的衰敗之相已經顯現，戾氣隨之而來，諸位護家神都不吃你家的供奉了。邪鬼們也紛紛在門外窺探著，蠢蠢欲動。所以，我馬上就要得償所願了。哈哈哈，你這個傻子，竟然還昏沉沉地做夢呢。」

狐狸的聲音越來越激憤，帶著恨的快意笑聲傳遍了整個家。

這主人也是個有慧根的人，聽到狐狸這番話後，沒有請人來對治狐狸，因為他知道，這樣治標不治本。主人恐懼地反省了很久，撫胸長嘆：「自古以來，妖不勝德。家裡現在亂成這個樣子，都怪我不修德行，和妖怪有什麼關係呢？」

思慮完，這人找來弟弟和妻妾，推心置腹地說道：「你們都聽到了，家裡的怪事你們也都知道，那狐狸說得對，禍患已經離我們家不遠了。」

「還好，現在一切都剛剛開始，也來得及補救。當然，前提是我們一家人能夠一條心，一起摒棄前嫌，將自己的朋黨都趕走，幡然悔過，徹底改變自己之前的言行。如果我們能做到這一點，我們家一定會沒事的。」

「今天的事，就從我這個大哥做起。如果你們都聽我的，那就是祖宗顯靈，是我們子孫的福氣。如果你們不打算聽我的，那我也沒辦法，我只能散髮入山出家了，從此咱們這個家就徹底散了吧。」

這人反反覆覆，苦口婆心，將自己之前做錯的事全擺到檯面上，反省自己，一直說到淚水漣漣。大家也被誠懇的他感動了，最終一家人抱頭大哭，當場發落了十幾個喜歡背後嚼舌根、挑撥離間的奴婢。

從此之後，凡是彼此傾軋、落井下石的事，他們都不再做了。這家人又一起聚到祖宗的祠堂裡，宰豬祭祖，獻血盟誓：「從今往後，有懷二心者，當如此豬。」

正當大家為之前的所作所為互相道歉時，房梁上忽然傳來跺腳聲：「氣狐！氣狐！我為了報仇，一時得意，說漏了嘴，是我的錯，我的錯啊！」

說罷，那狐狸驚詫地嘆氣而去。

這乃乾隆八十九年間（1743-1744）的事。

是這家人的幡然悔悟、團結一心，使狐狸和妖鬼們再也不敢侵犯。

妖由人興，狐狸無緣無故地瘋狂搗亂，一定事出有因。遇到這種事，大家一起反省改過總是沒有錯的。

打牌狐、喝酒狐、花心狐

一、打牌狐

清朝不愧是狐文化大爆炸時期，這時候的狐狸幾乎擁有了人類的所有習性，它們甚至學會了打牌。

安州陳大宗伯的住宅在孫公的園內，宅子後面有一棟專門用來貯藏雜物的樓房，大家都說，這裡面住了狐狸，只是狐狸都很低調，不怎麼露面。

一天，有人忽然聽到了吵架聲，聲音來自空置已久的後院樓房。

是狐狸。

眾人正悄悄地躲在門口探頭探腦地看熱鬧，有東西嘩啦啦地從樓上摔了下來，那些小玩意像冰雹一樣叮叮噹噹地被扔到了草地上。

眾人仔細一看，竟然是牙牌[14]。

等狐狸吵完架，廢樓上又寂然一片。

有大膽的僕人悄悄上前，撿起牙牌數了數，牙牌一共有三十一扇，只缺一扇「二四」。

「二四」和「么二」，打牌的人稱之為「至尊」（因它們合起來是「九」），得到的人就能大勝。

大家懷疑狐狸們是為了爭這兩張牌，鬧了起來，才氣得把所有的牙牌扔下樓的。

14 即骨牌，一種古老的中國民間娛樂工具。

韓昌黎曾靠賭博贏錢，李習之寫過《五木經》[15]，楊大年喜歡葉子格[16]。名士風流，偶然寄情消遣一下，是難免的，但沒想到竟然連深山中的狐狸也跟著染上了這種嗜好。

紀曉嵐嘆氣：「我生性迂疏，總認為這不是一種高雅的遊戲。」

接下來是筆者「開腦洞」的時間：想像一下，一群毛茸茸的狐狸圍坐在牌桌上，擺動著蓬鬆的大尾巴，用厚實的肉墊捏著牌，吆五喝六地打著麻將。有的狐狸身姿妖嬈地抽著煙，也難免有一隻燙頭穿旗袍的……

除了打牌，狐狸偶爾也會像人一樣喝點小酒。

二、喝酒狐

紀曉嵐的曾祖母王太夫人八十大壽那天，賓客滿堂。僕人李榮負責茶酒，他趁職務之便，偷偷藏了半罈子滄州酒，放在了房中，打算等沒人的時候，自己小酌一下。

他的算盤打得很好，晚上忙完後，李榮美滋滋地回到房間裡，想喝口小酒解解乏，可他剛要碰到酒罈子，忽然聽到「呼」的打鼾聲，聲音來自小小酒罈中。

什麼東西？

李榮嚇了一跳。

誰藏在他千辛萬苦偷來的酒罈裡？

15 五木，以斫木為子，一具五枚。古代的一種博戲，相傳後世所用的骰子即由五木演化而來。《五木經》是唐朝李習之所撰的一卷與博戲有關的作品。

16 古代一種博戲用具。

他好奇地搖了搖酒罈，裡面忽然傳來說話聲：「別晃！我喝醉了，正打算睡覺，你別晃，頭暈。」竟然是隻偷酒喝的狐狸！李榮生氣了，狐狸喝了他的酒，竟然還敢在犯罪現場呼呼睡大覺，是人都不能忍。李榮氣得拿著罈子大搖大晃，沒想到狐狸不僅沒被晃醒，鼾聲反而更大了。

李榮快氣死了！

他將酒罈的蓋子一掀，伸手進去捉狐狸。

不是毛茸茸的觸感，而是一半毛茸茸，一半光滑，他將之拉出來一看，是個人頭，那人頭被拉出酒罈後，越長越大，漸漸地像斗那麼大，然後又像栲栳[17]那麼大。

巨大的人頭出現在李榮面前。

好一個李榮，他絲毫不懼，上去就是一耳光，人頭隨著這一耳光掉落到地上，連著酒罈也在地上轉起來，緊接著砰的一聲，罈子撞到了什麼東西上，碎成了碴兒。

沒等他喝上一口，還盛著半罈美酒的酒罈就成了一捧碎碴兒，裡面的美酒全被狐狸喝光了。

李榮氣得跳腳大罵，梁上忽然有人說話：「長孫（長孫是李榮的小名）無禮，許你偷就不許我偷啦？你既然捨不得你的酒，我現在也不勝酒力，就統統還給你吧。」說罷，狐狸俯身，嘴巴一張，果真往李榮的脖子上吐了起來，李榮洗了個嘔吐浴。

紀曉嵐說：「這狐狸和之前那隻西城狐狸差不多，但這隻狐狸的惡作劇更過分。不過小人貪婪，凡事都愛偷奸耍滑，稍稍被狐狸修理一下，也不過分。」剛剛紀曉嵐講的西城狐狸，雖與本話題關係不大，但也可以作為喜歡惡作劇的狐狸講一下。紀曉嵐故去的叔父儀南公曾在西城開了一間當鋪，平常就由僕人陳忠負責購買蔬菜。這個職位油水很足，稍微做一下手腳，陳忠就能將自己餵得肚滿腸肥。

---

17 指民間一種用柳條編成的容器，形狀像斗，也叫笆斗。

這事大家心知肚明，於是陳忠的同伴就跟他開玩笑，說他最近一定賺了不少外快，應該請他們吃頓好的。

陳忠是個鐵公雞，小氣得很。人家憑本事貪來的黑心錢，憑什麼花在你們這群大老爺們的身上？他死不承認。

這事過去沒幾天，陳忠又偷偷扣下了幾枚銅板，他準備把銅板放進錢箱裡存起來。像往常一樣，陳忠看看周圍沒人後，才放心地拿出自己枕在腦後的錢箱。但打開錢箱一看，他的心臟都快停跳了。

滿箱的錢只剩了淺淺的一層。

站不穩的陳忠扶住床沿，勉強立著。他極力回想，非常確定自己的錢箱一直關得嚴嚴實實的，自上次存過錢後，就一直沒打開過。那就不是遭了賊，但是，既然沒遭賊，自己那一枚一枚攢起來的數千枚銅板，為什麼只剩下九百枚了？

陳忠只感覺眼前一陣陣發黑，他深呼吸一下，仔細想著到底是哪裡出了紕漏。

突然，窗外傳來說笑聲，是兩個熟識的人在談笑，一個是夥計阿牛，一個是狐仙……

狐仙！

陳忠撥開了心中的迷霧，恍然大悟！對啊！能夠神不知鬼不覺地在錢箱上鎖的情況下拿走自己的錢，除了狐仙，還有誰能做到？

那狐仙是一隻在儀南公家閣樓上定居的狐狸，是個話癆狐，特別喜歡和人聊天，經常隔著窗戶和人說長道短。

想到這裡，陳忠越發肯定這事就是狐仙幹的，於是連忙跑去敲門問它。

狐仙似乎等候多時了，就等著他上門呢。它在門內朗聲回答：「怎樣？確實是我幹的。那剩下的九百錢是你應得的報酬，所以我留下了，其餘的全是你天天貪來的贓款，本來就不是你的錢。今天是端午節，我已經為你打點妥當了，我用這筆錢為你買了粽子、雞鴨魚肉和瓜果蔬菜，哦，對了，還有雄黃酒……」

狐狸扳著指頭在那數，窗外的陳忠幾乎氣得快暈了過去。

狐狸終於數完了：「放心吧，東西我都幫你買好了，就放在樓下的空屋裡，現在天氣這麼炎熱，你呀，最好快點拿出來給大家分了，否則臭了就得不償失了。」

陳忠很想宰了這隻野狐狸，但他見識過狐仙的本事，自認為能力有限，實在鬥不過它。忍了又忍，他像個遊魂似的飄到空屋裡，推窗一看，果然，狐狸說的那些東西正一堆一堆地擺在地上。他趕緊進屋，關上門後，一一查看，心疼得不得了。

被這些好吃的圍在中間，陳忠呆呆地坐了半天，實在想不出什麼補救的辦法來，他一個人無論如何也吃不完這些東西啊。

最終，他不得不喊來同伴，咬著牙告訴他們：「端午節我請客，大家盡情吃，不要錢，吃不完還可以拿走。」

在西城狐狸這個故事的末尾，紀曉嵐評價道：「這狐狸可真是愛惡作劇，不過也挺大快人心的。」

三、花心狐

《閱微草堂筆記》中有這麼兩個故事。

滄州李老太是紀曉嵐的奶媽，她的兒子叫柱兒，據說柱兒以前在海邊放青[18]時，有個灶丁[19]晚上剛

18 海濱空曠的地方，青草茂盛。當地人把牛馬趕到那裡放牧，稱之為「放青」。

19 在海邊煮鹽的人被稱為「灶丁」。

準備上床睡覺，忽然聽到房內窸窸窣窣的，感覺似乎進來了什麼東西。

當時月光鑿穿戶牖，灶丁看了一圈，也沒發現什麼異常。他猜想可能是老鼠偶然經過這裡吧。

剛躺下，他就聽到門外傳來嘈雜的說話聲。聲音的主人自遠而至，很快就停在他的窗下不走了。有人連聲呼叫：「竄到這間屋子裡來了！」

轉眼，窗外一片嘈雜。有人叩窗問：「某某在這嗎？」

不等灶丁回答，房內忽然有個抽泣的聲音應道：「在的。」

「主人留下妳了？」

那個抽泣的聲音繼續回答：「留下了。」

叩窗者又問：「那你們是同床睡，還是分床睡呢？」

房內的聲音哭了很久才像打定了主意一般應道：「不同床，誰肯收留我呢？」

窗外的聲音一聽，捶胸頓足道：「壞了，壞了！」

忽然，又有一個女人哈哈大笑：「我猜她投奔別人，人家肯定不會放過她。你還說未必，看看，現在怎麼樣？你還有臉將這不知羞恥的女人帶回去？」

女人說完後，外面就沒人再說話了，灶丁只聽到漸行漸遠的走路聲。不久，那窗外的女人再次哈哈大笑：「這事都決定不了，你還能做什麼？」

說罷，女人再次叩響灶丁的窗戶：「我家婢女逃到你家了，既然你已經讓她留宿了，那麼按道理我也不能再討她回來，因為不是你脅迫誘拐她來這兒的，那老匹夫無話可說，沒理由找你報仇。即使真的有人想找你的麻煩，有我在，老匹夫他無能為力。你們繼續睡，我們回去了。」

說罷，窗外已經沒了動靜。

灶丁驚訝極了，馬上將窗戶紙戳破，偷偷往外看，外面連個鬼影都沒有，再回頭看枕邊，清明月光下，不知道什麼時候已經橫陳了一位豔麗無雙的美人。

灶丁又喜又怕，連忙問她：「妳從哪裡來的？」

那美人哭著說：「不瞞恩人說，妾身本是一個狐女，被這墳塚裡的老狐狸買來當了小妾，沒想到它的大老婆善妒，天天打我。我自忖這樣下去沒有活路，就乾脆逃出來以求活命。之所以沒提前告訴您，是擔心您因為害怕而不敢收留妾身，那樣，我一定會被它們捉回去，我就徹底沒有活路了。」

「所以，剛剛我逃進來的時候，先躲在床角，等它們追上來了，才冒死說自己已經失身於您，希望它們能放過我。現在，我終於逃脫了，只願一生追隨先生。」

美人在前，還管它是狐是人，灶丁搓著手，看著床上的美人憨憨地笑了。他雖然歡喜，但也擔心無緣無故得個老婆，會惹出事來。

美人見他動心，馬上高興地說：「別擔心，我會隱身術，絕對不會被人發現。剛剛我就是將身體縮小到幾寸長，所以你一直看不到我，你忘了嗎？」

最後一絲顧慮也沒了，灶丁也是個正常男人，落難美人投懷送抱，他哪裡有不收的道理？於是兩人結為了夫婦。

美人雖然是隻狐狸，但很會過日子，操持家務、打水做飯，樣樣都上得手，和貧苦出身的女人沒什麼差別。

柱兒是灶丁的表兄，所以，這事他知道得很詳細。

李老太說這事的時候，說那女人還活著呢。現在已經過去四十多年了，也不知道她怎麼樣了。這婢女遭遇大難，不惜說謊自汙名節，這是冒險的計策，也是決勝之計。婢女很機敏，只是她原先的丈夫買它的時候不考慮後果，後來發生了這些事，又不懂得做好安排，最終這婢女走投無路，只好鋌而走險。

既然如此，那丈夫當初何不估量一下自己的能耐，不再納妾，也好省掉這個麻煩呢？

這老狐狸，大概是跟人學壞了，見人娶老婆買小妾，也跟著做，卻不掂量掂量自己的斤兩——你只是一隻狐狸啊。

除了納妾的狐狸，還有養婢女的狐狸。

紀曉嵐的舅舅安五占先生，家在本縣東留福莊，他鄰居家有兩條狗。

一天晚上，狗忽然汪汪狂叫起來，鄰居家的主婦出門察看，什麼也沒發現。正準備回屋時，她忽然聽到屋頂上有人在說話：「妳家的狗太凶了，我不敢下去。抱歉打擾您了，是這樣的，我家有個婢女逃到妳家的灶洞裡了，麻煩妳用煙熏一熏，它自己就出來了。」

女人嚇了一跳，轉身進廚房一看，果然，灶洞裡有哭聲傳來。女人就俯下身子問它：「你是什麼東西啊？怎麼到這裡來了？」

灶洞內有個聲音細聲細氣地道：「我叫綠雲，是狐仙家的丫鬟，因為受不了主人的鞭打，才一路逃到了這裡。如果能一直躲在這裡，或許我還能多活幾天，望娘子可憐可憐我吧。」

這位主婦一向吃齋念佛，心地很善良，聽了狐狸的話，覺得它可憐得不得了，雖然很害怕，但還是鼓足勇氣對著屋頂說：「它嚇得不敢出來，我實在是不忍心用火燒它，如果它沒什麼大罪，就請仙家饒了它吧。」

屋頂上的聲音繼續道：「那不行，它可是我花了兩千錢買來的，哪能說放走就放走？」

女人聽罷，想了想說道：「你看這樣行嗎？我給你兩千錢，你就把它賣給我吧。」

許久之後，屋頂上的狐狸才懶洋洋地應聲：「那也可以。」

女人於是把錢扔到了屋頂上，這才聽不到動靜了，狗也安靜了下來。

女人連忙來到灶台前敲了敲：「綠雲，可以出來啦，我把妳贖出來了，妳的主人已經走了。」

灶洞內那個細聲細氣的聲音道：「感謝您的救命之恩，從今往後，我任憑娘子驅使。」

女人擺擺手：「人怎麼能讓狐狸當丫鬟呢？妳走吧，妳自由了，想去哪就去哪，只是，一定要謹慎小心，不要露出原形，我擔心妳會嚇到孩子們。」

話音剛落，灶洞裡鑽出一個黑忽忽的東西，轉眼間就消失不見了。

後來，每逢大年初一，這女人都會聽到有人在窗外大聲喊：「綠雲給您叩頭了。」

小婢狐狸倒是有情有義，懂得感恩，但是這狐狸主人就不是什麼好東西了。

為什麼住在深山裡的狐狸也沾染了這樣的習性呢？

隨著人類社會的發展，遊走在陰陽兩界之間的狐狸當然也與時俱進了。除了上述原因，還因為狐狸背負了不少文人墨客借狐言事的重擔，所以它們的社會性也隨之增加。

它們不僅像人一樣吃飯、穿衣、住大房子，還學人吟詩作詞、娶小老婆。凡是人有的、會的、懂的，寄託了人類超能力幻想的古靈精怪的狐狸更會、更懂。因為人寫狐，其實就是在寫人。

狐狸最怕什麼

有隻狐狸在某人的書樓上住了幾十年，人狐處於同一屋檐下，相安無事。

那狐狸並不是一隻終日只會玩耍的狐狸，乃是一隻勤奮、善於持家的好狐狸，它每天閒來無事，不是幫忙整理卷軸，就是幫忙趕趕老鼠、滅滅蟲子。狐狸的能幹和細緻程度，就連最擅長打理家務的家事達人都自愧不如。

它也能和人說話，只是始終沒人見過它的樣子。

有時候，主人家設席款待賓客，也會為這個不露面的狐狸管家設一席。這狐狸也很給主人面子，會出門認真應酬一番。狐狸言談之間恬淡雅致，言辭卻很犀利，它總能切中要害，口才讓在場的人為之傾倒。

一天，又是一場酒宴。狐狸依然隱身前來赴會。

大家喝過一輪美酒，有人提議行酒令取樂。酒令規則如下：在座之人各說一種自己害怕的人，如果講不出害怕的理由，那就得受罰喝酒。或者，如果這種人並不是只有他一個人害怕，而是所有人都怕，那也得受罰喝酒。

宴會氣氛在此時達到了高潮，眾人暢所欲言。

有的人怕滿嘴仁義道德的道學家，有的人怕自詡風流的名人雅士，有的人怕為富不仁的富豪，有的人怕權勢滔天的貴族官員，有的人怕阿諛奉承的馬屁精，有的人怕過度謙虛的人，有的人怕禮儀周全到讓人渾身不自在的人，有的人怕緘默慎重的人，有的人怕有話悶在心裡什麼都不說的人。

大家都有自己害怕的合理理由。

最後，輪到狐狸了。只聽空中傳來狐狸清雅的聲音：「我怕狐狸。」

這話一出，大家夥哄堂大笑：「人怕狐狸還說得過去，你可是狐狸啊，怎麼也會怕狐狸？當浮一大白[20]。」

狐狸嘲笑道：「天底下同類才是最可怕的。你們想，浙江臨海的人會和北方的奚霫部落爭地嗎？江海中的漁民，會和車夫、馬夫爭路嗎？不會的，這是因為他們類別不同。但凡是爭奪家產的，一定是同父之子；爭寵的，肯定是同夫之妻；爭權的，肯定是同朝之官；爭利的，必定是同一個市場上的商人。「形勢相近才會互相妨礙，相互妨礙就會相互傾軋。何況獵人射野雞時，一定會以野雞做誘餌，而不會用雞鴨。捕鹿的人一定會以鹿做誘餌，而不會用豬羊。」「凡是施反間計的內應，也一定是內部人。不是同類人，就沒辦法投其所好，伺機而進。」

說罷，狐狸長嘆一口氣：「由此而知，狐狸怎麼能不怕狐狸呢？」

在座的客人有經歷過世事沉浮、知曉人間險惡的，他們聽罷，沉默良久，都稱讚狐狸說得有理。只有一個客人斟了一杯酒遞到空座前：「你說得確實有道理，但這乃是天下人與狐同怕的東西，並不單是你一隻狐狸所害怕的，因此仍然應當罰酒一大杯。」

眾人一笑而散。

紀曉嵐認為，罰狐狸的酒，應該減一半。因為相互傾軋之事，天下人都知道，也都害怕。至於那種看似是與你推心置腹的親朋好友，實際上卻是你的心頭大患，他們假裝是你的至親，卻暗藏禍心，隨時要置你於死地。這種可怕的人，不知道的人太多。

20 編按：意為罰酒一大杯。

與上述這個睿智的狐狸一樣，下面這隻狐狸最怕的也是自己的同類。

驍騎校尉薩音綽克圖不知怎麼和一隻狐狸交上了朋友。

一天，這位狐狸朋友倉皇而來：「壞了壞了，兄弟，我家遭了妖怪，能不能借你家的墳地安置一下我的家眷啊？」

薩音綽克圖可就詫異了，你自己不就是妖怪嗎？於是薩音綽克圖問它：「我只聽說過狐狸作祟害人，還從沒聽過有東西能作祟害狐狸的，這到底是什麼妖怪呢？」

狐狸撓撓嘴上的兩根毛，無奈地嘆一口氣：「是天狐。你不知道啊，天狐神通廣大，不可思議，神出鬼沒，如同電光石火，誰也搞不清楚它們的行蹤。天狐想要害人，人猝不及防。如果它要害狐狸，即使是我們，也是連看都看不到它。」

薩音綽克圖又問了：「你們不是同類嗎？為什麼不互相守護呢？」

「同類又怎麼了？」狐狸翻了個白眼，說：「人和人不是同類嗎？不照樣恃強凌弱，聰明的管笨的，人類愛護彼此了嗎？」

狐狸這種邪魅的小東西，碰到了比它們更加邪魅的妖怪，這真是奇哉怪也。

天下之勢，輾轉相勝；天下機巧，層出不窮；世間萬物，千變萬化。一家之言就能閱盡天下道理嗎？只有經歷過世事沉浮、經歷過人情冷暖的人，才能說出這番話來吧。

爭風吃醋的狐狸

紀曉嵐的三叔儀南公有個很能幹的僕人叫畢四，這人善於打獵，臂力強健，能挽十石的弓，經常大半夜裡不睡覺，漫山遍野地四處溜達，主要是為了捕鵪鶉。

據說捕鵪鶉有訣竅，必須在晚上補捉，要提前找到鵪鶉們在哪睡覺，然後在前面找塊寬闊的地方，先把麥杆插在地上，做成禾壟的樣子後，在上面布好網，等一切準備妥當了，就吹響用牛角做的曲管。這種曲管吹出來的聲音很像鵪鶉的叫聲。

在樹林裡睡覺的鵪鶉會被叫聲引來，等鵪鶉來得差不多了，先微微嚇唬牠們一下，讓牠們躲進麥稈裡，看鵪鶉躲好了，再大喊大叫，將鵪鶉從麥稈裡嚇飛。此時，之前布好的網中就能撲進許多鵪鶉。

上面這些其實與本文的主題沒有太大的關係，只是一個引子。

因為人吹這個牛角管時，發出的聲音嗚嗚咽咽的，經常能將鬼物引來，所以補鵪鶉的人必須建個茅棚自衛，並隨身攜帶武器防身。

一晚，月明星稀，畢四吹完牛角管，忽然憑空冒出一個老頭。那老人家拱手作揖自報名號：「我其實是狐狸，您別怕，我不害人。是這樣的，我想請您幫個忙。」

畢四在野外走習慣了，見的東西也多，膽子很大，果然沒怕。

老人憤憤地說：「我們家族和北村的狐狸結了仇，經常發生狐狸大戰，他們捉走了我的一個女兒，每次打架都把我的女兒擺在陣前，用來羞辱我。」

說到這裡，老人氣憤地吐了一口口水，然後自得地道：「哈，不過，我們一族也不是好惹的，捉了它們頭頭的一個小妾，它們把我的女兒綁在陣前，那我就把那個小妾也綁在陣前。」

老人懊惱地撓撓鬍子，繼續說：「不過這樣一來，我們兩族的仇怨就結得更深了。最終，我們約好今晚在此地決戰。」

老人恭敬地對畢四拱了拱手：「素聞畢大哥您是個俠義之士，我謹代表全族求您伸出援手，幫幫我們這群可憐的狐狸。只要您能幫忙，救命之恩，永世難忘，我們族人以後一定會好好地報答您的。」

畢四第一次被狐狸求助，也有點摸不著頭腦，眼看老人要引他去參戰，他終於反應過來了：「我也不認識你們啊，到時候你們一群『毛團』打起來，我怎麼知道誰是誰，萬一幫錯了……」

老人恍然大悟，拍拍自己的腦袋：「哎呀，差點忘記告訴你了，我們一族都拿著刀，那群壞蛋拿著鐵尺。」於是，本來就好事的畢四興奮地帶好武器，跟在了老人家後面。

還沒到目的地呢，畢四老遠就聽到了廝殺聲。他來到戰場一看——好傢伙，雙方早就打起來了。兩軍對壘，激戰正酣，他躲在草叢後面，免費看狐狸打架。

狐狸之間的戰鬥此時已經進入高潮了，砍刀、鐵尺都已經被打飛了，沒有武器的它們恢復了原形展開了肉搏戰。

狐狸本來就長得沒什麼差別，現在它們丟了武器，畢四更認不得了。他趁自己還認得那隻喚自己前來的老狐狸，趕緊拿出弓箭射向與它搏鬥的另一方狐狸，箭一擊而中。不過，箭是射中北村狐狸頭的肚子了，但是箭勢太強，箭鏃從抱著的兩隻狐狸身上穿過，從老狐狸的腋下穿出。

兩隻狐狸老大當場斃命。

自己的頭兒死了，兩群「毛團」炸毛了，紛紛又驚又怕地放開對方，四散逃去。

原地只剩下兩隻逃不了的「毛團」，此時它們被結結實實地綁著，是那老狐狸的女兒和北村狐狸頭頭的小妾。

畢四走上前，為瑟瑟發抖的兩狐鬆了綁，在兩狐溜走時，告訴它們：「傳話給你們的族人，你們兩族勝敗相當，這下冤仇可以解了。」

之前每到夜裡，村人們經常能聽到從北村傳來的廝殺聲，在此之後，這個地方終於安靜下來。

無獨有偶，《閱微草堂筆記》中記載了一個狐狸因爭風吃醋而葬送了性命的故事。

紀曉嵐的舅舅張夢徵說，滄州吳家莊東邊有個小庵堂，已經很多年沒有住過和尚了，時間長了，那裡就成了往來旅客的歇腳地。

當時有個打短工的人，叫張子虛。他每次經過庵前都會遇到一個人招呼他坐下來聊聊天。那人很有趣，每次都把張子虛逗得哈哈大笑，漸漸地，兩人聊高興了還勾肩搭背一起去集市上買酒喝。小酒一喝，八卦一聊，兩人的感情越發濃厚了。

偶然間，張子虛問這人的老家在哪。

這人慚愧地道歉：「咱們倆交情這麼好，我也不敢騙你，其實我是住在這座庵裡的老狐狸。」

張子虛是個傻大膽，竟然也不怕，照常跟狐狸喝酒逗悶子[21]。

一天，兩人再次相遇，酒沒喝兩口，那狐狸忽然收起往日的嬉皮笑臉，正色道：「咱們兄弟相處了這麼久了，我沒求你幫過什麼忙吧？」

張子虛抿了一口酒，點點頭。

「求你件事。」說罷，狐狸憤憤地從背後掏出一支鳥槍，交給張子虛，說：「兄弟我看上了一個女人，剛跟她好了沒幾天，我那挨千刀的弟弟也偷偷地跟她好上了。你說，我弟弟算不算盜嫂？」

張子虛也義憤填膺地點頭。

21 方言，指東拉西扯，或開玩笑的意思。

「我找了它很多次，讓它別再這樣做了，但是屢禁不止，那隻死狐狸竟然不聽我的話。跟它打，我又打不過它。我實在是忍不下這口氣，所以今晚我要和它在岔路口一決生死。」

說到這裡，狐狸悲壯地看向張子虛手中的鳥槍：「我知道兄弟你會玩槍。我別的不求，只希望到時候你能守在路邊，等我們廝咬時，就砰的一槍，把它打死。」

張子虛聽到這裡，酒轟的一下醒了。他震驚地望向對面的狐狸，狐狸此時正憤恨地咬牙切齒。

不一會兒，它想到了什麼，深情地望向張子虛：「如果你這次幫兄弟的忙，我會永生永世感激。還有，我們兩兄弟長得差不多，不過，你也不用擔心會打錯。那晚月明如晝，你一眼就能認出我來。」

張子虛壓下心中的驚濤駭浪，握著槍，點頭應允了。

狐狸化為原形，哼著小曲搖搖晃晃地進了庵堂。

當晚果然月明如晝，張子虛藏在路邊的草叢裡靜靜等著打狐狸，但他越想越覺得不對勁：「狐狸的親弟弟無禮，確實該死，但它魅惑的是別人的老婆。那女人有自己的丈夫，又不是它的真嫂子。它們兩隻『毛球』才是親兄弟。這種糾紛應該能得到妥善的處理，它們卻因為這麼點事鬥個你死我活，不會太殘忍嗎？」

張子虛越想越後悔：「它們親兄弟尚且如此，何況我和狐狸只是酒肉朋友。平常和它來往，倘若不小心得罪了它，它會不會也這樣對付我？」

想到這裡，張子虛一發狠，趁兩隻「毛球」廝咬得難分難解，一槍射了出去，兩狐頓時倒地而死。

《詩經．小雅．常棣》中說：「兄弟鬩於牆，外禦其侮。」這是說，兄弟兩人雖然會吵架，但還是能團結起來一致對外。但家庭內部產生矛盾，最終肯定會搞得兩敗俱傷。

張夢徵以這個故事為例，告誡兒女一定要和睦相處，因為那短工背著兩隻死狐狸回來時，他親眼看到了。

志怪宇宙中最賢慧的狐狸

自從唐代的《任氏傳》開創了賢慧貞潔狐的先河，任氏狐幾乎成了這類狐狸的「代言狐」，不過，在這篇故事裡我們不講任氏狐，只說一說在紀曉嵐筆下，最賢慧的狐狸是什麼模樣。

侍御李千之說，有個叫張子虛的公子哥，長得很是俊美。這位大人用「有衛玠璧人之目」形容了一下這位男子的美貌。

雍正末年（1735），張子虛要參加秋試，就在豐宜門內的一座寺院中租了房子準備考試。其中，一個房間設了睡榻，一個房間用來讀書。

住了沒幾天，張子虛發現出怪事了。什麼怪事呢？每天早上，他去書房，都發現書房內的桌椅几榻被人打掃得纖塵不染。窗明几淨的房間內，筆墨擺得整整齊齊的，硯台都注上了新鮮的清水。那人甚至還撿來一個破瓶子，洗乾淨了，擺在簡陋的書桌上，每天清晨都會往瓶子裡裝一束不知道從哪裡摘來的野花。

就這樣，在花香縈繞中，張子虛舒心地開始了一天的讀書生活。讀書讀累了，張子虛注視著那野花時也會沉思：「這是哪個僕人幹的好事呢？」想到這裡，他馬上搖頭：「就那幾個粗蠢的傢伙？我看他們可沒這雅興。那除了他們，還會有誰呢？寺廟裡也不會藏著一位這麼可心的小寶貝啊。」

一天，張子虛忽然醒悟：「對啊，我怎麼沒想到？北方多狐女，或許書房裡就住了一隻善解人意的美狐啊！她可能不好意思直接開口向我求愛，所以，只能用每天灑掃的含蓄方式來表達情意。」張子虛越想越覺得有道理，得意得不得了。

「嘿，小爺這美貌不僅能讓十里八村的燕燕鶯鶯傾倒，就連遠在他鄉的異族狐狸都被我迷得投懷送抱了。唉，我這無處安放的魅力啊，沒辦法！」

沒多久，那狐狸已經不滿足於灑掃示愛了，開始當起了鮮果宅配員。

早上猜狐狸會送什麼水果開始成為張子虛最喜歡的遊戲。每天，他一推開門，書桌上早已擺好一盤時令水果，這些水果是連見多識廣的張子虛都要誇讚的精品水果。

張子虛倒是有防備心，不敢吃。

雖然不敢吃，但他心中越發肯定，這絕對是美貌多情的狐女贈送給他的定情禮物。

對於接下來的豔遇，他摩拳擦掌，躍躍欲試。

要說這個狐女勾搭人的段位實在是高，就連從小到大被女人追捧慣了的張子虛都開始充滿期待了。

到底是個什麼樣的美人呢？

妖嬈？「御姐」[22]？可愛？清純？賢淑？

哎呀，他想不到，心裡的雜念紛呈，他太想看到美人的樣子了，張子虛在床上越躺越睡不著。

「都這麼久了，她為什麼還不出來向我表白呢？」

「她是討厭我了嗎？」

「不，不對，如果討厭我，不應該今早還送上一盤精心切好、剔了籽的大西瓜。」

忽然，張子虛靈機一動：「山不來，我為何不就山？小美人都示愛到這個地步了，我再不回應就太不像話了。」想到這裡，張子虛茅塞頓開，飛速起床，邁著輕盈的步子，兩三步來到了書房的窗外。

22 指外型、個性和氣質上較為成熟的年輕女性，給人一種大姐姐的印象。

此時，月色如水，夜色披上了一層濛濛的柔光。

張子虛站在窗外，理了理衣冠，舔濕了手指頭，將窗戶紙戳了個洞，收拾妥當後立定在窗外，準備一睹芳容。一直等到半夜時分，張子虛站在涼如水的夜色中，心中的一團火反而燒得更烈。

忽然，他耳朵一動，有動靜！

來了！

他湊上前，用一隻眼睛悄悄望去，只見雜亂的書房內有一人正在勤勞地收拾房間，月色將那人照得纖毫畢現。

不是嬌弱的小美人，那竟然是一個滿臉絡腮鬍的壯實漢子！

張子虛驚愕地捂住了嘴巴，不敢相信自己眼前所見。

第二天，他便一聲不吭地催促僕人們趕快搬家。

收拾書房時，張子虛恍惚間聽到天花板上似乎有悠悠的嘆息聲。

狐檔案暫時說到這裡，各種志怪典籍中的狐故事千奇百怪，這裡也只是滄海拾珠罷了。

狐狸們狡黠聰敏，擁有可愛又迷人的外表。它們成精之後，化為人形，或魅人或害人或愛人，或端正身心，一心一意追求長生大道。千狐千面的它們愛恨分明，雖偶有惡作劇，但大都點到即止，有時候反而對人充滿了包容。一身俠骨柔情的它們，在妖怪界可以稱得上是至情至性的妖怪了。

可以說，有多少種人間事就有多少種狐事。雖說古人喜歡借事抒情，說狐就是在說人，但我總覺得那樣想雖然多了些理性，但太不浪漫了。志怪文化的可愛之處不正在於它奇詭又充滿了天馬行空般的浪漫想像嗎？不妨讓我們的想像力插上翅膀——也許真的存在那樣一個世界，裡面正生活著這麼一群可愛的精靈吧。

卷二

說龍

自古以來，
龍不但是古代帝王的象徵，
也是人們心中行雲布雨的正神，
包括龍的長相、特性、棲息地，
典籍中都有為數頗多的記載。

龍的三停九似

龍是華夏民族的圖騰，自古以來，關於龍的各種傳說，史書典籍裡數不勝數。

三國時的《廣雅》描述了龍的類型，說長有鱗的名曰「蛟龍」，長有翼的為「應龍」，長有角的為「虬龍」，沒有長角的為「螭龍」，還沒有升天的名為「蟠龍」。

那麼真正的龍長什麼樣子呢？

宋朝辭典《爾雅翼》、明朝的《本草乘雅半偈》以及清朝的《龍經》等典籍都詳細描繪了龍的樣貌，說龍擁有馬的頭、蛇的尾巴，也有「三停九似」的說法：「三停」是說，龍從頭到上爪，從上爪到腰，從腰到尾巴，被平均地分成三份；「九似」是指「首似駝，角似鹿，耳似牛，目似鬼，項似蛇，腹似蜃，鱗似魚，爪似鷹，掌似虎」。

在此基礎上，《龍經》對龍的外貌做了更為詳盡的補充，甚至還在相貌上分了雌雄：

> 含珠在頷，司聽以角；頭上如博山者曰尺木[23]，喉下長徑尺者曰逆鱗。角浪凹峭，目深鼻豁，鬣尖鱗密，上壯下殺，龍之雄也；角靡浪平，目肆鼻直，鬣圓鱗薄，尾壯於腹，龍之雌也。

這段話是說，龍下巴好似含著寶珠，用角聽聲音，頭上長有類似博山的尺木，喉嚨下長有約一尺長的逆鱗。

23 有人說尺木為龍升天時所依憑的短小樹木，也有人說「尺木」即指長在龍頭上的像雞冠一樣的「龍冠」。

以上這些是雌龍雄龍共有的特質，下面是兩者的區別——

雄龍，龍角凹凸陡峻曲折宛如波浪，有著炯炯有神的眼睛和帶豁口的大鼻子，脖子上的鬣鬃[24]尖銳鋒利，渾身的鱗片緊密結實。

雌龍，龍角細密平滑，眼睛長且寬，鼻子筆直，脖子上的鬣鬃圓潤，全身覆蓋著薄薄的鱗片，尾巴要比肚子粗壯。

東漢《論衡》中記載：

龍頭上有骨，如博山形，名曰尺木。無尺木者，不能升天，其爲性粗猛而畏鐵，愛玉及空青而嗜燕，故食燕人不可渡海。

其意思是龍頭上有宛如博山的凸起的骨頭，名叫尺木，沒有尺木的龍，不能升天。除了龍的形象，書中還講述了龍的喜好和性格，說龍性情兇暴，但是很害怕鐵器，最喜歡玉石和空青（孔雀石的一種），也是個吃貨，不過只鍾情於燒燕肉。因為龍的這個嗜好，民間還流傳著一個特殊的傳說——吃過燕子的人不能渡海，大概是怕龍嗅到人身上殘留的味道，凶性大發，將整船人一口吞掉吧。

可以說，隨著時代的發展，龍的形象已經被人詳細論定了。但《說文解字》解釋說龍為「鱗蟲之長」，它「能幽能明，能細能巨，能短能長」，這說明龍也是變化多端的——鯉魚跳龍門能化為龍，騰蛇也可化為龍，樹葉可化為龍，石頭可化為龍，狗也可化為龍，連貓都能伸個懶腰化為巨龍，騰空而去。

24 指獸類頸上的長毛。

那到底是怎樣一個化法呢？

唐代段成式創作的筆記小說集《酉陽雜俎》裡就記載了一則「樹葉化龍」的故事。元和年間（806-820），有個姓史的秀才，他和同伴一起遊覽華山。正值酷暑，累極渴極的眾人坐在一條林間小溪邊休憩。

正愜意時，前方忽然有一片樹葉隨著溪水漂流而下。這片葉子大如手掌，紅潤可愛，史秀才遠遠看到就喜歡得不得了，趕緊在下游接住，放進了懷裡，打算帶回家當個紀念品。

坐了一頓飯的工夫，史秀才覺得懷中沉甸甸的。他想了一會兒，自己懷裡也沒別的東西，剛剛只是放進去一片輕柔的樹葉而已啊！

又堅持了一會兒，懷裡的重量讓史秀才坐不住了，他悄悄將這片葉子拿出來，越看越覺得不對勁：「只是一片樹葉啊，怎麼好像開始長鱗片了？」

史秀才望著這片葉子大叫起來，眾人不再閒聊，驚訝地望過去。

「動了！動了！」

紅葉在眾人眼前緩緩長滿了鱗片，動得越來越厲害了。

史秀才又驚又怕，慌忙把樹葉一扔，對驚呆的眾人道：「這樹葉一定是龍，大家快逃！」

顧不得回話，眾人飛速往山下跑去，再轉頭看，不過一眨眼的工夫，那片森林便升騰起滾滾白煙，山谷裡一片朦朧。

史秀才一行人下山還沒到一半，狂風驟雨伴隨著巨雷轟然而至。

這大概是一條行雲布雨後累壞了的龍，好不容易休個假，化為一片樹葉躺在水上，打算順水而下，泡一路的涼水澡，沒想到泡到半路竟然被人撿了起來，還被放進了臭烘烘、熱騰騰的懷裡。剛剛這場暴風雨大概就是這條休假休了一半、泡澡泡得正舒服的龍發的脾氣吧。

既然樹葉都可以化為龍，那麼魚化為龍就更容易被大家接受了吧？

唐五代筆記小說集《北夢瑣言》裡記載了一個「白龍魚服」的故事。

梓州有個叫張溫的人，平生最愛捕魚。他那時擔任客館鎮的鎮將。一年夏天，他陪客人看魚，偶然間走近龍潭。當時正是三伏天，他熱得渾身不痛快，見龍潭裡的水清澈涼爽，就脫了衣服下水降溫。

下水前，張溫還下了網，打算游完泳，抓一條魚回去做魚羹。等他游夠了上岸收網，發現網裡蹦著一條一尺多長的大魚。他從沒見過這種金光燦燦的魚，而且這條魚很不尋常，精力格外旺盛，正在漁網中極力掙扎。

岸上的客人看到魚，紛紛驚嘆不已。

大家正在七嘴八舌猜測魚兒的名字，天色突然間暗了下來，濃重的土腥氣從地底向人襲來，不等眾人反應，狂風暴雨驟然而至。

張溫本來就被這條金光燦燦的魚弄得心神不寧，一看天地變色，趕緊扔了魚，衣服也顧不得穿好，光著腳沒命地逃。

逃了幾里地，那大顆大顆的雨點還是不依不饒地砸在他赤裸的背上。

大概那魚總算掙脫了漁網，回到水潭裡了吧，不知道過了多久，風雨終於停了。

張溫狼狽地回去後，聽到客人們都在議論：「那金魚可能是鎮守水潭的龍吧。」

大家這才知道，那龍穿了魚的衣服，變為魚後被人撈起。要不是暴風雨突至，恐怕這條龍也難逃被吃的下場。

寫到這裡，勸誡大家，到龍潭抓魚的時候，一定要慎重再慎重。

樹葉和魚化為龍，雖然奇怪，但仔細想想還可以接受，可是竟然有典籍記載石頭也可以化為龍。這又是怎麼一回事呢？

唐代傳奇小說《梁四公記》裡有個故事，說天目山人全文猛，在新豐後湖的觀音寺西岸，撿到了一塊斗大的五色石頭。那石頭五彩絢爛，在夜間能隱隱放光。

全文猛認為這是個神奇寶物，就把它獻給了梁武帝。梁武帝果然喜歡，命人將五色石放在太極殿的旁邊。

一年後，向來老老實實待在桌子上的五色石忽然不甘寂寞起來，發出炫目的光芒，還給自己配了樂，轟隆的立體雷聲環繞在四周。梁武帝被嚇得半死，忙招傑公詢問。

傑公看後安撫梁武帝：「別怕，別怕，那不過是上界化生為龍的石頭罷了，不是人間之物。」他還教梁武帝怎麼利用它來延年益壽。

俗話說得好，莫出頭，出頭必定沒好事。在皇宮裡出盡風頭的五色石終於慘遭毒手。

梁武帝按照傑公教的方法，命人取來洛水裡的赤礪石，與五色石一起，再加上美酒，將它們放在鍋裡，煮沸了一百多次。這化龍的五色石終於屈服了，變得柔軟可食。

不過，梁武帝沒有吃，可能是考慮到傳承問題，如果五色石被自己吃了，自己能延年益壽，那自己的孩兒呢？

為了家國的持續發展，梁武帝採用了傑公的另一個建議，請能工巧匠將這已軟化的五色石雕琢成碗盤。據說用它盛飯吃，也能延年益壽。

傑公還講，這東西可是有福德之人才能享用的。說到這裡，傑公話鋒一轉，提到要是石頭中傳出聲音來，就像之前那樣整天轟隆作響，那就不得了了，因為可能沒多久裡面就能產出一條小龍來，這時，天上的龍必定會下凡把它取走。

依照他的法子，梁武帝得到一個足以容納五斗半米的大盆子。梁武帝專門用它來裝食物。也不知道是不是心理作用，經化龍石盆盛裝的食物，確實變得香美異常。
做完盆子後，還剩了一些餘料，這些餘料仍舊被放在太極殿旁。
一天，空中忽然飛來一條揚鬚鼓鬣的赤龍，赤龍甩著尾巴大搖大擺地飛入大殿，抱著那堆石頭餘料揚長而去。大概，這堆「餘料」到了該生小龍的時候，所以大龍將它們抱回天上去了。

無獨有偶，唐代小說集《紀聞》中也有一則從石頭中游出了龍的故事。
這事是唐安太守盧元裕的兒子盧翰說的。
盧元裕年少時曾和朋友一起在終南山讀書。一天傍晚，大家吃飽了飯出門散步，順著山間小溪往山上走。
終南山風景很美，大家一路上說說笑笑地欣賞著山野美景。盧元裕的眼睛忽然被什麼東西閃了一下，順著亮光，他在山崖間撿到了一枚圓潤的石頭。
石頭瑩白光亮，幾乎可以照出人影。
真是一枚奇怪的石頭。
盧元裕正翻來覆去地把玩著石頭，不小心手一滑，石頭落到了地上。喀嚓一聲，石頭碎裂，裡面竟然游出來一條一寸多長的小白魚。
白魚隨著滾落的石子骨碌碌地滾入小溪中，在眾人的眼前，躍出水面，竟然化為了一條一尺多長的大魚。
「怎麼回事？」
大家剛發出驚呼聲，就看到大魚在水中暢快地翻滾了幾次，化為一條一丈多長的大龍。龍鼓鬣掉尾，在水中上下浮動，眨眼間，山中雲雷暴起，風雨大作。

可見，石頭縫裡不僅能蹦出孫悟空，還能蹦出一條小龍來。

連石頭縫裡都能蹦出龍，那不妨再大膽地想像一下，除了魚和蛇，其他的動物呢？它們能化成龍嗎？再大膽一點，日常生活中與我們最親密的動物伴侶——狗、貓呢？它們跟龍有關係嗎？

唐代傳奇小說集《宣室志》裡記載，以前東都留守判官祠部郎中，范陽縣的盧君暢還是平民老百姓的時候，僑居在漢水之上。一天，他獨自騎馬去郊外，前方忽然出現了兩條狗，狗兒奔走在田野間。遠遠望去，他發現這兩條狗有點奇怪，它們的腰特別長，而且胸脯很豐厚，隨著狗兒的奔跑，厚厚的胸脯好似飄然欲墜。

這是什麼品種的狗？

盧君暢覺得訝異，特地叫停了馬，立在原地，仔細觀察。

不一會兒，那兩條狗竟然同時跳進了一個水池中，緊接著，池水洶湧，如滾水般沸騰起來，水中忽然有兩條白龍一躍而起。在一陣清越的龍吟中，兩條龍輕盈地往天邊飛去。

此時，空中烏雲密布，風雷大震。

怎麼回事？

盧君暢怕得不得了，慌忙策馬往回跑，沒跑幾里路，他就被暴雨淋成了落湯雞。直到這時，他才恍然大悟，那兩個小東西哪裡是狗，分明是龍。

竟然連狗都能變成龍，貓貓黨表示不服！我們貓難道就不可以變成龍嗎？別著急，有的。

《酉陽雜俎》裡記載了這樣一個故事。

蜀王王建稱王時，一個叫唐道襲的寵臣被封為樞密使。

一年夏天，唐道襲在家休息。六月的天忽然下起了大雨，他養的一隻貓此時正在房檐下嬉戲。唐道襲閒來無聊，坐在房內，支著下巴滿臉笑意地看貓自娛自樂。

一開始，貓只是好奇地用爪子扒拉著雨水玩，但看了沒一會兒，唐道襲就笑不出來了，他的眼睛瞪大了，只見貓的身子竟然越來越長。

怎麼回事？

唐道襲站起身想仔細看。

沒多久，那拉長身子的貓像伸懶腰似的探出前爪，似乎要夠著頭頂兩、三公尺處的房檐。在唐道襲的注視下，貓的身子越來越長、越來越長，房檐竟然真的被它夠著了。

唐道襲都快被眼前的場景嚇暈過去了。在巨大的雷霆霹靂聲中，長條貓化為巨龍騰空而去。

試想一下，跟自己朝夕相處的貓狗，忽然得到了大機緣，某一天身子變長了，爪子變尖了，頭上長出了層層疊疊的尺木，一道霹靂震天響，它們化為龍騰空而去，作為主人，是該痛快放手還是該哭著挽留呢？

除了上述化龍的故事，《太平廣記》以及後期志怪筆記中還記載了其他有關化龍的情況。從古籍裡記載的故事來看，老百姓心中的龍千姿百態，在化龍之前它們沒有固定形象。龍可化萬物，萬物也可成龍，但只要變成人們認定的龍，就大抵是前文所講的「九似」這種形態了。

所有的龍都貴氣逼人嗎？

影視作品中的龍向來盤踞在皇宮的廊柱上，以金光閃閃的形象出現。《漢書．高帝紀》記載，漢高祖劉邦的母親有次在地裡幹活，累了就躺在水塘邊休息，然後她做了一個與天神相遇的夢。當時，雷雨大作，劉父擔心妻子，於是去田裡找人，發現一條龍正盤踞在妻子身上。之後，妻子懷孕，誕下了漢高祖劉邦。

也就是從這時開始，「真龍天子」便正式與皇帝產生了關聯，龍成為皇權的象徵。有了「神獸Buff」[25]的加持，再加上凡有江河湖海的地方都是龍的領土，龍能上天入海，鑽洞入地，可以去一切人去不了的地方，攫取一切人找不到的珠寶。

這樣金光閃閃的龍呈現的是一個雍容華貴、坐擁無數金銀珠寶的「富豪龍」的形象，但實際情況真的是這樣嗎？

從前，荊湘一帶有座寺廟，寺廟背山近水，是個清修的好地方。寺廟附近的水潭中住了一條龍。這條龍並不是一條「宅龍」，它經常要出門布個雨、串個門、四處遊歷一番，所以經常從它棲息的那個小水潭裡飛出來。

龍這種生物，因為職責特性，出入動靜很大，動輒會雷聲大作，狂風暴雨驟然而至。雖然四周只有一座幽靜的寺廟，人很少，但這條龍的行為還是破壞了附近的一些花花草草。

當時寺廟裡有個負責撞鐘的張老頭。這人是個術士，本事還不小，但是寺裡的僧人不知道，以為他

25 Buff是一個英文單詞，通常指遊戲中增益系的各種魔法或效果。

只是個普通的小老頭。所以說，從古到今都不要小看任何一個「掃地僧」，說不定人家就會殺龍呢。

張老頭很煩這條動不動就搞出這麼大陣仗的龍。它不知道中國的傳統就是低調做人嗎？出個門而已，每次都這麼高調，這條龍也太不懂事了。所以張老頭想用咒術弄死它。就在他暗中做法布置禁制的時候，這條龍已經感覺到危險逼近了。

龍在水潭裡急得團團轉。它自然知道這個人本事很大，殺龍是小事一樁。

怎麼辦？怎麼辦？怎麼辦？

直到將水潭攪成滾筒洗衣機，龍才想出一個讓自己心疼不已的辦法來。

說來心酸，雖然它是條身分尊貴的龍，負責著周圍十里八村的雨水，但實際上它很窮，是條貧窮的土包子龍，勉強混個溫飽，依然掙扎在龍族的貧困線之下。

貧窮的龍變成一個俊秀的男人，趁張老頭出門時，偷偷跑到僧人房裡，見到僧人就作了個長長的揖。

僧人正在收拾房間，轉頭看到房裡突然出現一個人，嚇了一跳：「你是誰？」

龍彬彬有禮道：「實不相瞞，我其實不是人。」

僧人頓時有點害怕。

「別怕，別怕，我是龍，不害人。」龍解釋道。

聽說是神獸，僧人這才安下心來，但依然小心翼翼的問他：「你……你有什麼事嗎？」

「是這樣的，我是您的鄰居，喏，」龍往外一指，「那個水潭就是我的棲身之所。」

僧人萬萬沒想到自己旁邊住了一條龍，他的身體又開始顫抖起來。

「我不是經常要出門行雲布雨嗎？說起來，這乃職責所在，也是沒辦法的事。但您知道的，我們龍族行走間是有霹靂閃電傍身的，這是龍出行的標配，我也無法弄掉。」

僧人這才明白，寺廟附近為何頻頻電閃雷鳴，他還以為是因為周圍村子裡充滿了道德淪喪的人，所以老天爺天天擺出這樣的大陣仗。

「因為這個原因，你們廟裡的張老就想殺掉我。」

「誰？」

「張老，哦，您還不知道吧？他是一位深藏不露的術士。」

僧人吃驚地點點頭。

「我現在被他用符咒拘住了，性命堪憂，只有您才能救我！」

僧人打量了他一眼，只見他紅光滿面，精神矍鑠，怎麼也不像性命堪憂的樣子，再說了，自己這麼有德行嗎，竟然能救龍？他不禁暗暗自得起來，又想著人人都說龍很富有，龍宮裡遍地是珠寶，自己何不……

僧人心念一動，龍馬上得知他心中所想。於是龍再作一揖，略一猶疑，才一閉眼一跺腳，吐出一枚閃閃發光的寶珠：「倘若上人能夠救小龍的性命，這枚寶珠就獻給您當作謝禮了。而且，事成之後，小龍馬上搬家，再也不敢叨擾上人。」

僧人在寶珠出現時，眼睛就已經被閃得快睜不開了。在寶珠的誘惑下，僧人滿口答應：「不就是張老頭嗎？他一定聽我的話，放心吧，包您性命無虞。」

得到保證，龍重新吞回寶珠，嗖一下消失不見了。

等到晚上吃完飯，僧人將張老頭喚進了房間，直截了當地問他能不能放了那條可憐的龍。

張老頭是何等人啊，馬上問道：「您是不是要收那條龍的寶珠？」

僧人見自己私底下收受賄賂的事竟然被人知道了，馬上支支吾吾起來。

張老頭長嘆一聲，用憐憫的眼神看著僧人：「你不知道吧？那條龍不是普通的龍，它特別窮，我們三界上上下下，沒一個不知道的。大家都知道他窮得只剩一枚寶珠傍身了。而且這條龍不僅窮，還非常摳門。現在，你要收走它唯一的寶貝明珠，即使我答應你放了它，依它那小氣的性子，早晚會找你把珠子要回去的。」

僧人不信，那可是神獸，住的地方都是遍地珠寶的龍宮啊，即使不是遍地珠寶，龍這種東西，天上地下，哪裡都能去，攢點家本那還不是一轉眼的小事？他以為張老頭不放龍，在誆他，便繼續哀求道：「你就高抬貴手放了它吧。」

張老頭見他固執，沒有辦法，只得解除了禁制。

當晚，龍深夜前來，將寶珠吐出，依依不捨地送給了僧人，而後果然搬出了小潭，而張老頭也告辭離去，不知所終。

數天之後，晴空萬裡之下忽然一聲霹靂，大雨瞬間傾盆而下。

僧人所住的簡陋僧舍隨著暴雨傾塌了，就在僧人搶救出那枚寶珠時，雲層中忽然飛下一抹淡金色的身影，那身影飛速衝到僧人面前，不等僧人反應，龍緊緊地銜著寶珠騰空而去。

這個故事出自唐代傳奇小說集《原化記》。無獨有偶，同時代的小說集《傳奇》一書中也有一條金光閃閃的「摳門龍」。

這是一條金光閃閃的大黃龍，不同於上文的「交際花龍」，它是條「宅龍」，終日藏在井中，抱著它珍藏的寶珠呼呼大睡。有個名為水精的奴隸，憑藉自己熟悉水性的本事，經常下水為主人撿拾寶物。主人暴富之後，水精越發愛賣弄他的本領。又一次下水時，他見到了被龍守著的寶珠，心裡起了貪念，想搶了寶珠獻給主人。回到地面後，水精自恃勇猛，接過主人朋友遞來的寶劍，下水搶奪珠寶，沉睡的龍被驚醒，盛怒之下將人吃掉煉珠了。

這兩則故事裡的龍都把寶珠看得很重。看樣子，古代的龍並不像我們想像中那麼珠光寶氣，不管是擅長交際的「交際花龍」，還是天天宅在洞府的「宅龍」，它們當中也有很窮的「摳門龍」。

龍族安家記

縱觀古代神魔小說，《西遊記》算得上龍族出場最多的一部書。從這本書來看，江河湖海、水井溪流，凡有水的地方，都有龍鎮守。

《西遊記》裡地位最高的當屬東南西北四海的龍王，另外還得加上被魏徵在夢中斬了的涇河龍王、烏雞國八角琉璃井內的井龍王，上述幾位龍王都是龍族老大，坐擁大面積海景房，入住奢華水晶宮，可以全天候三百六十度無死角沉浸式體驗海的靜謐和深邃。

但其他的龍王，如碧波潭的萬聖龍王就不像它們這麼有錢有勢了，萬聖龍王住的是龍王宮殿。這幾位龍王的住處，用孫悟空的話來說就是「久聞賢鄰享樂瑤宮貝闕」。到底如何奢華書中沒有詳寫，世人只能透過隻字片語自行想像，不過，後來的《聊齋志異》花了大量篇幅描繪了龍宮的奢華，彌補了這個遺憾。

俄睹宮殿，玳瑁爲梁，魴鱗作瓦，四壁晶明，鑑影炫目。

這是形容龍宮的富有和奢華的。

龍宮裡的筆墨紙硯也是高級訂製：

授以水晶之硯，龍鬣之毫，紙光似雪，墨氣如蘭。

床鋪也是奢華訂製款：

珊瑚之床飾以八寶，帳外流蘇綴明珠如斗大，衾褥皆香軟。

龍宮內甚至還有玉做成的樹：

宮中有玉樹一株，圍可合抱，本瑩澈如白琉璃，中有心淡黃色，稍細於臂，葉類碧玉，厚一錢許，細碎有濃蔭。常與女嘯詠其下。花開滿樹，狀類薝蔔。每一瓣落，鏘然作響。拾視之，如赤瑙雕鏤，光明可愛。

真是頂級的奢華與享受。

但是，所有的龍宮都如此嗎？

不盡然。只是因為這幾位龍王都屬龍族頂流，是特例。實際上，住不起奢華海景大別墅的龍，還是為數眾多的。

比如宋代志怪小說集《稽神錄》裡的這個故事就詳細描繪了龍族群租房的構造。

唐天佑年間（904-907），饒州有個姓柳的老頭經常乘著小船在鄱陽江中垂釣。這老頭身分成謎，沒人知道他叫什麼、住在哪裡，更沒人知道他有沒有妻兒親戚，甚至沒人見過他吃飯喝水。

除了這點，還有更神奇的，但凡水裡游的，深山老林裡跑的，就沒有他不知道的。

神祕老頭——柳翁，聲名遠揚，鄱陽的捕魚人都是先請教了他再出船捕魚。

當時呂師造是當地的刺史。有一年呂師造派人修城掘濠，挖著挖著就出怪事了，一挖到城北，瓢潑大雨馬上傾盆而下，但只要停挖，馬上雨過天晴。

這太詭異了。有人閒談的時候就請教柳翁：「這到底是怎麼回事啊？」

柳翁呵呵一笑：「你們不知道，挖掘的下方是龍穴。人在上面亂挖，驚動了龍族，睡在裡面的龍被吵醒了，就要出穴看看是怎麼回事。龍只要出來了，就必然伴隨著瓢潑大雨，這是龍族出行的標配。如果這些役夫能不顧大雨一直挖下去，一定能挖到龍穴。到時候雨水不止，就要氾濫成災了。」

後來，役夫挖到幾丈深後，果然挖到了東西。

地底下竟然別有洞天。幾十尺長的方木交錯重疊，層層疊疊足足有幾十重。役夫們探頭望去，密密麻麻的巢穴下有雲霧繚繞，在人探頭的一瞬間，霧氣衝人而起，完全遮擋了視線，什麼也看不到。實在看不清底下的情況，想下去一探究竟的人這才作罷。

那木頭也奇怪，聞起來腥氣撲鼻，濕漉漉、黏糊糊，上面好像沾著某種動物的口水。而每根木頭都被削得方方正正，其平滑整齊的程度不像是人能削成的。說來也怪，自從挖出了這個奇怪的洞穴，從此之後這裡果然雨水泛濫成災。

呂家幾個孩子要去江上捕魚，就派人把柳翁找來問問他哪裡魚最多。柳翁指著南岸的一處地方說：「今天只有這個地方有魚，不過，你們留心點，裡面還藏了一條小龍。」

補魚會補到龍？這老頭，說話也太天馬行空了。大夥嘰嘰喳喳的，雖然不信柳翁，但還是在這處下了網，果然捕到了許多魚。他們把打上來的魚全放在船上的一個大盆子裡。

大家在盆邊看，裡面有一尾長一、二尺的鱔魚，這鱔魚格外有精神，兩眼熠熠生輝，嘴邊有兩條長長的鬚。它在眾人的眼前優哉游哉地繞著盆游行，其他的魚全都緊緊地貼在它的身邊跟著它游。

快到北岸時，有人無意間往裝滿魚的大盆裡看了一眼，裡面清澈見底，哪兒還有一條魚的影子？

從此之後，柳翁不知所終。

文中雖然沒有點明龍穴裡住了多少龍，但我們透過描述可以推斷，這處龍穴似乎是龍族的群租房，成群的龍住在這密密麻麻的群租房裡，集體趴窩。我們猜想一下，龍族大概跟人類一樣，可能是工作原因，也可能是學習需要，必須住在天庭分配的集體宿舍裡。當然更可能是本身能力不足，它們買不起獨棟大別墅，只能和大家擠一擠，勉強住住群租房過日子。

那麼，除了坐擁江河水井、有固定地盤的龍，其他的龍呢？它們住在哪？它們同樣身負行雲布雨的重擔，也是天庭公務員，來下界出公差，會像那些有地盤的龍一樣，也有天庭配給的房子嗎？

大概不盡然，龍棲身的地方，可以稱得上千奇百怪。

有住在鹽井、池子、溪潭裡的龍，相關故事出自宋代的筆記小說集《北夢瑣言》。

王蜀時，據說夔州大昌的鹽井中常有龍棲息，龍的顏色不一，有黃有白。它們整天待在滿是鹽水的井裡一動不動，鱗鬣閃閃發光，也不知道在幹嘛。有人好奇，攪動一下井水，龍一動也不動，只是口吐一些白沫而已。

除了這個地方，人們也在秭歸縣永濟井的鹵槽裡發現了龍，那龍和大昌鹽井裡的龍長得差不多。

雲安縣漢成宮山的山頂上有個深七、八丈的天池。裡面有個如蜥蜴一般的東西，那東西身長不過咫尺，在太陽的照射下，渾身散發著五彩炫光。它偶爾會浮出水面翻騰跳躍，遠遠望過去，很像一條小龍。

當時有個叫高遇的人，是當地的刺史，他到漢成宮山上設醮，那小龍忽然浮出水面。有人問監官李德符：「這是什麼徵兆呢？」

李德符說：「我從小就生長在這裡，還從來沒見過漢成池裡有這種東西。高遇為官也沒做什麼好事，卻一味地諂佛佞神，他抱神佛的大腿已經抱得很到家了，很難說這到底是好還是壞。」

夷陵清江旁有一個狼山潭，潭裡住了一條龍。當時有個叫李務求的土豪遇到了一點困難，於是來到潭邊禱告，等到了之後他才發現，潭水之上覆蓋著一床錦被，偶爾也不知道從哪裡會漂來一根大木頭。木頭橫著堵住水面，當地人稱之為「龍巢」。

遂州高棟的溪潭裡，年年都有龍出現，和狼山潭的情況完全一樣。

除了上述居所，《原化記》也記載了一些住在石頭縫裡的龍。

西安有個姓韋的女孩，是名門之後。女孩長大後，嫁給了武昌的孟郎。

唐大曆末，孟郎和妻子的弟弟同時入選，韋郎被授予揚子縣尉之職，孟郎被授予閬州錄事參軍之職，時候到了，兩人分別上路赴任。

韋氏跟著丈夫去了蜀地，因為蜀地多山，山路不好走，沒辦法乘車，這一路，韋氏都是乘馬前行。韋氏跟著丈夫走到駱谷口時，胯下的馬忽然受驚，嘶鳴一聲，猛地揚起前蹄，韋氏一時沒抓住，號叫著跌入了萬丈深淵。

孟郎趕緊來到懸崖邊察看，下面深不見底，不要說下去找人了，就是看一眼都怕被吸進去。一家人沒有一點辦法，只能趴在懸崖邊慟哭。哭了半天，因為時間緊迫，還得往前趕路，大家只得穿好喪服，祭奠一番後，繼續往前走了。

再說韋氏。

很神奇的是，她摔下去後，落在了幾丈深的枯葉之上，葉子厚且綿軟，她竟然沒有受傷。只是不知道是否因常年照不進陽光，厚厚的腐葉散發著臭氣。她一開始幾乎不能呼吸，落地就憋得暈了過去，但沒一會兒就清醒了過來。

在枯葉上躺了一天，韋氏又怕又餓。時間正是冬天，葉子上積了一層薄薄的雪。韋氏沒辦法，只好用葉子裹了雪吃進肚子裡，勉強充饑。

韋氏深一腳淺一腳費力地走著。旁邊是千仞高的石壁，她胡亂摸索著，探身過去看，石壁之間的縫隙黑漆漆一片，看不出深淺，再抬頭看剛剛自己掉下來的地方，天空逼仄成了一口巴掌大的井。

照理來講，自己從這麼高的地方掉下來必死無疑。

韋氏沮喪地走著，心想：「我還能活下去嗎？孟郎呢？他有沒有找我？如果我死了……不，我要活下去！」

韋氏沾了細碎腐葉的臉上露出了堅毅的神情，求生的本能讓她打起精神繼續前行。

「那是什麼？」

突然，韋氏被前方不遠處的東西嚇了一跳，是燈光！漆黑如墨的地下竟然出現了一點暈黃的光。

那裡有人家！

韋氏欣喜地探身察看，只見岩谷中的光點越來越大、越來越亮，再看，那光點竟然成了等速向自己飛來的兩盞燈！是什麼？

那兩盞綻放著幽幽火光的燈漸漸逼近，韋氏瞪大了眼睛，等看清了燈後的東西，她倒抽一口涼氣，死死抓住面前的一片石頭才勉強沒讓自己暈厥過去。只見燈後蜿蜒爬行著一具龐大的身軀，再看燈光處，朝天的鼻孔、如博山般重疊的尺木、堅硬的鬣毛……這哪裡是燈，分明是龍的眼睛！

韋氏嚇得緊緊貼在石壁上，那龍緩緩地往外爬動著，巨大的身軀似乎無窮無盡，等龍完全爬出來，韋氏略一打量，發現那龍竟然有五、六丈長。

爬到洞穴邊，一聲清越龍吟下，龍一甩尾巴，昂頭騰空而出。

等龍飛走了，後面緊接著又出現了兩隻一模一樣的眼睛。這條龍也要飛出去了。

「我要死了。」她想，「我要死了，不過，我寧願死在外面也不願意死在這暗無天日的犄角旮旯裡。」

打定主意後，韋氏攥緊了滿是汗的手，等龍一爬出來，她馬上牢牢地抱住龍的脖子，跨了上去。龍似乎沒發現自己身上騎了一個人，也可能已經發現了，只不過它不在乎。龍直直地躍出洞穴，翱翔在天空中。韋氏緊緊地抱住龍的脖子，不敢往下看，任憑龍將她帶去未知的遠方。

就這樣，約莫過了半天時間，龍一直不停地飛。

已飛到萬里之外去了吧？

在龍背上待的時間長了，韋氏漸漸地也沒那麼害怕了，於是試著睜開眼睛，發現龍飛得特別低，自己能看到身下有江海草木。這時，龍離地才不過四、五丈高。她擔心龍會飛進江水裡，到時候自己肯定會被淹死，所以她乾脆鬆開手，任憑身子往下墜。

韋氏的運氣是真的好，這次，她落在了一叢又深又厚的草上，再次暈了過去。

過了很久，韋氏總算醒了過來。她已經有三、四天沒吃過東西了，又受了這麼大的刺激，還抱著龍在天上飛了一圈，現在渾身乏力，一動都不想動，但求生的本能讓她掙扎著爬出草叢，緩緩地走著。終於，她遇到了一個老人家，他是個漁翁。

漁翁看到荒郊野嶺裡竟然出現了一個女人，還是如此狼狽的模樣，不知道她到底是人還是鬼，有些害怕。

韋氏問漁翁：「請問老人家，這裡是哪裡啊？」

漁翁回她：「這裡是揚子縣。」

揚子縣……這不是我弟弟赴任的地方嗎？韋氏著急地問：「那這裡離縣城有多遠？」

漁翁又回她：「二十里。」

韋氏這才放下心來，她知道自己有救了。韋氏撫平了裙角，對著老翁盈盈一拜，把自己這一路的奇遇講給老翁聽，並求他給自己一點吃的，因為她實在是太餓太渴了。

漁翁聽了她的經歷，雖然覺得不可思議，但看她如此狼狽，又覺得可憐。船上正好有剛剛煮好的茶粥，於是端來給韋氏吃了。

等有了力氣，韋氏問：「韋少府來縣裡赴任了嗎？」

漁翁一個久居世外的人，怎麼清楚官府裡的事呢？他搖搖頭：「我也不知道啊。」

韋氏這才表明身分：「老人家，實不相瞞，我其實是韋少府的親姐姐。您要是能將我載去縣府裡，到時候韋少府一定會重謝您。」

漁翁古道熱腸，沒多久就將人安全地送到了縣衙。而這時，韋少府已經上任好幾天了。韋氏忽然登門，求門房告訴主人，孟家的十三姐來了。一開始韋少府還不信，他懷疑道：「怎麼可能？我十三姐已經隨著孟郎去蜀地了，怎麼會忽然來我這裡？」他不見。

聽了門房的回話，韋氏只好哀求對方，並將這一路的遭遇講給門房聽，門房聽完嘖嘖稱奇，雖然覺得韋氏的經歷很不可思議，但看她說得聲淚俱下，不由得信了幾分。韋氏求他幫忙把自己這一路的奇遇轉告韋少府。門房出於同情，也擔心這事萬一是真的，自己擔不起責任，於是忠實地幫她傳達了。

韋少府聽罷，也被驚了一跳，但還是不太相信。

不過，儘管懷疑，韋少府還是出門見了客，看了門口等著的人，他發現這人的長相和聲音確實和他十三姐一模一樣。

韋氏看到親人，終於卸下這一路的擔心和害怕，號啕大哭起來。

韋少府皺著眉頭看著她，之前光鮮亮麗又風雅的姐姐現在完全變了一個人，現在的十三姐滿身狼藉，神色萎靡。他沉思：這人到底是不是姐姐？又怎麼會有龍呢？人抱著龍飛上天，還活了下來，這難道不是天方夜譚嗎？

他會有這樣的疑惑也是正常的，古人不像現代人，最多兩、三個兄弟姐妹，大家朝夕相處，對方是真是假，一看便知。古代家庭動不動八、九個兄弟姐妹，又有「男女七歲不同席」的忌諱，女孩長在深閨裡，男孩外出讀書，他們又是大戶人家，規矩多，見面的次數就更少了。所以韋少府對自己排行十三的親姐姐產生懷疑，在那個時代也是正常的。

韋少府將人安頓在房裡，沒多久，韋氏便恢復過來。但是，韋少府始終有所懷疑，因為如果按照姐所講，關於她的訃告應該早就傳過來了才對，但自己至今都沒有收到任何消息，她莫不是個妖怪？

幾天後，從蜀地傳來的訃告終於打消了他的疑慮，這確實是他死裡逃生的姐姐啊！他這才抱著姐姐又哭又笑，還找到那老漁翁，將之前姐姐允諾的酬勞送了過去。他一共酬謝了老漁翁二十千錢。

等韋氏徹底恢復，韋少府才派人把她安全送到了孟郎那裡，孟郎聽說夫人還活著，也是又悲又喜。

幾十年後，韋氏的表弟裴絪，在唐貞元年間（785-805），在做洪州的高安縣尉時，親口講了這件事。

除此之外，唐代傳奇集《博異志》中也有類似情節的故事。不過，故事的主角是一個叫趙齊嵩的男人，他是在奔赴成都做縣尉時遭遇了類似的事情。兩本書都成書於唐朝時期，不知道兩篇故事是相互借鑑的，還是歷史上確實有這麼兩個人曾駕馭著龍，飛離困境，在天際翱翔過。

除了貴族龍，上面故事裡的這些平民龍，也大都有現成的江河溪井或石縫可以爬進去免費安身，但也有一些難以安家的苦命龍。天庭命它們赴任，似乎只給了一個虛職，連住宅它們都得請人幫忙臨時建造。

唐代志怪小說集《獨異志》中講道，隴州吳山縣發生了一件怪事，全縣的人在同一天晚上都夢到了一個騎著白馬的美男子。美男子在夢中現身後對大家說：「我要搬家了，暫時借你們的牛用一下。」說完他就消失了。

當天晚上，美男子大概徵用了好幾百家的牛，也就是好幾百頭牛。等天明了，大家醒來後，一商量，發現所有人竟然都做了同一個夢。來到牛圈一看，好傢伙，所有的牛都大汗淋漓。

除此之外，一夜之間，南山彎處出現了一個方圓一百多步的大水池。因為這個水池是用牛遷來的，當地人就叫它「特牛湫」。

毫無疑問，這位騎著白馬的男人就是搬家到此的龍。

這條龍好歹會找牛幫忙，臨時挖了個大水池當辦公室和臨時「龍宮」，但有的龍是窮到連水池都蓋不起，只能委委屈屈地住在石柱子上。

唐代傳奇小說集《宣室志》裡記載了一條為了極簡陋的住處而努力奮鬥的龍。跟上面那條龍一樣，它也是托夢，不過它沒找牛幫忙，而是在人的幫助下，擁有了屬於自己的一根石柱子。

離政陽郡百里遠的地方有一座叫法喜寺的寺廟，寺廟處於渭水西側，唐元和末年（820），寺裡有個僧人出了一點不為人知的怪事，隔三差五，他就會陷入同樣的夢境中。

什麼夢呢？

夢的主角每次都是一條通體雪白的龍，白龍從渭水中昂揚躍出，騰雲暢遊後，最終停在佛殿西邊的一根柱子上，在柱子上盤旋很久才直直地往東飛去。

做同樣的夢還算不得什麼怪事，奇怪的是，每當僧人晚上做了這個夢，第二天絕對會下雨。次數多了，僧人百思不得其解，於是就將這事告訴了一個學識淵博的人。

那人聽完，眉頭略微一皺，仰面思索片刻，說道：「福地本來就是神祇居住的地方，本就應當是龍的住宅，而佛寺又是一個龍所依賴的地方，所以佛家有天龍八部的說法。何況法喜寺建在郊野，廟宇清淨寬敞，龍在此棲身不是很正常嗎？希望你呀，找人在它盤旋過的那根柱子上塑一條土龍，就用這個來驗證一下你的夢吧。」

僧人聽罷，果然招來工匠，詳細描述了夢中龍的模樣，請工匠在大殿西側那根龍盤旋過的柱子上用泥塑了一條威風凜凜的龍。

等塑好了再看，也不知是僧人描繪得過於詳細，還是工匠的手藝超群，或者是出現了神蹟，蜿蜒在柱子上的龍宛如活了一般，騰雲駕霧，鱗鬣纖毫可見，即使是技術最精妙的畫師也無法讓這個作品更加完美了。

到這裡，關於僧人的故事就結束了，書中沒有描述僧人此後有沒有再做同樣的夢，也沒講塑好龍以後，有沒有發生什麼奇蹟。時光匆匆而過，一下子來到了長慶初年（821）。

有位住在廟裡的居士正在廟前的空地曬太陽，忽然看到有個東西從西廊直直飛出。半空中，那物飄飄悠悠，好像騰雲駕霧一般。居士瞪大了眼看，那東西飛出寺廟後，一路往渭水去了。

居士為了弄清楚那是什麼，於是一動不動地守在原地。等到傍晚時分，那東西果然從渭水方向飛回來了，它飛到西廊下便消失不見了。

這次居士全程仔細觀看，他赫然發現，那竟然是一條通體雪白的龍。第二天，他趕緊把自己的發現告訴了寺裡的僧人。

僧人也被震驚了。

幾天後，有村民舉辦齋會，寺裡所有的僧人都參加了。

一直到中午，僧人們才陸陸續續回來。大概是忽然想到居士所說的龍，好奇心重的人跑到西廊處查看，驚訝地發現——龍呢？盤旋在柱子上的土龍竟然消失不見了！

竟然是真的！那龍活了！

寺裡的其他僧人被驚呼聲引了過來，大家望著還留有蜿蜒土痕的柱子驚嘆不已。

「確實是龍啊，即使是土做的，也能變化無方。不知道它去了哪裡，也不知道它是從什麼地方來的。

果然是個靈物啊！」有人這樣感慨。

到了晚上，渭水上空忽然聚了一團陰沉沉的黑雲，這雲直逼法喜寺而來，等到了殿堂上方，雲層中忽然躍下一個東西，那東西最終消失在了西廊下。

守在廊柱旁的僧人們都驚呆了，他們揉揉眼睛再看，柱子上已經盤旋了一條土龍。大家湊上去細細地看，大晴天的，那條本該好端端地躲在廊柱上的龍竟然像被水沾濕了一般，鬚鬣鱗角都濕漉漉的。

大概是擔心龍走了以後就不再回來，也可能是擔心龍經常自己出門玩，會惹出禍事來，從此之後，廟裡的僧人找人打了一條長鐵索，將這條土龍密密地纏了起來。之後，但凡當地有旱災澇災，只要來土龍面前誠心祈禱，馬上就能得償所願。

當龍也不容易，貴族龍珠光寶氣，住在奢華的水晶龍宮裡，旁邊有蝦兵蟹將侍候，還有龜丞相低頭哈腰地出謀劃策。但對大部分龍來說，有個立錐之地就不錯了。

龍的報恩

當人對龍有恩時，比如救了龍的命，龍會怎麼報答人類呢？

西漢神仙傳記《列仙傳》中記載了這麼一個故事——

有位叫馬師皇的人，是黃帝時期的一位馬醫。他把馬的身體結構從內到外瞭解得一清二楚，只要馬到了他的手中，就沒有治不好的，據說還有起死回生的本事。

忽然有一天，空中蜿蜒飛下一條龍。龍來到馬師皇面前，乖乖垂下耳朵，張開大嘴巴給他看。圍觀的群眾都被嚇跑了，只有馬師皇鎮定地站在原地，探頭往張大的龍嘴裡一看，自言自語著點點頭：「這龍有病。你倒是聰明機伶，知道找我治病。」

於是他幫龍的下唇做了針灸，又熬製了甘草湯。

龍喝下甘草湯沒多久，就痊癒飛走了。

活蹦亂跳的龍回到家之後，把自己治病的經歷一說，所有的龍都知道人間有一個會幫龍治病的神醫了。從此之後，但凡有點頭疼腦熱，龍就從遙遠的天上或者深遠的海中，一路飛來馬師皇家，求他給自己治病。

一天早上，又來了一條龍，但這條龍很健康，它來到馬師皇面前，老實地趴好，請他跨到自己身上來。等馬師皇抓緊了自己頭上的龍角，龍忽然騰空而起，背著馬師皇衝向了雲霄。

從此以後，龍和馬師皇都不知所終。

讓我們猜一下，馬師皇大概因為醫術精湛，被請去龍族當家庭醫生了吧。

上述故事裡的龍，為了報恩，直接贈送了恩人一個成仙大禮包，飛騰到天上再也沒有回來。接下來要講的五代志怪小說集《神仙感遇傳》裡的這三條龍，它們報恩主動、直接，忘我到甚至可以捨棄自己的生命，這種報恩方式更加令人感動。

有位叫玄照的和尚在嵩山白鵲谷修道。這位和尚道行精深，在僧人中首屈一指。他曾發願講授一千遍《法華經》，以利眾生。

自從玄照開始在山中講經，即使是嚴寒酷暑，山林險峻深遠，每次來聽經的人都把不大的寺廟擠得水洩不通。其中有三位老人聽經最虔誠，三人眉毛鬍鬚都潔白如雪，容貌難以形容，長得有些奇怪。因為他們每次都來聽經，時間久了，玄照就對三人有了印象。

一天，三位老人一大早就來拜見玄照，其中一位看起來似乎是大哥的老人，開門見山地介紹自己：「實不相瞞，在下其實是龍。我們三個各自都有職務，活兒很辛苦，我們也都幹了好幾千年了。這段時間，我們一直來聽法師您講經說法，獲益匪淺，也沒有什麼好報答您的，法師有什麼願望嗎？我們三兄弟願為您效微薄之力。」

不愧是道行精深的和尚，知道了對面三人的身分，也沒有露出半點恐懼或驚訝的神情，倒是認真地思索了片刻：「如果是這樣那就太好了。現在旱得實在厲害，各地都開始鬧饑荒了，你們能幫忙下點雨，救救天下蒼生嗎？」玄照說罷，捻著佛珠，微微垂下眼眸，「這就是貧僧的願望。」

三人聽罷，面面相覷了片刻，依然是一開始發言的那位老人回話：「召雲降雨對我們來說本來是一件小事，但上天關於下雨的禁令特別嚴格。如果不是奉命行雨可能會被殺頭，殺頭可不是小罪，到時候我們三兄弟恐怕會身首異處啊。」

玄照的眉頭也微微蹙了起來，他確實是位心憂眾生的好和尚。

「不過……」老人話鋒一轉，認真地望向玄照，「我有一個計謀，如果長老能幫忙，或許可以成功。」

玄照手捻念珠，緩緩點頭：「願聞其詳。」

「是這樣的，少室山上住著孫思邈處士，他是個德高望重的人。我們三個違規降雨後，如果請他幫忙遊說，一定能成功脫罪。法師您如果覺得這事可行，我們三個馬上召雲降雨。」

捻動念珠的手一頓，玄照微微睜開了眼：「貧僧知道孫處士住在少室山上，但是並沒有和他接觸過，所以不清楚他德行如何，又怎麼好貿然過去求救呢？」

老人解釋：「法師有所不知，孫公的仁義，不可估量。他撰寫的《千金翼方》一書澤及萬代子孫，名字已經在天宮登記了，孫公遲早要位列仙班。他確實是一位身分尊貴無比的真人。如果他能開口相救，我們三個一定安然無恙。不過，這需要長老先和他約定好，如果他允諾，我們馬上辦事。」

玄照點點頭：「好吧，我試一試。」

見玄照答應了，三人馬上教他到時候該如何應對。

玄照按照囑託前去少室山拜訪孫思邈。恭謹地坐下很久之後，玄照才表明來意：「孫處士以賢德明哲救濟天下蒼生。現在大旱，寸苗不生，百姓們嗷嗷待哺，眼看活不下去了。旱成這樣，處士施與仁義的時候到了。希望您開開恩，救救老百姓吧。」

孫思邈正在納悶法師拜訪自己的目的，沒想到法師竟然給自己扣了這麼一頂高帽子，他連忙謙虛地擺手道：「折煞在下了，在下正是因為沒什麼本事才遁入山野的，又有什麼能力救濟天下蒼生呢？假如您有半點能用得到在下的地方，儘管開口，本人在所不辭。」

玄照等的就是這句話。

玄照身子微微前傾，湊到了孫思邈身前：「貧僧昨天遇到了三條龍。它們說能幫忙布雨，不過，有個條件。它們說不奉上天的命令，膽敢擅自下雨的，會被砍頭，若想脫罪，只能求像孫處士您這樣德行高尚、功勞又大的賢德之士救自己。我特意來表明心意，請處士定奪。」

如果這一切都是真的，那可是大好事，對宅心仁厚的孫思邈來說，自然義不容辭，所以他馬上慷慨激昂地說：「只要事能辦成，我一定竭盡全力。」

玄照眼神堅定地點頭：「等布完雨，三條龍為了躲罪，會藏到您家後山的沼澤裡。發現有怪人來捕捉時，請處士幫它們解圍，它們就能逃過一劫。」

孫思邈鄭重其事地點頭答應了。

拯救天下蒼生的事情就這麼說定了。

告別孫思邈後，玄照往回趕，那三位老人早就站在路邊等著他了。

玄照微笑著向他們點點頭。三人本來還有些焦急，但看到玄照一臉輕鬆，便也跟著放鬆了：「事情辦妥了？」

「是的，我已經按照你們的要求跟孫處士講好了。」

「那就太好了，我們可以降雨了。」

三人約定，要讓雨下夠一天一夜，令千里之地，溝渠滿灌。當晚果然下起了瓢潑大雨，乾旱已久的土地咕咚咕咚喝飽了水。這一場大雨不知道潤澤了多少土地，造福了多少百姓。

雨下完的第二天，因為擔心三條龍的安危，玄照再次前去拜訪孫思邈。兩人正說話時，忽然來了一個長相有些怪異的人，那人徑直往後山沼澤處走去。正在談話的兩人噤了聲，對視一眼，都知道這是來捉龍的神人。

兩人悄悄跟在那人身後，只見那人站在沼澤邊，厲聲怒斥了一陣，隨著呵斥聲，剛剛還波紋蕩漾的水面瞬間結了冰。不一會兒，兩黑一白，三隻水獺從沼澤裡緩緩游了出來。水獺上岸後就乖乖趴在地上任人捉。

這人掏出一根紅繩，將三隻水獺捆起來後便打算牽著它們走。孫思邈一看，趕緊上前一步，朗聲道：

「仙人請留步！這三條龍犯了罪，確實死不足惜。但昨天行雲布雨是老夫的意思，還請您通融通融，順便將這事稟告給天帝，請天帝寬恕它們。」

這神人見到孫思邈，倒是很客氣，聽完解釋，馬上將三隻水獺解開，帶著紅繩離開了。

不一會兒，原地出現了三位老人。三人拜謝了孫思邈之後，說要酬謝他。孫思邈面對著下完雨後格外青翠的群山朗聲一笑：「我一個住在山谷之中的老頭子，也用不到什麼東西，不需要你們報答我什麼。」

三位老人又回身拜謝玄照，希望以後可以為他效力。玄照也笑著推辭：「我一個出家人，也住在山裡，除了吃和穿什麼也不需要。我也不需要什麼報酬。」

三人再三請求，齊聲道：「救命之恩，我們總要報答你們點什麼吧？」

玄照思索片刻，指了指前面的山：「這座山一直擋著寺廟前面的路，實在不方便香客和僧眾的往來，你們能幫忙把它搬走嗎？」

三人滿口答應：「小事而已。不過，希望到時候你們不要埋怨風雷聲太大了。我們馬上就可以辦。」

當晚，雷霆震天，狂風呼嘯。等早上灰塵散盡，寺前豁然開朗，數里之外，平坦如掌。三位老人再次前來，叩謝而去。

在文末，作者發出感慨，孫思邈已經達到了至高的境界，做好事不求任何回報，尤為奇特。

古人靠天吃飯，是旱是澇，一年的收成如何，和老百姓的生存密切相關。所以，能祈晴禱雨的龍便顯得格外珍貴。

前文提到小氣的龍在人救了它的命之後，還跑回來搶回自己的明珠，建議這條龍還是看看下面這幾位前輩是怎麼報恩的吧。

唐代小說集《瀟湘錄》裡記載，汾水邊住了一位老太太，老太太心善，有次得了一條赤紅色的大鯉魚，大概是別人捉來送給她吃的吧。因為覺得這條魚的顏色和其他魚不太一樣，帶回家後，老太太在自家院子裡鑿了個小水池，把魚養在裡面。

過了一個多月，土做的池子中忽然升騰起雲霧，老太太趕緊出來看，裡面那條赤紅色的大鯉魚開始翻騰跳躍。忽然，大魚從水池中升騰而起，不一會兒就飛到了雲層之中。再看地上，之前的水池已經枯竭了。

那竟然是條龍啊。

到了晚上，霹靂響起，那龍竟然乖乖地飛回水池裡休息，大概是把這裡當成家了吧。這事被老太太的鄰居們看到了，大家都覺得不祥，這怪魚，該不是什麼妖怪吧？老太太也擔心時間長了，龍會在無意間闖出什麼大禍，於是很後悔帶它回家。

思來想去，老太太跑到水池邊禱祝：「小龍啊小龍，我是憐惜你才將你帶回來養著的。我救了你，難道你想害我嗎？」

話音未落，那紅鯉魚猛地躍出水面，雲霧從魚身下升騰而起，在狂風的呼嘯中，小龍飛進了汾水。老太太仰頭看著，發現龍飛過半空時留下了一枚晶瑩剔透的寶珠，寶珠掉到老太太腳下，她撿起來看，發現這東西如彈丸大小，光彩照人。

龍弄出的動靜這麼大，大家都出來看熱鬧。看到寶珠被老太太撿到，雖然大家也很想要，但都不敢造次。

五年後，老太太的兒子忽然得了風痹病。眼看兒子的病一天比一天重，怎麼都治不好，老太太很傷心。人無助到一定程度的時候，就會開始胡思亂想。老太太忽然想起龍留給自己的寶珠，不如把它賣了，請名醫給兒子治病吧。等她打開層層包裹的布一看，發現光彩照人的珠子竟化成一枚暗紅色的丹藥。

拿著丹藥，老太太自言自語：「這是紅鯉魚在報恩，這是它留給我治兒子病的寶貝。」

反正兒子已經到這個地步了，不如死馬當作活馬醫。老太太給兒子服下丹藥，沒多久，兒子的病竟然徹底痊癒了。

所以作為一條龍，最重要的是不要那麼小氣，給就給了，不給就不要虛情假意地裝大方。志怪小說集《湖海新聞夷堅續志》裡記載的這條龍，直接送給恩人一個大美人和一份功名利祿，這大概是當時所有書生的夢想吧。

李元在吳江岸邊閒逛時發現了一條小紅蛇。紅蛇被牧童捉住後，被折磨得很慘。看小紅蛇可憐，李元便出了一百錢將它買下，然後走到茂密的草叢中，把它放生了。

等到第二年，李元再次經過長橋時，忽然有位自稱朱浚的進士拜見，對方說：「我家離橋尾只有幾百步的距離。家父年邁，不太方便外出，所以派我來拜會您，您能來我家坐坐嗎？」

見來人彬彬有禮，李元就跟著他上了船。沒多久，船停在了一座山腳下，李元下了船，只見周圍樓宇林立，侍衛守衛森嚴，一看就是豪紳之家。

不久，有個高冠道服的男人出現了，他伸手示意，請李元坐好後，笑著說道：「小兒不幸，去年差點死在頑童手裡。幸虧先生您出手相救，我家孩子才活了下來。」

說罷，男人回頭示意，讓朱浚再次拜謝恩人。

莫名其妙地受了拜謝，李元有些摸不著頭腦。此時，男人已經命人準備酒菜了。

等酒菜上來，好傢伙，李元的眼珠子都快瞪出來了，什麼地上跑的、水裡游的，可說應有盡有，這些全都是自己平常吃不到的珍饈美味。

敬酒時，男人對李元說：「我乃南海鱗長……」

這話一出，李元頓時明白了對方的身分，原來他是條龍啊。

男人端著酒杯繼續道：「因為略有功勞，所以上面派我來鎮守吳江，封我為安流王。我有個小女兒，小名叫雲姐。現在，我將她送給您，就當報答您的救命之恩。您收下她，對您有好處。」

酒席結束了，李元帶著雲姐告辭離去。

後來，李元參加考試。在考試的前一天，雲姐竟然偷偷將考題偷了出來。李元連夜翻書構思，果然考中了。靠著雲姐，李元捷報連連，沒多久就考中了進士，春風得意的李元甚至新娶了一個美人，直到這時，雲姐才告辭離去：

「奉王命，不敢久留。」

臨走前，雲姐作了訣別詩：

六年於此報深恩，水國魚鄉是去程。莫謂初婚又相別，都將舊愛與新人。

雨水、明珠、功名利祿，只要龍有，只要它願意，它都可以無私地將之獻給它的救命恩人。

龍也會過勞

想必大家小時候都看過《西遊記》，其中曾多次出現龍宮。龍宮之內，寶物何其多？就連如意金箍棒都是財大氣粗的老龍王送給孫悟空的。

但從上文那條摳門的龍來看，似乎龍族並非我們想像中的那樣，生下來就坐擁龍宮寶物。我們看到的，可能是龍中貴族。龍族跟人一樣，有皇帝，有平民。龍王坐享海中各式寶物，那剩下的「平民龍」呢？它們的運氣可沒「貴族龍」那麼好。好一點的，像上文的守財龍，可以鎮守一方水潭；運氣不好的，沒錢沒勢，不是被當成牲畜吃掉，就是成為「打工龍」，之後或者被當成坐騎，或者一天二十四小時不停歇地行雲布雨。

那麼，那些「平民龍」是怎麼打工的呢？

西漢一部關於神仙的傳記《列仙傳》中記載了一則黃帝成仙的小故事。

黃帝帶人在首山上採銅，在荊山下鑄鼎，鼎鑄成後，竟然有一條垂著長長鬍鬚的龍下凡迎接他。黃帝於是駕駛著這個成仙專車——龍，登天了。

群臣一看，紛紛來了精神，我也要登天！

於是，有的臣子抓住龍的鬍鬚，有的臣子抓住黃帝的弓，想同往仙界，與天地同壽。

但龍又做錯了什麼呢？它只是來打個工，當當神仙的坐騎罷了，它的載客量著實有限。龍的鬍鬚如落雪般紛紛被人拽下，黃帝的大弓也因為承擔不了人的重量而落到了地上。

群臣趴在地上，只能眼睜睜地看著黃帝駕駛著禿龍冉冉升天而去。大家為錯失成仙機會而嗷嗷大哭。

從這個故事開始，後世開始有很多「龍專車」下凡迎接人成仙的故事，也有故事中講到仙人的坐騎就是龍。

唐代傳奇小說集《玄怪錄》裡有則故事，說四川的一個農夫有一片橘子園。霜後採收完橘子，他發現樹頂掛著兩個巨大的，宛如三、四斗瓦盆那麼大的橘子。農夫覺得很是怪異，便摘下大橘子，放在地上看。那橘子看起來大，卻跟普通的橘子差不多重，也就是說，農夫很輕鬆就將巨型橘子摘了下來。

這是什麼東西呢？

農夫好奇地剖開橘子一看，發現裡面竟然分別藏著兩個小老頭。老頭們一臉的白鬍鬚、白眉毛，一副仙風道骨的樣子。被人看到了，他們也絲毫不畏懼，在橘子裡兩兩對坐著下象棋，談笑風生，很是灑脫。老頭們還絮絮叨叨地講誰輸給自己多少東西，神情笑貌間，似乎很滿意住在橘子裡的生活。講罷住在橘子裡的幸福生活，話鋒一轉，談到唯一令他們遺憾的是橘子長在樹上，總歸沒有那麼牢靠，很容易被人摘下來，這點很打擾他們的清淨。

就這樣，當著橘子園主人的面，四個老頭旁若無人地抱怨著。其中一個老頭忽然說自己餓了，從袖子裡掏出一根長得像龍的草根，據說這叫「龍根脯」，那草根隨削隨長，似乎永遠也吃不完。老頭吃飽了，往這根龍根脯上噴一口水，這草根馬上化為一條龍，載著四人飛上了天。

龍作為仙人的專屬司機，隨叫隨到，還是很盡職盡責的。

除了作神仙們的專車司機，還有很多「打工龍」會去作天庭的布雨工，「996」、「007」[26]乃是家常便飯，因此偶爾也有受不了這種打工日子而翹班的龍。

26 編按：996表示早上9點上班到晚上9點下班，一週上6天。007表示從0點到0點（24小時），一週工作7天，也就是沒有休假。

南朝志怪小說集《述異記》裡說道：「虺五百年化為蛟，蛟千年化為龍，龍五百年為角龍，千年為應龍。」

如果蛟知道自己辛辛苦苦變成龍之後，要日復一日、一天二十四小時不間斷地行雲布雨，甚至時常累到從天上掉下來——它拚命努力升天化為龍，不過是在為別人打工，不知道它會怎麼想？

清代小說集《聊齋志異》裡就講了兩條疲累到造成職業傷害的「打工龍」的故事。

膠州有個王侍御奉命出使琉球國。

船行海上，雲朵中忽然狠狠地墜下一條巨龍。巨龍身軀龐大又沉重，摔到海上，激蕩起足足數丈高的水浪。

大家都被嚇了一跳，紛紛出來看，只見那條龍仰躺在海裡，半浮半沉，似乎支撐不住似的，把下巴支在了船上，好讓自己不要沉到海底。

船上的人望著比人還大的龍頭，都快嚇死了，而那條龍半閉著眼睛，一副筋疲力盡的樣子。

船員噤若寒蟬，紛紛停下手裡的船槳，一動都不敢動。

有見多識廣的船員介紹道：「這是在天上行雲布雨累壞了的龍。」

王侍御聽罷，趕緊將詔書懸在龍頭上，大家又一起焚香，為這條可憐的龍禱告了一番。大概是休息夠了，那條疲憊的龍緩緩睜開眼睛，擺擺尾巴，悠悠地游向了遠方。

船這才繼續往前航行。

但船航行了沒一會兒，又有一條氣若游絲的龍墜了下來。一天之內，大家陸續見到了三、四條這樣的疲龍。

除了上述墜入海裡的疲龍，也有墜入人家裡的疲龍。同樣是《聊齋志異》，講了河北境內發生的一件怪事。

大雨剛結束，有條龍忽然直直地墜下，落在了一個小山村裡。

那龍似乎累極了，行走間完全沒有人想像中的迅捷如風。它拖著沉重粗笨的身子緩緩爬入了某個鄉紳家裡。龍身粗壯到什麼程度呢？那鄉紳家的大門恰恰能容下它的身子。

這戶人家大駭，紛紛跑出門，有的登上樓大喊大叫，想嚇走它。鄉紳家鳥槍土炮多，這時候也派上了用場，全部被人拿出來轟隆隆地對著龍射擊。龍沒轍，大概也是被槍炮嚇到了，只得拖著笨重的身體從門口退了出來。

剛下了雨，鄉紳家門外的窪地剛好積了一汪不足一尺深的水。龍暫時爬進水裡，在裡面翻騰打滾，把全身塗上濕泥，然後極力騰躍，但是，因為水實在是太少了，支撐不了它飛往高空，所以每次飛不到一尺就會重重地摔在地上。

滿身狼藉的龍在水坑裡盤旋了整整三天三夜，在這三天裡，龍可真算得上受盡磨難，直到天空中忽然下起瓢潑大雨，霹靂凌空一聲響，這條被困在泥水坑裡的龍才昂揚而去。

看來，這也是一條因行雲布雨而累壞了的疲龍。

那麼，你覺得工作強度這麼大的龍是否心甘情願呢？人累了會「摸魚」，龍呢？「打工龍」跟人一樣，是會翹班的。

白居易在《偶然》一詩中說：「乖龍藏在牛領中，雷擊龍來牛枉死。」

這句詩說的就是「翹班龍」的故事。這個故事宋代筆記小說集《北夢瑣言》裡也有記載：

世言乖龍苦於行雨，而多竄匿，爲雷神捕之。或在古木及楹柱之內，若曠野之間，無處逃匿，即入牛角或牧童之身……

其大意是一些叛逆的龍不想工作，不願意天天按部就班勞累不堪地行雲布雨，就想盡辦法翹班溜出來玩。作為主管，雷神當然不准，所以忙完了工作之後，雷神就騰出手來到處捉不服管教的翹班龍。鑑於龍變化多端，可大可小，所以為了躲雷神，它們會想方設法地躲在各種奇奇怪怪的地方，比如古木或楹柱間。如果雷神搜捕時，它正好在荒野裡遊蕩，無處可逃，那該怎麼辦呢？不怕，它們能把身體縮得小小的，躲進牛角或牧童的身體裡。

所以，古代的志怪故事裡經常有莫名其妙被雷劈死的牛或牧童，即使是現在，新聞裡偶爾也會報導雷劈死牛隻的事件。

在清代短篇小說集《子不語》中，作者袁枚曾借筆下人物之口，斥責過這種情況：「雷公！雷公！吾生五十年，從未見公之擊虎，而屢見公擊牛也。欺善怕惡，何至於此！公能答我，雖枉死不恨。」

這種事情古人沒辦法解釋，只能認定是龍逃進了牛角中，雷神要劈龍才誤傷了牛。

回到翹班龍的故事中，依然是《北夢瑣言》記載的，四川官府有個叫郭彥郎的軍將，有一次他正在俠江上乘船，船行到羅雲溉附近時，他吃飽了飯準備休息。剛躺下沒多久，忽然感覺心神恍惚如在夢中。夢裡他看到一個黃衣人來到面前，望著他的嘴說：「不要闔上牙齒」。

說完，黃衣人伸出手往郭彥郎嘴裡探去。不一會兒，黃衣人似乎從他嘴裡掏出了一個東西。黃衣人握著那東西，一眨眼就消失不見了。

郭彥郎清醒過來後，只覺得喉嚨腫痛。

在郭彥郎做這個夢的時候，船工們看到原本晴朗的天忽然暗了下來，有閃電霹靂從空中直直劈下，雷電下到半空，速度忽然變緩了。伴隨著隱隱的雷聲，閃電竟然圍著船緊緊地繞了一圈。一直到郭彥郎醒來，雷聲才徹底停了。

這就說明，之前有條龍躲進了郭彥郎的嘴裡，雷神追捕而來，才產生了這番異象。

南山律宗之師道宣曾說過，有條乖龍躲入了他的中指指節中。

對於這條龍的介紹，文中只有這一句。它的結局書中沒有點明，它到底是被雷神捉走了，還是一直躲了下去，被道宣律師度化了呢？我們不得而知。不過，千年之後的《子不語》為這個故事解了謎。

有個叫王興的人，他的一根手指上忽然長了幾圈彎彎曲曲的紅紋，每當打雷下雨時，紅紋都會把手指撼得又搖又動。就在王興想除掉這個怪東西時，有人出現在了王興的夢中，說自己乃是應龍，因為辦錯事被貶了，所以藏在王興的手指裡。那人請王興不要害怕，並讓他在三天後的午時，將手伸出窗欞，它自然會走。

那天午時，暴雨霹靂突然襲來，王興如約伸出手指，大拇指上的皮膚裂開，一條紅線昂揚飛出，在空中蜿蜒遊動了幾下，眨眼間，紅線化為一條巨龍，隨著一聲更加猛烈的霹靂，龍昂著腦袋躍入雲層之中了。

我們不妨大膽猜測一下，躲在人手指上的龍，不管它嘴上再怎麼強調自己的身分，都是「翹班龍」。拖延到實在是不能繼續偷懶了，龍只得痛苦地結束休假，回去工作了。

《聊齋志異》中也記錄了一條因為不小心暴露了行蹤，被人發現自己在「摸魚」，只好化為原形，回天上繼續工作的龍的故事。

于陵縣通政司有位姓曲的官員，一次曲公正在樓上讀書，當晚陰雨晦暝，燭光被從窗戶縫裡進來的風吹得有些明暗不定。他正要起身剪一剪燭心，忽然發現地上出現了一條長條形的蟲子，那蟲子渾身閃閃發光，正蠕動著身子慢慢地爬行。

這是什麼怪物？

曲公舉著蠟燭湊近了細看，發現這小蟲子爬過的地方黏糊糊、濕漉漉的，彷彿一條漆黑的曲線。漸漸地，蟲子爬到了書桌上的書卷上，似乎終於找到休息的地方了，長條形的蟲子盤成一團蜷在書上，漸漸地不動了。再看，曲公驚訝地發現，它趴著的地方竟然也變得焦黑一片。

這難道是條龍？

想到這裡，曲公不敢怠慢，趕緊捧著書把那條小龍送到了門外，但他捧了很久，小龍依舊老老實實地趴著，一動不動。

「難道是嫌我不恭敬？」

曲公自言自語著，又將書捧了回來。他穿好官服戴好官帽，再次恭恭敬敬地將書捧了出去。那小龍果然吃這一套。

剛剛走到屋檐下，閃閃發光的小龍就像剛睡醒一般，神氣地昂起了腦袋。隨著幾下身體的伸展，小龍離開書卷，如一縷閃電，「滋」的一聲，飛到了半空中。

飛出幾步後，小龍回頭望向曲公。曲公驚愕地發現，剛剛不過筷子粗細的小龍，頭然變得像甕一般大，龍身要幾十個人才能合圍起來。

隨著龍的折返，震天的霹靂聲在耳邊響起，龍伴著霹靂騰雲駕霧而去。

曲公站在原地嘖嘖稱奇了很久才回了書樓。他順著龍爬行的痕跡找過去，發現那小龍之前竟然是從他的書箱裡爬出來的！

原來這是一條躲在人的書箱裡休假的乖龍。

關於乖龍的故事還有很多。

人忙忙碌碌一輩子，沒有誰是不累的，但天生萬物，不僅僅人會累，就連身為神獸的龍也會過勞。

這些疲於工作的「打工龍」，為了能得到片刻的休息時間，也是想盡了各種辦法。

中國的志怪故事與民間傳說不計其數，而這裡面只聞其名不見其身、充滿神祕色彩的龍，作為志怪故事與民間傳說的主角，其故事幾千年來被人演繹出無數個版本。上述幾篇故事不過是滄海拾貝，但也足夠令人窺見龍這種神祕生物的一點可愛之處了。

卷三

天神地祇

從閻王爺到曲阿神，
從土地公到掠剩使，
這裡不說傳統觀念中的神仙，
而是搜羅了幾位威靈顯赫的民間神祇。

神仙入世

古來傳記所載，有寓言者，有托名者，有借抒恩怨者，有喜談詼詭，以詫異聞者，有點綴風流以爲佳話，有本無所取而寄情綺語，如詩人之擬豔詞者：大都僞者十八九，眞者十一二。此一二眞者，又大都皆才鬼靈狐，花妖木魅，而無一神仙。其稱神仙必詭詞。夫神正直而聰明，仙沖虛而清靜，豈有名列丹台，身依紫府，復有蕩姬佚女，參雜其間，動入桑中之會哉？

這段話出自《閱微草堂筆記》，說的是自古以來，關於神仙的傳記故事燦若繁星，有的藉故事說明道理，有的假借其名陳述自己的觀點，有的則藉故事道出個人恩怨，有的喜歡談論一些詼諧詭異的事來搏人眼球，有的點綴風流想傳為佳話，有的毫無所求，只為了寄情於綺語中，就如同詩人作豔詞麗曲一樣。

其實，這些關於神仙現身的記載，十之八九都是假的，能有十之一二是真的就不錯了。而這十之一二，又大都寫的是才鬼靈狐、花妖木魅，沒有一個是真正的神仙。如果自稱神仙者，那一定是在說謊。神，正直而聰明，仙，淡泊謙虛又喜歡恬靜的生活，哪裡會在名列丹台、身依紫府之後，又化身為美人，動不動就下凡和人幽會呢？

紀曉嵐借文中人物之口說的這段話，幾乎把古代的所有神話傳說都否定了一遍。他的說法有一定的道理，但也不可否認，中國鬼神文化源遠流長，各種典籍汗牛充棟，有關神仙的習俗典故幾乎融入了人們生活的方方面面。在這裡，我們不講那些端正嚴明、令人心生敬畏的神，只拾取幾件發生在神仙身上的趣事講給大家聽。

當神仙深入民間，其實也可以很有趣。

拒絕成仙的白石生

白石生是中黃丈人的弟子，到彭祖時，他已經有兩千多歲了，但看起來還是三十多歲的樣子。這位嫩顏老壽星不走尋常路，不肯修煉升天成仙之道，只求一個不死罷了。他認為這樣可以盡情享受人間的樂趣。而他的修煉方法，以房中術為主，同時服用金液妙藥。

服用外丹是要燒錢的，真的很燒錢。

一開始白石生很窮，窮得買不起製作丹藥所需的材料。即使他知道製作方法，也只能空想，製不成丹藥。貧窮的白石生沒辦法，只得先想辦法賺錢，他靠養豬牧羊來發家致富，這一養就是十幾年。在這十幾年間，豬群、羊群發展壯大，而白石生也節衣縮食，靠自己勤勞的雙手，攢下了萬貫家財。

有錢了，他終於可以一展拳腳了。

白石生買來需要的材料，做成丹藥服下，這才有了不死之身。

他還懂得煮白石做食物，因為他一直住在白石山上，當時的人都稱呼他為「白石先生」。除了愛煮白石吃，他也吃肉喝酒，也吃穀物雜糧，看起來和常人沒有什麼不同，但是他腳力好，能日行三、四百里。他生性愛朝拜神仙，心中常存敬畏，也喜歡讀《幽經》及《太素傳》。

白石生跟活了八百歲的彭祖是朋友，兩個老傢伙時常聚一聚，聊聊天。

彭祖問他：「你既然會製仙丹，為什麼不服升天的丹藥到天上去呢？」

白石生朗聲一笑：「天上的清規戒律那麼多，哪有人間好玩？我啊，唯一想要的，不過是讓自己別那麼快老死。何況天上有的是尊貴的神仙，我這等小人物上去了，還不是端茶倒水伺候神仙的命？那可比人間苦多囉！」

因此當時的人也稱呼他為「隱遁仙人」。因為他不是一心一意地想要升天做仙官，也不求讓人知道他的名字，所以在普通人看來，這位白石先生活得很是通透灑脫又有自知之明。

天上有名有姓的神仙多了，上有開天闢地自古就有的神，下有修煉升天的仙，個個名字如雷貫耳，又要論資歷排輩份，一個後生小子貿貿然升上去了，可不是要端茶倒水伺候人嗎？在人間他還有美妻嬌妾溫柔鄉，又能吃肉喝酒受人尊敬。這是寧為雞頭，不做鳳尾。

在眾位神仙中，這個白石生是一位少見的、不汲汲於升天的神仙。

那麼，白石生為什麼如此熱愛人間，以至活了兩千多歲依然不肯成仙呢？大概是因為人間值得吧。

小心眼的神仙

原始時代，就有祭祀活動了。

祭祀的對象一般分為三類：天神、地祇、人神。祭祀在古代，從來都不是一件小事，而是嚴肅又莊重的國家大事或家族大事。

祭祀的禮儀很繁瑣，規矩甚多，祭祀之前，除了要準備祭祀所用的祭品和算好時間，還有很重要的一點就是齋戒。

隨著佛教的傳入和道教的發展，齋戒的方式變得多種多樣，但大致都有不飲酒、不茹葷、不遊樂、不行房等規矩。

那麼，如果有人在祭神前沒有嚴格遵守齋戒規則，會發生什麼事呢？

蘇州書生朱煥考中了乾隆壬午年（1762）順天鄉試的第二名，是在紀曉嵐分閱他的試卷後被錄取的。

一天，眾人齊聚在閱微草堂飲酒閒談。酒席上，眾人各自說了些奇聞軼事。

朱煥說了一件自己以前遇到的怪事。

有一次他乘船，看到有個名張子虛的舵工[27]，腦門上總是貼著一塊膏藥。

那膏藥長兩寸，寬約一寸。別人問起來，他總是憨厚地一笑，說自己腦門上長了個瘡，大夫說需要避風。

船行了幾天後，其中一個撐篙的船工終於忍不住了。他趁張子虛不在，擠眉弄眼地說：「喂，你們

27 編按：即舵手。

都被騙了！這可是件大奇事，關於那個瘡他在說謊！」

船工在自己的額頭上比劃了一下，眾人就知道他說的是誰了。

事情其實是這樣的，張子虛曾是船會的會首，在一次祭祀水神的時候，按照慣例他是要捧著香在前面禱祝的，但祭神那一晚，他跟妻子同房了，這就大大地犯了忌諱。跟神有關的事能胡鬧嗎？他們正跪著念祝禱詞時，怪事就發生了。

有狂風猛地颳來，呼的一下，香爐裡的爐灰兜頭灑了張子虛滿臉。雖然只是香灰，但張子虛卻感覺好像有什麼涼入骨髓的東西撲到了他的臉上，他頓時毛骨悚然，祭神儀式差點沒完成。

等儀式結束了，張子虛連忙退下擦拭自己的臉。擦完後，張子虛轉身和別人說話時，對面的人卻驚訝地指著他的額頭說不出話來。張子虛連忙攬鏡自照，發現額頭上忽然出現了一幅用墨畫的祕戲圖。

畫中人物逼真生動，像極了張子虛夫妻倆。張子虛連忙拿水來洗額頭，可那圖怎麼洗也洗不掉，反而越洗越清晰了。

最後實在沒辦法了，張子虛才拿了塊膏藥結結實實地貼在了額頭上。

聽完船工的一番八卦，眾人哈哈大笑，沒有一個當真的。

雖然沒人當真，但每次張子虛出出進進時，眾人難免好奇地盯著他的額頭看個不停。大家忽然變得鬼鬼祟祟的，張子虛也覺得不對勁了，惱道：「這小孩又多嘴！」

惱歸惱，但他只是長嘆一聲，既沒為自己辯解，也沒生氣。從他的反應來看，這事大概是真的。

看來，這位水神是一位嚴肅、守規矩，但不那麼一本正經的神，面對膽敢在祭祀前破戒的信眾，他竟然使出這麼一招。我們完全可以想像得到，這位神在施法時，是如何憋著笑使壞的。

不過，這只是一個惡作劇，有的神仙就計較多了，為了捉到凡人的痛腳，竟貼身監視對方整整三年！

江西崇仁大華山是一座名山，山上供奉的神仙都特別靈驗。每年來山上祈福消災的香客能把一整條山路擠得水洩不通。

這裡的神仙靈驗到什麼程度呢？

據說心不誠者當場就會受到神靈的譴責。

山上供奉著左右元帥，分別為騎黑虎的趙財神與手執金鞭的王靈官。

傳說，趙元帥寬宏大量，而王靈官更嚴明一些。

每當趙元帥執法的年份，前往山上朝拜的人偶爾有些許小過錯，神大都不怎麼跟他們計較。但如果當場就給人好看，比如讓你莫名其妙摔下山崖或者摔斷胳膊和腿，那不用想了，肯定是鐵面無私的王靈官在值班。甚至有犯嚴重錯誤的，當場被劈死都有可能。

受到懲罰的大都是對神不敬者。

斜眼看神或目露淫光的，會眼睛疼；說大話的會口舌生瘡；手腳不規矩的，比如在名勝古蹟上留下「到此一遊」的，手指或腳趾會受傷。

這都是嚴重一點的情況，輕一點的則是人會發瘋，當著眾人的面自言自語，說盡自己生平的隱私事。因為經常出現這等靈異情況，所以那些不怎麼守規矩的人都不敢往山上跑。

關於拜神不誠遭到神靈懲罰的故事，有幾則廣為流傳。

曾有朝拜者來到山腳，見前面的女人長了一雙特別嬌小纖細的腳，心中又是喜歡又是羡慕，心想也不知道便宜了哪個人。用眼睛看不過癮，他還伸出兩根手指遙遙地比劃了一下女孩腳的長度。

沒想到剛比劃完，壞了，這人的臉當場垮成了苦瓜，他的手指變得僵硬異常，只能維持著比劃的動作，無論他怎麼用力都收不回來。

沒辦法，這人只好舉著手指來神前懺悔，手指這才恢復了正常。

又一個朝拜的人，在朝山的路上竟然大談特談牛肉的美味。這人剛說了沒兩句，正側耳傾聽的同伴忽然發覺對方怎麼沒聲了？同伴轉頭一看，這人一臉驚恐，正手舞足蹈地比劃著，嘴巴雖然張著，卻再也發不出聲音來。他慌忙跑上山，來神前懺悔了一番，這才解了封印，能重新說話了。

大華山的神仙，看樣子真的不好惹。

忠介公鄒元標尚未發跡前，曾三次去朝拜，但最後都沒能爬上山去。思來想去，他總找不到原因，於是問了懂內情的人，那人指著他的鞋子說：「你的靴子乃是動物的皮製成的，神厭惡殺戮，你還是趕緊把它換了吧。」

鄒元標馬上換了一雙布鞋，這才輕鬆地登上了山。

等到了廟裡，正四處參觀著，他忽然發現神像旁矗立著一張鼓。他仔細一看，樂了。樂什麼呢？原來那張鼓也是用動物皮做的。

鄒元標抱起胳膊，笑呵呵地對神像說：「我穿皮靴子，祢因為厭惡這個，就不讓我上山，好說，不就是不願殺生嗎？這也算有一定的道理。那祢旁邊擺一張牛皮做的鼓，又該怎麼說呢？」

話音剛落，那張鼓無風自動，似乎被空中一股神祕的力量推動著。鼓滾落在地，撲通撲通地一路滾到山腳去了。

好傢伙，這神仙，脾氣真大！

聽說這事的人都覺得神異極了。後來，大家每年都先用布蒙了鼓再酬神。

向來只有神讓人吃癟的，還從來沒人讓神吃癟，鄒元標算是獨一份。

自從以理屈神之後，鄒元標也算是見識到了神的威力，心中越發有了敬畏之心，自己言談舉止間也越發謹慎守禮了，即使在空無人煙的旅途中或者漆黑的暗室裡，他也不敢隨便放肆了。

吃了癟的神這輩子還沒受過這等氣，總想扳回一城，於是命王靈官時刻跟緊鄒元標，這一跟就是三年。

神說：「我並不是想等他犯錯了好進行報復。我忍了三年，只是在等一個機會，我要爭一口氣，不是要證明我有多了不起，而是要告訴大家，曾經失去的尊嚴，我一定要拿回來！」

鄒元標自然也有所察覺。每當夜半無聲時，他總能聽到鞭子抽打空氣的啪啪聲。偶爾在太陽底下，在暈黃的燈光下，他甚至能清晰地看到舉鞭靈官的經典形象，但是每次他都沒被打到。

鄒元標也很皮。

有一次，他經過一口井時，已走得汗流浹背，喉嚨裡幾乎要冒出白煙了。

「太渴了，隨便哪裡的水，讓我喝一口吧。」他想道。

此時，井繩上正繫著一個膽瓶，裡面裝滿了清冽的井水，大概是剛剛被人打上來的。他四下張望一番，周圍靜悄悄的，也不知道打水人去了哪裡。

鄒元標心想：「我太渴了，只是喝人家一杯水而已，應該算不得什麼僭越吧？」

鄒元標掬水而飲，水剛喝進嘴裡，他忽然看到水面上倒映著一個滿臉驚喜的王靈官！

「哈！捉到你了！」王靈官雖沒開口，但鄒元標已經從他的表情裡讀出了一切。

在鞭子落下的一瞬間，鄒元標急忙將懷裡的幾枚錢丟進水中。

大概是這位鄒元標太過於嚴於律己，王靈官跟在他身邊這麼久都找不到任何錯誤，從此之後，王靈官便消失不見了。

這篇故事與明代的《咒棗記》有點相似，不過，《咒棗記》裡的王靈官可是足足跟了薩真人十二年，比上文中的王靈官還多了九年，大概是隨著時代的發展，這位喜歡跟在人身邊挑人毛病的王靈官也懂得了識人之術吧。

閻王的前身

說起閻羅殿，大家都不陌生，那是每個人死後都要去一趟的地方。閻羅殿共分為十殿，居於其中的閻王分別為一殿秦廣王、二殿楚江王、三殿宋帝王、四殿仵官王、五殿閻羅王、六殿卞城王、七殿泰山王、八殿都市王、九殿平等王、十殿轉輪王。

南北朝時，閻羅的說法由印度傳入中國，但最開始只有一個閻王。直到唐朝末期，才聚齊了十殿閻王。其他幾位閻王的來歷暫且不表，我們只說十殿閻王之首——秦廣王的成神之路，以及他在成為閻羅王之前的種種霸道作風。

蔣歆，字子文，三國時廣陵人，平生最愛的當屬酒與美人。他經常眠花宿柳，又縱欲無度，完全是個浪蕩的公子哥。就這德行，他還經常得意地自誇：「我天生骨骼精奇，是天生的神像，死後必定會成為神仙。」

漢朝末年，他為秣陵縣尉。一次，為了追擊強盜，他一路追到山下，忽然被強盜擊中了前額，頓時滿臉是血。事態緊急，他馬上解下印信的綬帶胡亂將前額綁上，血是止住了，但他可能因此得了破傷風，回家後沒多久就死了。

怪事是從他死後才發生的。

孫權建吳國的初期，蔣子文的一位同僚忽然看到他竟然出現在林間小道上。早已死去多年的人竟然穿著生前的官服，身後跟著恭敬的侍從，還甚是臭美地搖著一柄雪白的羽扇，胯下乘了一匹白馬，以非常招搖的出場方式緩緩地向同僚行來。

蔣子文不是已經死了嗎？這是見鬼了？

曾經的同僚大白天見了鬼，嚇得喊了一聲狂奔而去。

蔣子文騎著駿馬，眨眼間便追上了同僚。

「別跑，別跑，害怕什麼？我不是鬼。」

「死了不是鬼是什麼？」

同僚哆哆嗦嗦，不敢看他。

「鬼敢在太陽底下這樣行走嗎？」

蔣子文瀟灑地下了馬，還在原地轉了一圈給同僚看。

時隔多年，同僚已經滿臉皺紋了，蔣子文還是死前那副年輕英俊的樣子。聽他說得有道理，同僚也不再害怕了。蔣子文又說：「實不相瞞，我已經成仙了，現在，我是這個地界的土地神，要造福這一方的百姓。你回去告訴百姓們，為我建一座祠堂。不然的話，這裡將有大災發生。」

什麼？生前那樣惡劣的一個人怎麼可能成仙？同僚就當自己白天見了鬼產生了幻覺，將這事當成奇異小故事講給其他人聽後，也就置之不理了。

那年夏天，果然發生了一場大瘟疫，百姓們都怕得不得了。這時，為蔣子文立祠堂的事已經越傳越廣了。在大災難面前，這種帶有神祕色彩的小道消息，總能呈幾何倍數爆發式地得以傳播。

百姓們都嚇壞了，得罪了神仙，凡人還能活？於是私底下，很多人都偷偷地祭祀起蔣子文。

不久之後，蔣子文借巫祝之口，再次下了通牒：「我能興盛孫氏，趕緊稟告主上，為我立祠，不然，我將驅使蟲豸鑽進人的耳中禍害你們。」

不久，當地果然鬧了蟲災，漫天飛舞著黑點一樣的蟲子，只要不小心被它們鑽進耳朵裡，人馬上就會死去，治都治不好。

為蔣子文設立祠堂的事越傳越廣，最終傳到孫權的耳中。

孫權一開始當然不信，但是在不久之後的巫術禱祝中，巫師繼續轉達蔣子文的意思：「要是再不祭祀我，你們這很快就會發生大火災。」

當年，吳國境內，大型火災發生了上百場，火勢最終蔓延到了吳主的王宮之中，孫權這才開始著急。他匆忙召喚群臣商量這事該怎麼辦。眾臣認為，神必須有所歸，才不會作祟，所以應該稟告蔣子文，他們會祭祀並供奉祂。

事情商定後，孫權派使者封蔣子文為中都侯，封他的二弟蔣子緒為長水校尉，全都加賜印章綬帶，並為蔣子文立廟來彰顯祂的神蹟。從此，蔣子文搖身一變成了蔣侯。

建康東北蔣山上的廟就是當年為蔣子文建造的。說來也怪，廟建成不久之後，各種疾病和怪異的禍患就再也沒有了。因為很靈驗，所以百姓們一直隆重地祭祀祂。至此為止，蔣子文徹底完成了從人到鬼，再從鬼到神的華麗轉變。不管祂的成神之路有多叛逆、多卑鄙、多令人唾棄，祂最終還是實現了自己活著時的夢想——死後成神。

至於蔣子文成為十殿閻王之首的原因已經不可考了，但看這位蔣神「不聽我話，我就作祟害你們」的紈褲霸道作風，想必，他通往閻王之首的道路上也充滿了腥風血雨吧。

除了成神前的逸事，蔣子文成神後的所作所為更令人摸不著頭腦。接下來的故事，我們或許可以從中窺到一點祂那種「閻王要你三更死，不得留人到五更」的霸道作風。

一、硬拉官二代入贅地府

晉武帝咸寧時期，太常卿韓伯的兒子韓某、會稽內史王蘊的兒子王某、光祿大夫劉耽的兒子劉某，三位頂級官二代吃飽喝足後同遊蔣山廟。

廟裡矗立著幾個女人的神像，都雕琢得十分端莊美麗。

這三個小子喝醉了，也可能是年輕人沒經過社會的「毒打」，開起玩笑來沒個輕重，完全沒有汲取商紂王調戲女媧娘娘的教訓，竟然各自選了一個神像當老婆。

「我喜歡祢！」

「那我的老婆就是祢了。」

「我要這個！」

三人嘻嘻哈哈地望著面前的神像，笑得沒個正經樣。

當晚怪事就來了。三人晚上睡覺時，竟然同時夢到了蔣子文。蔣子文派使者傳話：「承蒙不棄，我幾個女兒長得這麼醜，竟然還能得到您幾位的屈尊垂愛。唉，好吧……」

使者似乎學著蔣子文，擺出一副「拿你沒辦法」的寵溺又無奈的表情，道：「好吧，好吧，既然你們幾臭小子喜歡，那我只好勉強答應了。打鐵趁熱，咱們現在就把日子給訂下來。到了時間，你們也完全不用操心，我會派人來接你們去地府完婚的。」

這夢太逼真了，醒來後，三人都覺得這夢有點不對勁。相互一問，三人大驚失色。他們竟然做了同一個夢！見鬼了！

這可怎麼辦呢？三人倒是不缺錢，也不知道聽誰說了禳解[28]的法子，馬上備好了牛羊豬三牲，去蔣山廟裡祭祀賠罪。

當晚回去後，三人又都夢到了蔣侯，這次是本尊親自降臨夢中。

「哎呀，你們這三個小鬼，既然都來我這把我的閨女給訂好了，還矯情什麼？好日子就快到了，哪

28 意為向神祈求消除災禍。

裡容得你們中途反悔？」

沒多久，三人便一起死了。

二、喜歡自說自話，行事霸道

有個叫劉赤父的人，一天晚上做夢，忽然夢到了蔣子文，蔣子文要召他去當主簿，神訂的赴任日期就在不久之後。

劉赤父當然知道當蔣侯的主簿意味著什麼，他還年輕，該有大把時光用來揮霍，自然不想死。醒來後，他馬上飛奔到蔣侯廟陳情：「我上有老，下有小，哪個都離不開我，我家實在是過於窘迫。天下的人才那麼多，我算哪根蔥？您老大發慈悲，饒了我吧。對了，如果您真的急需人才，我可以給您介紹啊。那會稽的魏過，對，就是他，您找手下打聽打聽，他這人多才多藝，最擅長侍奉神仙！對，他絕對是最合適的主簿人選！求求您就讓他替我去吧！」

說罷，劉赤父哐哐磕頭，一直磕到血流不止。

廟祝在旁邊聽了他的禱祝，嫌他不識抬舉：「人家蔣侯屈尊紆貴，親自來請你，那魏過算什麼角色，有什麼資格享受這種榮耀？」

劉赤父再三請求，但蔣子文最終也沒批准。沒多久，劉赤父就死了。

三、有求必應，辦事可靠

當然，除了行事很霸道，蔣子文還是有求必應的，辦事很可靠。這大概也是他沒有被拉下神壇的原因之一。

陳郡人謝玉，當時正擔任琅邪郡內史一職。有一次，他到都城辦事，那地方虎患成災，很多人都葬身虎口。

有個叫張子虛的人，用小船載著小嬌妻，船頭插著一柄寒光閃閃的大刀。暮色深沉時，他們來到了巡邏的哨所。

巡邏的將官出來說：「這裡荒草叢生，經常有老虎出沒，你帶著家眷這麼輕率地出門，實在是危險。這樣吧，你們今晚就睡在哨所裡吧。」

盤問完發現沒問題，巡邏的將官就回去了。張子虛攙扶著妻子剛上岸，一隻不知道什麼時候藏在旁邊草叢裡的老虎猛然跳出來，不等人反應過來，就將女人叨跑了。

張子虛從船頭拔了大刀，大喊著追了上去。

因為張子虛平常供奉蔣侯供奉得很虔誠，他邊追老虎邊虔誠地禱念著向蔣侯求救。

就這樣，他一路上默念著蔣侯的名字，追了十幾里路後，天已經黑透了，路上的荒草幾乎能沒過人。老虎的身影漸漸地消失不見了。

正當他絕望時，荒草之上忽然浮現出一個黑衣人。那黑衣人出現後，回頭看看張子虛，就沉默不語地快速在草尖上飄移，似乎在為張子虛引路。

僅僅遲疑了一瞬，張子虛就跟在了黑衣人身後，一直跟著他跑了二十里地，直到荒草地終於變成了樹林。

張子虛看到了一棵大樹，樹下有個巢穴，是虎穴。

虎穴裡正有幾隻小老虎，聽到人的腳步聲，牠們還以為是虎媽帶著食物回來了，紛紛跑出來迎接。張子虛將虎崽們一個個宰殺之後，握著刀隱在大樹旁，靜靜地等待著老虎的歸來。

不一會兒，老虎果然叼著女人來了。牠將女人往地上一放，倒叼著女人的衣領往洞裡拖，像在招呼虎崽吃飯。

張子虛趁老虎不備，一刀斬下，老虎當場被砍死。老虎既然死了，女人自然也就活了下來，只是不知道是受了傷還是受到了驚嚇，一直閉目不言。

到處都是黑漆漆的一片，張子虛也搞不清楚妻子的狀況，一直守到天亮，女人才從驚嚇中甦醒過來：「老虎捉住我後，嘴巴一叼，把我扔在牠的背上。一直到了這裡，才被放下來。我倒是沒受什麼大傷，只是被草木刮破了一點皮膚。」

張子虛扶著妻子一路回到了船上。第二天晚上，他做夢夢到了一個黑衣人，那人對他說：「是蔣侯讓我來幫你的，你知不知道？」

神使的意思很明顯了，等回到家之後，張子虛馬上殺了一頭豬到蔣侯廟裡好好地祭祀了一番。

四、化身霸道總裁追女友

會稽鄮縣東邊的村裡有個女孩，姓吳，字望子，年方十六，美麗可愛。望子的鄉里有個跳大神的，很喜歡純潔美麗的望子。一天，這人邀請她來自己家一趟，說有事請她幫忙。

望子正沿著堤岸緩緩地走著，後面忽然來了一艘大船。裝飾華美的船頭站著一位端莊文雅的貴人。那貴人身邊有十幾位隨從。他看到望子後，站在船上遙遙問她：「妳要去哪裡啊？」

望子一看對方人多勢眾，又是個自己惹不起的貴人，只好用脆生生的聲音告訴男人，自己要去哪裡。

貴人點點頭：「我也要去那裡，不如妳上船來，我們一起走啊。」

望子當然推辭說不敢。看到望子害怕拒絕的樣子，那貴人意味不明地一笑，整艘大船忽然憑空消失了。

望子來到跳大神的人家中，拜過神後，竟然見到了在半路上遇到的那位貴人。貴人正襟危坐，閉口不言。她細看之下，發現那竟然是蔣侯的神像。

在望子的注視下，神像忽然動了起來，蔣侯親自下凡，從神像變為人後，微笑著問望子：「怎麼現在才來？」

說完祂扔給望子兩個橘子，讓她吃了解渴。從此之後，蔣侯就愛上了望子，經常顯形和她相見，兩人的感情也越來越好。

蔣侯倒是很寵愛這個凡間的小嬌妻，每次望子有想要的東西，只要她心念一動，不管是山珍海味還是名牌包包，空中馬上就能落下合她心意的東西來。

有一次，望子想吃鯉魚，馬上就有一對鮮活的鯉魚自己蹦到了望子面前。

望子受寵於蔣侯的事很快傳遍了十里八村。馬上就有人動了心思，還有比吹枕頭風更容易辦成事的法子嗎？大家都備好禮物來求望子幫忙。

望子心善，每次鄉親們有什麼事她都告訴蔣侯。在蔣侯的幫助下，村民們解決了不少困難。當時，百姓們不僅虔誠地供奉蔣侯，還在當地為望子建了生祠，也供奉得很虔誠。

三年後，望子忽然心生外意，而蔣侯表示：我尊重妳，不追了。

從此之後，一人一神就斷了來往。

這個故事有兩個看點：

第一，這是一段人神戀。而且這場人神戀是建立在神單方面示好的基礎上，和妖精魅惑人的唯一區別是：神沒有煉取望子的精氣，望子沒瘋也沒死，作為一個普通女孩，望子甚至得到了全縣人民的供奉和尊敬。

而對望子的感情，全文用了兩句直白的話來描述，一句是「遂隆情好」，一句是「忽生外意」。前一句是說她被高高在上的神靈蔣子文的殷勤示好打動了，對祂日久生情；後一句是說她先移情別戀了。而對蔣子文的感情，故事裡雖然沒著筆墨，但通篇下來，好像處處都有祂的情意。

第二，如果換一種不浪漫的想法來解釋這個故事，這可能是造神現象。一個普通的女孩子，跟跳大神的合謀，編了這個故事，造了一個神人。三年後，女孩必須嫁人了，故事編不下去了，所以才有了這樣的結局。

上述幾則故事足以將一個浪蕩紈褲、為了達到目的而不擇手段的無賴神刻畫得淋漓盡致了。不過，在眾神之中，這位神又是那麼真實和接地氣。

自古以來，神在世人前展現的形象大都是毫無瑕疵的，神是道德楷模，是救世先鋒，是世人終其一生都無法觸及的存在。

祂們高高在上，不食人間煙火，沒有任何世俗的欲望，真正如泥塑一般，冷冷地坐在神殿裡接受人的供奉膜拜。

這樣的神，雖崇高，但也難免顯得高處不勝寒，到底還是距離遠了，凡人提及祂們時，只能收斂心神，管好嘴巴，處處小心謹慎，唯恐得罪或玷污了祂們。但這位蔣子文大神就不同了，縱觀神界，大概也只有這麼一位行事肆無忌憚到讓人恨得牙癢癢，但同時又是如此真性情的神仙了。

閻王作媒

翻閱典籍，目前沒有哪一本書明確記載蔣子文是何時被任命為閻王爺的。根據上文中他說一不二、如模範勞工般有求必應以及辦事能力突出的風格，我們姑且推測一下，大概是靠著這些才能，祂才一步一步地登上了掌握生殺大權的閻羅王寶座。

下面這則故事，可以讓我們大致推論出蔣子文的辦事能力與認真程度。

有個叫張子虛的人，淳樸憨厚，一輩子沒做過什麼出格的事。一天，他正在睡午覺，忽然夢到幾個差役手持牒文把他抓走了。

他昏沉沉地跟在差役後面，一路飄飄蕩蕩地來到一處公堂，公堂正中坐著一位官老爺——閻王爺。閻王爺高高地坐在堂上，當庭審理李烏有被人謀財害命的案子。

這時候渾身血跡斑斑的李烏有被傳喚進來了，他渾渾噩噩地進門後，看到張子虛先是惡狠狠地啐了一口，然後一口咬定就是張子虛殺了自己。

其實，在張子虛到來之前，閻王爺已經清楚了李烏有被殺的經過。

事實的經過其實是這樣的：那天，李烏有在外面討完債準備回家，當時是盛夏時分，天雖然還沒大亮，但李烏有貪圖涼快，雄雞剛叫了一遍，他就起床趕路了。

他不知道的是，路上不太平，有劫道的強盜。那些人見李烏有腰間鼓鼓囊囊的，便殺人越貨，四散而去。而李烏有的屍體就被胡亂地丟在了河岸邊，剛巧被划船經過的張子虛發現了。

當時，張子虛無意間往岸邊瞥了一眼，發現那裡躺著一個渾身是血的人。

雖然被嚇了一跳，但他還是就著朦朧晨光打量了一下，這不是同村的李烏有嗎？

張子虛連忙下船摸了摸李烏有的鼻息，發現對方還有一口氣。都是鄰里鄉親，張子虛連忙將李烏有抱到船上，想把他送回家。

當時李烏有快要斷氣了，迴光返照之際，他迷迷糊糊看到眼前之人赫然是他認識的張子虛。嚥氣後，李烏有便以為張子虛和那群強盜是一夥的。他咬定這一定是狠毒的張子虛搶了自己的錢後，再划船把自己投入江中毀屍滅跡。

所以，死後怨氣橫生的李烏有魂至冥司，專門告張子虛謀財害命。

閻王爺查看了生死簿，說：「搶你錢的乃是某某某，並不是張子虛。」

李烏有不服，說自己是親眼所見，難道還會有假？他堅決不信閻王爺的定案。

一位冥吏又在旁邊堅持說生死簿絕對不會出錯，於是兩鬼爭執不休。

閻王爺出來打圓場：「冥籍無誤，這是常理，但是沿用了千百年，誰也不能保證它一次錯誤也不出。這樣吧，倘若你對這個結果有疑，對冥吏的話有疑，不如親自和張子虛對質，他說的證詞或許更可信吧。」

就這樣，正在家裡睡大覺的張子虛被拘到了閻羅殿。

張子虛被捉來後，一聽李烏有竟然這樣誣陷自己，一氣之下，將實情和盤托出。

沒想到聽了實情，李烏有依然不信，閻王爺只得命人搬來一面業鏡，照出了李烏有被害的全過程。業鏡將李烏有被害的經過清清楚楚地重演了一遍，事情果然如張子虛所言。直到這時，李烏有才醒悟過來，不再鑽牛角尖。

張子虛一開始還怨閻王誤抓了自己，現在明白了閻王的良苦用心，也就變得心平氣和了。

這件冤案總算了結了，閻王爺便將李烏有帶去他該去的地方。

張子虛也沒事，被冥使原路送回了家中。

要說斷案之明，冥府就算是到盡頭了，不論是案件的詳細經過還是斷案的結果，都能徹底水落石出，在冥府找到最終的真實答案。但閻王並沒有過度自信，而是不厭其煩地調查，最終令案子真相大白，令橫死的鬼心服口服，還世人以公道。

閻王爺到底是閻王爺啊。

蔣子文那些成神前的混帳事先不提，從這則故事來看，不得不說，祂確實是一位值得託付性命的陰間執法者。

除了辦事能力強，善於破解疑難雜案，閻王爺還喜歡做媒人。

有個書生遊覽嵩山，沉迷於尋訪古碑，不知不覺間，天色已晚。當時正是盛夏時分，山間小路白天尚且崎嶇難行，晚上更加危險重重。書生便打算在荒草叢中將就睡一晚。

睡到半夜，氤氳的霧氣從地底升騰起來，凝結成細密的、宛如針尖一般的露珠，書生一身薄薄的長衫很快便被浸透了。

濕漉漉的衣衫粘在身上，寒意沒多久便將熟睡的書生凍醒了。

實在是太冷了，書生躺在草叢中翻來覆去睡不著，乾脆枕著胳膊看月亮。

簌簌簌……

荒草叢中似乎有什麼東西。

書生的目光移往聲音的來源：大半夜的，遠離人煙的群山中竟然走來了幾個人。一行人說說笑笑地飄到了一處平整的山崗上，地上憑空出現了一桌酒席。幾人坐成一圈在飲酒。

書生觀察這些人的行為舉止，越看越感覺不像人。書生又驚又怕，死死地躺在地上一動不動。一時之間，書生腦海裡閃過許多想法，最終他下定決心，鬼怪真要吃人，自己也躲不過，姑且側耳傾聽，看看他們要做什麼吧。

做了這樣的決定，書生反倒坦然了。

只聽其中一個鬼道：「你們二位貶謫的期限快要滿了，不久就可以重新看到青天白日，進入輪回投生了。你們要投生到哪裡，有消息了嗎？」

上面坐著的那個鬼說：「還不知道呢。」

眾鬼對月飲了一會兒酒，說了幾句閒話後，最高處的鬼往遠處一看，馬上起身：「土地神來了。」其餘的鬼也跟著起身。

不一會兒，一位拄著拐杖的老人家慢悠悠地走了過來，先是大大地喘了一口氣，然後說：「哎呀，剛得了冥牒，我就飛速跑來了，讓老頭子我先喘口氣。」

在眾鬼期待的眼神裡，土地神緩了一會兒，這才對坐在上位的那兩隻鬼說：「我特地前來報喜，你們二位生前乃是良朋好友，來世會結成嘉耦[29]。」

說罷，土地神指了指右邊一鬼：「你做官。」又指了指左邊一鬼，「你當他夫人。」

土地神說完後，書生就看到右邊的鬼不懷好意地盯著左邊的鬼笑。左邊的鬼一聲不吭，天上雖然有月，但是山間依然晦暗不明，書生看不清這隻鬼臉上的表情，想必一定很精彩吧？

土地公見狀開始當和事佬：「哎呀，你何必悶悶不樂呢？閻王爺的安排難道有錯嗎？他——」土地神說著，指了指右邊的鬼，「性情剛直。過剛的人，難免會盛氣凌人，這樣的人很難有同理心。因為這種性格，他平生雖多有建樹，但傷害的人、做錯的事也很多，所以才會在陰間沉淪了近二百年不得解脫。然而，仔細推究所犯的錯，大部分也只是為了堅持原則罷了，大抵還算得上一位剛正不阿的正人君子，所以來世仍可以做大官。」

「你呢——」土地神指了指左邊的鬼，「你本來是一位受人敬重的長者，但是你太過於忠厚，從來不

29 指恩愛夫妻。

肯做得罪人的事，也不去拉幫結夥搞小團體，對自己身邊的人無功無過。而且，你呀，任何公事都圓滑應對，最終養癰成患，貽害無窮，所以才在鬼道上沉淪了二百年。」

「因為你前生雖然心機深沉但不陰險狠毒，性情柔順卻不巧言令色，所以最後准你投一個富貴女胎。當然了，最重要的是你們二人的關係太好了，他生前經常因為性情耿直得罪人，但你從始至終和他交好，所以你們才有了這段姻緣。」

土地公公最後嘆了口氣：「神理分明，你又何必悶悶不樂呢？」

眾鬼大笑：「他哪裡是悶悶不樂，分明是羞的，乍做新娘子，難免要嬌羞一番。好了，有酒有肉，正好土地公公也在這裡，就請老人家為你們主持儀式，你們提前感受一下氛圍吧。」

嬉笑完，緊接著就是敬酒聲、勸吃菜聲，嘈嘈雜雜的，書生即使把耳朵伸得宛如兔子耳朵那般長，也分辨不出眾人在說什麼了。

眾鬼一直鬧騰到雞鳴拂曉時分，才各自匆匆離去。

書生悵然起身，望著空蕩蕩的山崗，也不知道那兩位即將變成夫妻的大人是前朝的什麼官。

故事出自《閱微草堂筆記》，閻王爺的心聲大概是「我嗑的『ＣＰ』[30]給我鎖死」！

30 指在動畫、影視作品中，粉絲自行將片中角色配對為情侶，有時也泛指兩人之間的親密關係，表示人物配對的關係。

民間神祇是這樣誕生的

南頓縣的張助有一次在地裡種小米，半途撿了個李子核。他正想把它扔掉，扭頭一看，路邊有棵中空的桑樹，桑樹中間正有一些土。張助一時覺得好玩，將撿來的李子核埋進樹中間的土裡，還力求完美地用剛才灌溉農地剩下的水，一股腦澆在剛剛種下的李子核上。

李子核很爭氣，竟然發芽長成了大樹。

旁邊經過的人偶然間看到後，都驚呆了。畢竟，誰見過桑樹中間長李子樹呢？他們回去跟鄰居說了之後，這事就這樣傳開了。

當時有個患有眼疾的人，一聽到這神異之事，馬上來樹蔭下，對著這棵桑中李樹虔誠地禱祝：「李君如果能治好我的眼睛，我必定酬謝一頭大肥豬。」

眼疾只是個小病，沒多久這人的眼睛就自行痊癒了。

這下可好，就好比「眾犬吠聲」，一傳十、十傳百，大家竟然將這事傳成了那靈異的怪樹能令盲者復明。神降之事一下子「引爆」了南頓縣的街頭巷尾。

乘車的、騎牛的、騎馬的、步行的……經常有成百上千的人千里迢迢地趕來朝拜，因為獻祭者太多了，桑李樹前的酒都流淌到了地上。

一年後，出遠門的張助回家了。他聽說了這事後，驚訝地說：「你們別開玩笑了，有什麼神？那不過是我親手種的一棵李子樹罷了。」

為了不再有人上當，他帶上斧頭，準備把李子樹砍了。

這個故事出自《搜神記》。按照這個故事的發展情節，某些神可能就是這樣被「造」出來的吧。

當然了，如果按照有神論的思路來解釋，那就是德不配位，這棵剛剛長成的普普通通的李子樹不配享受供奉。

除了這篇，《子不語》裡還有一篇故事講述了民間的神是怎麼來的。

常州有個姓武的人孔武有力。有一次，他去金陵參加鄉試，經過龍潭鎮時，又累又渴。他看到路邊有個女人正坐在門口，就上前討杯茶喝。沒想到女人勃然大怒：「你一個大男人不知道男女有別？光天化日的就敢上前搭訕？」女人將他大罵一頓後，關門進屋了。

武生正渴得有些煩躁，討杯水而已，何至於挨罵？簡直是莫名其妙。他氣不打一處來，四處一打量，看到附近的田裡躺著一個磟碡[31]。大概是起了惡作劇的心理，他上前將磟碡舉起來，架在女人門前的樹上後扭頭走了。

第二天，女人一開門，嚇了一跳，門前的樹上怎麼飛了個磟碡？她問鄰居，鄰居也搖頭，沒人知道這是怎麼回事。

眾人聚在樹下，看著樹杈上的磟碡嘖嘖稱奇：「沒幾個人合力，這東西抬不起來。莫非是樹神幹的？」

討論到這裡，眾人馬上對這棵樹肅然起敬，有拿燒豬蹄的、有捧燒雞的、有燒香的、有燒紙錢的，大夥兒紛紛跪在地上祈禱平安。

說也奇怪，這棵樹不負眾望，竟然有求必應。偶爾有人對樹嗤之以鼻，當場就慘遭「打臉」。這下可好了，大家早晚祭拜得越發虔誠了。

31 一種用來輥碾田間土塊和場上穀物的器具。

一個多月後，武生考完試回家，再次經過龍潭鎮，經過這個女人的家門前。不同於上次的冷清，這次隔了老遠他就聽到了吵嚷聲，走近一看，樹下聚了一群人。

武生先往樹上看了一眼，自己一時生氣放的磟碡還老老實實地掛在樹上呢，奇怪的是，下面竟然擺滿了香火，那些人正在虔誠地對著樹上的磟碡跪拜。

武生的嘴角翹起來了，這些人都被自己給騙到了。他心中升起一絲惡作劇得逞後的樂趣。帶著這絲隱祕的快樂，他笑而不語地離開了。

當晚，武生睡在旅舍中，思來想去，心裡還是有些不安。這惑眾的事歸根結柢是自己惹出來的，還是回去說明白了才好。

想著想著，武生睡著了。這時，有人忽然出現在他面前。

「您好，實不相瞞，我其實是某處的一個鬼，遊蕩到此處，正好看見有人在祭拜，乾脆假冒樹神享用一點祭品。先生您乃新科貴人，所以，我不敢對您有所隱瞞。如果您能看破不說破，咱們就交個朋友，在下也會對您感激不盡的。」

說罷，那人就消失不見了。

醒來之後，武生琢磨了很久，決定直接回常州。

當年，科舉放榜，他果然中了舉人。

這兩則故事的框架大致相同，都是陰差陽錯之下，一個過路人創造了一點與眾不同的東西，後來被人當作神蹟，開始有人來燒香祭拜，竟然也很靈驗，這就很值得玩味了，也許，某些地方的神蹟不過是機緣巧合。

立場不堅定的曲阿神

曲阿縣內的山壩下有座廟。

東晉孝武帝時，有個劫匪逃跑了，官府派出十個人去追捕。那劫匪一路倉皇逃竄，最終逃到山壩前時，他走投無路了。旁邊正好有一座廟，劫匪只得一溜煙進了廟中。

廟是個巴掌大的小廟，除了神台、神像、廟祝休息的床，別無他物，但凡一般人進了廟門，一眼就能看到哪裡藏了人。可以說，劫匪進廟就相當於斷了自己逃跑的路，自投羅網了。

耳聽追兵已至，劫匪眼一閉，心一橫，往地上一跪，對著端坐在廟中的神像磕了個大響頭，並允諾，只要這次神仙保他安然逃脫，事成之後，他願祭祀一頭大肥豬。

祈禱完後，他不知不覺間自動藏到了廟祝的床底下。

這時候，追兵已至，奇怪的是，他們怎麼都找不到人。巴掌大的一個廟宇，四處都搜不到人。他們明明看到劫匪鑽進了神廟裡，何況這廟只有一扇敞開的大門，此外沒有任何出口。

官兵們沒辦法了，當排除一切不可能的情況，剩下的，不管多麼難以令人置信，那都是事實。

「撲通——」

數聲跪地聲響起，官兵們齊齊跪倒在神像面前：「要是能捉到劫匪，我們馬上供奉您一頭大黃牛！」

祈禱完畢，抬個頭的工夫，他們果然發現了躲在床下的劫匪。

就在官兵們將劫匪綁走之際，劫匪憤憤地扭頭對神像道：「作為神靈，祢這樣做未免也太過分了，豬和牛有什麼區別？祢竟然這麼隨隨便便地違背諾言。」

話音未落，眾人忽覺神像面色有異。

大家推推搡搡地出了門，一陣腥風吹過，不知道從哪裡竄出了一隻猛虎。猛的張開血盆大口，逕直將劫匪從眾人手中奪走，銜著他眨眼間跑得無影無蹤。

土地神助有情人終成眷屬

杜生村，是個距離紀曉嵐家鄉十八里的小村莊。

村子裡的一戶人家有個童養媳，這個童養媳從小和他家的兒子一起長大，雖然還沒結婚，但兩個小孩的感情非常好。因為小女孩長得美，不久就被一戶有錢人家看上了，那戶有錢人家想把小女孩買過來當妾。有錢人家找人上門一說，女孩的公婆見錢眼開，馬上點頭答應了。

女孩聽說公婆竟然要賣掉自己，就和男孩一起跪地哀求。但是，無論他倆怎麼苦苦哀求，公婆都執意要賣掉她，因為賣她所得的銀錢足夠他們的兒子多娶一個妻子了。

公婆這麼無情，兩個小孩又有什麼辦法呢？他們只得連夜偷偷逃家了。兩人剛跑了沒多久，公婆就發現人不見了，於帶人緊追在後。

兩人一直逃到了紀曉嵐村裡的土地祠裡，左右看看，四下光禿禿的，除了土地祠，連個破房子都沒有，沒有半處可以藏身的地方。

身後隱隱傳來呼呼喝喝的大叫聲，追他們的人馬上就要來了，兩個孩子走投無路，只能絕望地相擁哭泣。

兩人正抱在一起訴說離情時，土地祠裡忽然傳來了說話聲，那聲音對他們喊：「快，追你們的人要來了，快藏在神案底下。」

兩個小孩又急又怕，都被嚇傻了。

如果他們再清醒一點，絕對不會聽從這個不靠譜的建議——好一點的神案會圍上布，如果是差一點的神案，可能只是個四邊無遮無攔的桌子，哪裡能藏得住人？追他們的人不要說進廟搜了，就是從門口經過，往裡一看，也能看到躲在神案下面的人。
但情況緊急，兩人顧不得多想，趕緊鑽到了神案底下。
一會兒，外面走進來一個人，男孩偷偷一看，是喝醉酒的廟祝。
只見他踉踉蹌蹌地來到廟門後，就地一躺，橫臥在了土地祠門口。
他剛臥好，公婆就帶著人追來了。見到廟祝，他們連忙問：「見到兩個人從這邊經過了嗎？」
廟祝喃喃道：「嗯，是不是一個小男孩和一個小女孩？十六、七歲的年紀，女孩穿一件紅襖子，男孩穿一件黑襖子。」
公婆一聽，馬上點頭：「對對對，就是他們！那您看到他們去哪了嗎？」
躲在神案下的兩個小孩聽了廟祝的話，都快被嚇死了，剛準備從藏身之處跳出來，拚個魚死網破，就見廟祝眯著眼睛往東邊的大路上遙遙一指：「喏，往那邊去了，快追吧，說不定能趕上。」
公婆連謝謝也來不及說，急忙往廟祝指的方向奔去。
兩個孩子這才免於被抓。
安全後，兩人才發現，他們急著逃跑，身上根本沒帶錢，現在也無家可歸了。於是兩人商量著，要不就去女孩的父母家，說不定到了那，就能解決這事了。
於是兩人一路乞討，輾轉來到了女孩家，說明了事情的經過。
女孩的父母一聽，這還得了，竟然敢賣我們的女兒！
姑且不論女孩父親的初心如何，畢竟，能把女兒送去人家家裡當童養媳的，應該也好不到哪裡去。
但到底是親骨肉，女孩的父親暴怒，喊了人就去公婆家。聽到女孩的父親要告他們，公婆害怕了，答應這輩子女孩生是他們家的媳婦，死了也入他們家的祖墳。
直到此時，這事才算徹底落幕。

奇怪的是，當時土地祠內空無一人，是何人在說話？而且廟祝回來的時機也太過於巧妙了。

後來兩個孩子找到廟祝感謝他時，廟祝憨厚地一笑：「我不記得有這件事，也不記得自己說過這些話啊。」

兩人這才明白是土地爺顯靈了，於是恭恭敬敬地給土地爺買了供品，祭拜完，才攜手回了家。

雷神，祢鍾子掉了

漫威宇宙中雷神索爾的形象大家都不陌生，祂強壯、帥氣，手持一把巨大的錘子。當祂失去了錘子，就像失去了全部力量。

中外雷神的形象雖然不同，但似乎有一個共同點，就是都有一把錘子。那中國雷神的錘子到底長什麼樣呢？

杭州孩兒巷有個姓萬的人，他住高樓大廈，吃山珍海味，是當地首屈一指的大富豪。

一天，天上的雷公追擊妖怪路過一戶人家的屋頂，因為這戶人家剛剛生了孩子，被血污之氣一沖，雷公從天空掉落下來，墜入了老萬家的院子裡。

萬家人聽到院子裡有異響，紛紛跑出來查看，然後就被眼前的東西驚了一跳，那是什麼東西？只見高高的樹上蹲著一個怪東西。這怪東西雖然跟人相似，但滿臉都是亂蓬蓬的毛髮，還有著尖尖的長嘴巴。此時祂正用雞爪一樣的腳緊緊地抓住枝幹，手中拿著一個錘子，警惕地看著眾人。

萬家人將院子圍得水洩不通，指著這怪物議論了許久才得出結論：原來這怪東西就是傳說中的雷公。

雷公慘遭圍觀，上天不能，入地也不行，只能緊張地躲在樹上，舉著錘子為自己壯膽。

大家看的時間長了，大概察覺到這雷公沒什麼本事，竟然開始逗祂說話。但是無論怎麼逗弄，雷神都不說不笑，也不發怒，只是舉著錘子望著大家，一動也不動。這樣呆滯的雷神，實在沒什麼意思，眾人逗弄了一陣，覺得沒趣，便紛紛散了。

雖然散了，但大家依然興奮得很，聚在一起議論紛紛。老萬有錢，錢壯凡人膽。平素各種珍奇寶貝他見得多了，此時他見天上的雷神也不過如此，又相中了雷神手中的錘子，就想據為己有。

「你們誰敢把雷神的錘子偷過來，我就賞他十兩銀子。」

聽了主人的話，眾人嘿嘿直笑，沒一個人敢去偷。

那可是雷神啊！

眾人正在打哈哈之際，一個瓦匠應聲而出：「我敢！」

在眾人有如看赴死英雄般的眼神注視下，瓦匠將平常幹活用的梯子搬了出來，放在牆邊，然後耐心地等到日落，才乘黑而上。

多日滯留人間，雷神的法力驟減，連日來的警惕讓祂相當疲憊。

天一黑，雷神便沉沉地睡了過去，就連瓦匠拿走祂像寶貝似的抱在懷裡的錘子都沒發覺。

瓦匠得了錘子，悄聲下了梯子。在眾人的簇擁下，瓦匠如得勝將軍一般昂首挺胸，將錘子送到了主人手中。

老萬接過錘子仔細地觀察，這錘子的材質有點怪，既不是鐵，也不是石頭，但質感很好。錘子光彩照人，堅硬無比，重約五兩，長七寸。

提議將雷神的錘子弄下來玩的人是他，現在覺得錘子沒用的人也是他。

老萬坐擁無數奇珍異寶，這烏漆麻黑的錘子，既不能當作飾品隨時掛在身上，又不能當作擺飾放在博古架[32]上。

老萬思來想去，覺得這把錘子對他來說毫無用處，於是喚來鐵匠，命鐵匠把錘子改成一把小刀，他可隨時佩帶在身上。

鐵匠領命，剛剛將其投入火中，這錘子竟化為一陣青煙，不過片刻，便杳無蹤跡了。

32 編按：一種專門陳列古玩珍寶的多層木架，中分高低錯落的多層小格，又稱多寶格。

俗話說「天火得人火而化」，意思是說，自然形成的火遇到人造的火就會消失，確實如此啊。

招聘雷神！

在道教的神仙體系中，雷部是一個大部門，雷神眾多。其中，地位最高的當屬九天應元雷聲普化天尊，其麾下有三十六雷公。這麼多的雷神，他們每天又都是和霹靂雷電在打交道，猜想一下，他們大概脾氣都不太好吧，這麼大的一個部門，管理上會有紕漏嗎？

《子不語》中曾記載了這麼一則雷神向人索賄的故事。

杭州有個姓施的人，家在忠清里。正是六月天，一場暴雨過後，施子虛在樹下小解。小解完，他才發現地上蹲著個長著雞爪尖嘴的怪物，剛剛自己滋了那怪物一身。

施子虛被嚇壞了，回家之後，當晚就發了瘋，用不是自己的聲音狂吼：「觸犯雷神！你膽敢觸犯雷神！」

家人跪了一圈，紛紛求雷神恕罪，祂這才緩和了語氣：「拿酒來，再殺頭羊給我吃，或許我可以考慮饒了他的小命。」

雷神的吩咐，大夥照辦了，三天後，施子虛才痊癒。

當時，有個天師府的法官[33]經過杭州，施子虛跟他有交情，就把這事告訴了他。法官哈哈一笑：「你被騙了，祂不過是雷部裡奴才中的奴才，小名叫阿三，慣常仗勢欺人，敲詐酒食。如果是真的雷神，怎麼可能是這副德行？」

人的長隨[34]中也有稱呼為「三爺」、「四爺」的，大概那「雷神」就是類似這樣的奴才吧。

33 編按：即道教中的法師。

34 編按：隨侍於官吏身邊的僕從。

由這個故事可知，雷部這個龐大的天庭部門，裡面大神小神眾多，神的素質良莠不齊，有的神竟然光天化日之下敢下凡索賄。看樣子，管理眾神也不是件容易事。

那麼，為什麼會出現這種低素質的神靈呢？或許我們能從下面這則招聘雷神的故事中找到答案。

婺源有個姓董的人，二十歲時，在一個酷熱的夏天裡，他正在睡午覺，忽然夢到幾個奇形怪狀的鬼圍住了他，鬼開始對他品頭論足：「嗯，雷神病了，這人嘴巴尖尖的，正好替雷神幹活。」說罷，他們就把董子虛拉起來，塞給他一把斧頭，教他把斧頭藏在袖子裡。董子虛迷迷糊糊地被這群奇特的鬼引到了一處壯麗如王宮的地方。

他莫名其妙地呆立在原處，等了很久，才被召喚進去。殿堂裡坐著一個天子打扮的人，他對董子虛說：「樂平某村的朱氏，對婆婆不孝，合該遭天譴。正好雷部的兩位將軍都因為忙著行雨累垮了身體，一時之間我們也找不到合適的人替代祂們，功曹推薦了你，你領了符就去吧。」

董子虛沒得選，稀里糊塗就領命而去了。忽然，他感覺身體一輕，低頭一看，腳底下湧出一朵雲來，雲朵馱著他，四周還閃爍著劈里啪啦的閃電，這時的小董儼然是雷公本人。

頃刻間，董子虛就到了樂平地界。不等他發愁怎麼找人，就有土地公公等在那裡，準備為他引路了。董子虛站在空中，看到那朱氏正在對她婆婆破口大罵，旁邊看熱鬧的人圍得水洩不通。董子虛一看，萬事俱備了！圍了這麼多人，正是懲惡揚善的好時機，他馬上從袖子裡拿出斧頭，一斧頭劈過去，轟隆一聲，女人當場被雷劈死了，圍觀群眾嚇得趕緊跪下磕頭。

任務完成，董子虛回天庭覆命。

那位作天子打扮的人見他辦事麻利，毫不拖泥帶水，覺得是個人才，就想把他留下來繼續做雷神。董子虛一聽，哇，來真的？那可不行，自己家裡還有八十歲的老母親要養活呢。見董子虛推辭，那作天子打扮的人倒也通情達理，不勉強人，在董子虛走前，還問他：「你現在忙什麼呢？」

董子虛說：「我正忙著考童子試。」

那人就命左右拿來郡縣的冊子翻閱了一遍，說道：「你某年能遊庠[35]。」話音剛落，董子虛就醒了。他趕緊把夢裡的事說給家人聽，家人到樂平縣一打聽，當天果然有一個女人被雷劈死，時辰也都符合。

還有，那位作天子打扮的人翻閱名冊時，董子虛多了個心眼，偷偷看了下邊角，上面寫著第一名為程雋仙，第二名為王佩葵。而第二年的童生考試過後，這兩個人果然都上榜了。

董子虛被選為雷神的代班人是因為他嘴巴尖，難道說，雷神的招聘標準就是尖尖嘴嗎？

35 編按：明、清時期，儒生經考試錄取後，入府、州、縣學讀書，稱為「遊庠」，庠是學校的泛稱。

倒楣的神

袁枚的愛好之一是編派雷神。在袁枚的筆下，雷公褪去了賞善罰惡、威嚴赫赫的高冷神的外表，總是挺倒楣的。

今天說的這個倒楣雷公，我都要憐愛祂了。

乾隆二十七年（1762）的一天，暴雨驟然而至，雷聲隆隆，閃電從天空中直劈而下，目標是淮安的一座孤貧院。

轟！

震耳欲聾的雷聲再次響在一個老太太的耳邊，她眼看著閃電糾纏成一團，火花四濺地圍著房子打轉，心想，難道雷要劈死我嗎？

當時老太太正在小解，她一輩子什麼大風大浪沒見過？區區小雷而已。

轟！

閃電球再次往她身上劈過來的瞬間，老太太瞅準時機，拎起馬桶就朝這團閃電球潑去。

隨後，雲收雨霽，轟隆隆的雷聲戛然而止。

老太太放下馬桶，鬆了一口氣，一抬眼，就看見一個一身金甲的神仙盤旋著，繞著房子轉了幾圈，踉踉蹌蹌的，好像喝醉酒一樣，撲騰了兩下，最終力氣不支般，掉在了地上。

不一會兒，有個雷公不聲不響地蹲在了老太太的身邊。

老太太低下頭看祂，只見這雷公長約兩尺，也就是現在的六、七十公分，長著一個尖尖的長嘴，全身如墨一般漆黑，肋下長了翅膀，腰間圍著一塊當裙子的黑皮，遮擋著下體。

在老太太打量雷公的時候，雷公一聲不吭地與老太太大眼瞪小眼，一神一人相顧無言。但是，雷公肋下的小翅膀卻一直不停忽閃忽閃地扇動著，他似乎想要重新飛起來，但因為被潑了穢物，所以無論如何也飛不起來了。

有人居然把天上的雷公給弄下來了，這可不得了！附近的人趕緊跑去告了官。

縣官一聽，喲，還有這種事？你們這麼厲害，雷公都能打下來，怎麼不說玉皇大帝下凡了？但是來報告的人信誓旦旦的，說若縣官不信，可以親自去看。

縣官連忙領著一眾隨從急匆匆地趕來看。

果然，這雷公還一聲不吭地跟在老太太後面撲扇翅膀呢。

縣官一想，這不行啊，天上的雷公是何等身分？天天跟著個孤老婆子像什麼樣子，這樣下去也不是個辦法。萬一這事傳了出去，有人說我治下不嚴，讓本地出了妖孽之事，找我麻煩怎麼辦？

想到這裡，縣官回去後就從官府的公款裡撥了銀子，找人請了道士。

道士很有專業素養，被請來後，又是設壇做法，又是畫符念咒，忙碌一番後，將瞪著大眼的雷公狠狠地折騰了一遍。最後，道士才找人從山裡挑來山泉水給雷公洗澡，一直挑了十多石，道士才叫停，說可以了，穢物一掃而光了，只待天上的仙人布雨，就能把雷公接回去了。

果然，第二天又下了一場大雨，眾人將洗得乾乾淨淨的雷公放到了院子裡。借著風勢，雷公扇動翅膀，在滂沱大雨中，振翅往天上飛去了。

這個故事有趣的地方在於神仙的平民化。

神仙不擺架子，百姓不但不害怕，甚至還有辦法把神仙拉下神壇，讓祂連凡人都不如。最後雷公還得靠小老百姓幫忙，才得以振翅升空，回歸天庭。

從這則清代的小故事裡，我們可以感受到一點古代神祇的黃昏。

除了這個故事，袁枚還記載了一個雷神被迫滯留下界的故事。

南豐征士趙黎村的祖上趙某，是一鄉豪紳。

明朝末年的動盪時期，有個姓類的土匪橫行鄉里，經常做些敲詐勒索的事，老百姓怨聲載道，又不敢惹他。趙某知道後，打抱不平，告到了官府。官府倒是管事，把這夥土匪驅散了。

土匪們什麼也沒撈著，反而搞得滿肚子的怨氣，找趙某報仇吧，趙某孔武有力，沒人打得過他。這些土匪整天遊手好閒的，沒事就聚在一塊商量對策。

反正閒著也是閒著，土匪們決定，每次打雷時，就將老婆孩子聚在一起，準備好豬蹄等祭品，一起向雷神祈禱：「怎麼還不劈死趙某？」

這事，趙某早就知道了，但他行得正坐得端，自認為雷公明察秋毫，所以根本不怕。

一天，趙某正在花園裡摘花，忽然晴天一聲霹靂，半空忽然飛下一個尖嘴猴腮的毛人。趙某的鼻中嗅著刺鼻的硫磺味，知道這是雷神被騙，下凡索自己的命來了。

情況緊急，他一把拎起放在花叢裡的尿壺，猛地砸到了雷公的身上，同時，大聲解釋：「雷公！雷公！我趙某人活了五十年，還從沒見祢劈過吃人的老虎，卻經常看到祢劈老實幹活的牛，祢為什麼欺善怕惡到了這個地步？要是能給我一個合理的解釋，我趙某就是冤死也不恨祢。」

半空中的雷公被他這一番話堵得半句話也說不出來，只是睜著閃閃發光的眼睛，又氣又羞，還被尿搞髒了法身。憋了半天，祂怒吼一聲，掉到了附近的田地裡，痛苦地號叫了三天三夜。

那群土匪知道情況後，竟然還有點良心：「我們連累雷公了，我們連累雷公了。」

他們哭著湊了錢，設了齋醮[36]，超度後，雷公才飛回了天上。

看來，雷公也有劈錯人的時候。

袁枚為什麼要這樣編派雷神呢？除清朝時期，隨著西方文化的大量湧入，本土信仰出現了頹態這一點外，大概還有雷神工作不謹慎的原因。

袁枚聽黃湘舟說過這麼一件事——與黃湘舟家田地相鄰的一戶人家，有個兒子，那孩子今年十五歲了，有一天，天上打雷，一下子把這孩子給劈死了。

這可不得了，古人非常相信雷專劈惡人的說法。

看著活蹦亂跳的兒子瞬間成為屍體，孩子父親悲憤欲死，當即找來黃表紙寫下了一篇祭文，原話為：

雷之神，誰敢侮？雷之擊，誰敢阻？雖然，我有一言問雷祖。說是我兒今生孽，我兒今年才十五。說是我兒前生孽，何不使他今生不出土？雷公雷公作何語？

祭文中的悲憤之情可沖雲霄，這位父親把激憤之下寫成的祭文當庭焚燒，剛剛燒完紙，天空中又是霹靂一聲巨響。

他轉眼一看，兒子活了。

作為賞善罰惡的代言神，工作做得這麼潦草敷衍，難怪會被人編派了。

36 僧道設壇向神佛祈禱。

掠剩使

唐憲宗時期，西安杜陵有個叫韋元方的人。他有個表兄叫裴璞，曾擔任邠州新平縣縣尉，元和五年（810），裴璞死於任上。

長慶初年（821），韋元方落第，想去隴右（今甘肅及新疆部分地區）拜師會友。他從開遠門出來，一路走了幾十里地，才找到一個偏僻的小旅店。韋元方剛坐下來準備休息，遠方忽然傳來噠噠噠的馬蹄聲。

韋元方起身望去，領頭的是位武官，身後跟了幾十個騎兵。

等馬匹到了面前，韋元方望著武官不由得愣住了，這……這不是我死去十多年的大表兄嗎？

那武官也一眼就看到了韋元方，他坐在馬上也是微微一愣，還不到地方就急匆匆地下了馬，似乎在刻意躲避韋元方。將馬交給手下，武官飛速鑽入旁邊的一間茶坊裡，他進了一個雅間，進門之後，武官就把簾子垂了下來，韋元方的視線被簾子擋住了。

那些隨從則三三兩兩地散坐在雅間外面。

韋元方本來還懷疑是自己認錯了人，畢竟這世上相像的人也不是沒有，但看到武官這副生怕自己認親的心虛架勢，他心裡馬上就有數了。

疲累一掃而光，韋元方也不休息了，徑直走到茶坊裡，來到了那個雅間外。在騎兵們的注視下，他掀開簾子就進門了，簾子內正坐著忐忑不安地望著他的表兄。

兩人是自小一起長大的，韋元方怎麼會認不出對方呢？

果然是裴璞。

韋元方又驚又喜地問：「哥哥離開人世，又擔任武官了嗎？怎麼帶了這多威武雄壯的武士啊？」

裴璞見自己到底還是被認出來了，乾脆點頭承認道：「確實是我。我現在是冥官，管的就是武士，所以作武士打扮。」

他鄉遇故知，這故知還是死去多年的表兄。兩人坐下後，韋元方顧不得喝茶，一肚子問題要問：「哥哥現在做的是什麼官呢？」

「隴右三川掠剩使。」

「掠剩使？是管什麼的呢？」

「專門負責將人家的剩財掠走。」

「什麼是剩財？」

「人生下來，這輩子是做買賣還是當乞丐，早已命中註定。忽然遇到不屬於你的稀罕物件，或是從主人家精於算計所得的東西，就是命數之外的財物，這就是剩財，所以冥間會設立這樣一個官職，負責掠走這筆命數之外的意外之財。」

「怎麼能知道這是不是剩財？」

「人的一飲一啄，無非前定，連吃多少喝多少都已經被定好了，何況財物呢？人這輩子該有多少財，一筆一筆，冥司記載得清清楚楚。如果活人在人間得到的財物超出了這個數額，那麼就會有冥吏發來狀子，我們就要按照這狀子所列的，將這人的剩財掠走。」

韋元方疑惑了：「怎麼個掠法呢？是從他的口袋裡搶走嗎？還是從他懷裡偷走？」

裴璞哈哈一笑：「弟弟小瞧哥哥了，都不是。命定的財物，每一筆都有來處和歸處，我們絲毫動它不得，只有這命數之外的財才能被我們玩出花樣來，我們有時候是讓他把錢白白浪費掉，有時候是讓他遇到意外破財，有時候是讓他買賣東西未按市價。我們不是直接從他身上取走錢，那樣就太沒藝術感了。」

說到這裡，裴璞嘆了一口氣：「我活著的時候，常說『商勤得財，農勤得穀，士勤得祿』，認為人只要勤勞就絕對餓不著。對那些窮人，我只是哀其不幸、怒其不爭。我認為他們之所以窮，全都是因為他們懶，卻沒想到，竟然……那些乘船載貨半路上翻了船的商人、那些遇到旱災的農夫、那些每每落榜的讀書人，你能說他們不勤勞嗎？現在我才知道，勤乃德的根基，學是善的根本。德行就是善良，只可以用來作為修身之道，並不能用來謀財或求祿。」

裴璞握住韋元方的手：「你遇到我，這是天定的緣分。我這裡有點錢，但我只能給你二斤白銀，多了，銀子還是會被我們給掠走的，還不如不給。你這次去隴右，在岐地會有很多收穫，但在邠州沒什麼收穫，在涇地則是什麼也得不到，在其他地方所得也都一般。」

「人生有命，時運起伏不定，不要心浮氣躁，更不要爭強好勝，順應天道，靜觀其變。加油吧，弟弟！我有公務在身，馬上就要進城了，冥司有定數，不能違背。」

說罷，裴璞果然拿出了二斤白銀送給了韋元方。

裴璞放下銀子，拱手就要上馬，韋元方拉住他的衣袖，期期艾艾地說：「和哥哥陰陽兩隔闊別多年，忽然有機會相聚，還沒說幾句話，哥哥就要走了，為什麼這麼著急呢？」

裴璞勸他：「我的官府就在汧水隴山一帶，吐蕃人要過來了。擔心他們會侵犯這裡，我要趕到冥間的京官那裡共同商議結盟的事。這雖然不是長久的打算，但能暫時解除眼前的憂患，也是稍微安撫百姓的對策啊。他們的戰馬已經準備好了，恐怕離打起來的日子不遠了，我們不能不提前做好準備。不說了，我走了，走了！」

裴璞跨馬而去，馬跑了幾里遠，韋元方就再也看不到他了。

韋元方哭著回了茶坊，看看表哥留下的銀子，竟然都是真銀。他悵然地上路了，這一路上的收穫，跟他表哥講得別無二致。

那些樂天知命的人，大概是因為他們已經知道事皆前定了。

不久，吐蕃與吐谷渾果然發生了騷動。朝廷知道後，擔心他們叛亂，想派大臣出面解決這事，就讓宰相參加盟會，但是崔相國不願意親自前往邊境，結果立下了城下之盟，這些也都和裴璞說的一模一樣。

本篇故事雖帶有濃厚的宿命論，但我們該去其糟粕，取其精華，應汲取的道理是人不管遇到什麼事，都應該用平常心對待，豁達從容地走過這一生。

諸神的黃昏——烈傑太子的落幕曲

湖州有個廟，裡面供奉的既不是觀音菩薩，也不是關羽大帝，而是一位名不見經傳的勇猛少年郎。元朝末年，天下大亂，民不聊生。這少年天生勇猛，驍勇善戰，而且一腔熱血，謀略了得。少年利用自己天生的領導能力，率領鄉鄰揭竿而起。

他們的隊伍從一開始只能拿著鋤頭和鐮刀小打小鬧，一路打怪升級，最後竟然可以跟名將張士誠並肩作戰。

最終，少年雖有壯志，但終究還是失敗了。

少年英雄曇花一現，戰死沙場。

消息傳回少年的家鄉，當地人敬其勇猛神武，便自發捐錢，在少年的出生地建造了一座小廟。神像塑得英姿勃發，是身披戰袍、奮勇殺敵的模樣。廟名為「烈傑」，神像則被尊稱為「烈傑太子」，從此，當地人也有了祈福禳災的好去處。

乾隆四十二年（1777）之前，這烈傑太子都是安享香火，安安穩穩地當著神仙的。不過就在這一年，出事了。

有個叫陳正中的鄉紳，人如其名，是個剛正不阿的人。突然有一天，他的弟弟自縊而亡了。他的弟弟老實本分，愛戴兄長，敬畏神明，還經常去廟裡燒香祈福，向來生活得平淡又安逸。這樣的弟弟，在陳正中眼中，是無論如何都不可能自我了結的。

陳正中忍住悲慟，仔細詢問弟妹和僕人，得知弟弟前一天曾去烈傑廟上香，回來後表情呆滯，跟個木頭人沒有兩樣，不說不笑徑直穿過圍上來的僕人，往自己的臥房走去。

一開始大家以為他累了，所以沒放在心上，沒想到晚上喊他出來吃飯時，他早已無聲無息地去了。

雖然陳正中不信弟弟中邪了的說法，但是僕人和弟妹言之鑿鑿，不像說謊的樣子，而且弟弟的確是自縊身亡的，現場也沒有任何掙扎的痕跡，弟弟的臉上也沒有痛苦和怨恨的表情。

為弟弟辦好葬禮後，陳正中徑直前往烈傑廟。

自古正邪不兩立，廟應該是安奉神靈的地方，不應該是邪祟作亂的場所。他要去探個究竟，替老實了一輩子的可憐弟弟討個說法。

看守烈傑廟的廟祝是個慈眉善目的小老頭，長著兩條灰白的長眉，一雙隱在皺紋裡的小眼睛，平常總是一副似睡非睡、睜不開眼的樣子，只有在說到有趣的事情時，一雙小眼睛才放出一絲精明的光來。

陳正中見到他倒也客氣，說明來意後，老頭馬上一副找到知音的架勢，渾濁的雙眼頓時化為兩顆浸過水的黑豆。

他盤坐在門口的蒲團上，張開手臂，擺開架勢。

從元朝末年建廟到現在，香火有多鼎盛，方圓百里，有多少戶人家在這裡求來了好姻緣，又有多少戶人家在這裡求來了孩子，老頭都如數家珍，一一道來。

老人家說話雖然漏風，但是鉅細靡遺，恨不得連「某某家就是因為拴了這裡的泥娃娃才生下孩子來的」的瑣事都對陳正中講了一遍。

老頭囉囉唆唆說了一堆廢話，陳正中從容應對。雖然陳正中不明白烈傑太子與送子娘娘有什麼關聯，但還是從中聽到了一條關鍵線索，今年像他弟弟這樣從廟裡上香回去後就不言不語、自縊身亡的案例，已經發生三起了。

只是一個小小的鄉村，一年之間接連出現三起這樣的案例，怎麼看都不正常，烈傑太子嫌犯的身分已是確鑿無疑了。

既然有了結論，陳正中就禮貌地打斷廟祝，客氣地告辭了。

回到家後，陳正中找來家中所有的青年奴僕，甚至連只能端茶倒水的童子都叫來了，每個人都拿著鋤頭和棍子，浩浩蕩蕩地往烈傑廟而去。

廟祝今天終於逮住人暢聊了一番，這個驚天大八卦已經憋在他心裡好久了。誰能想到呢？向來給人帶來吉祥的神明，竟然成了索命的夜叉。

此時，長舒了一口氣的廟祝正舒舒服服地躺在躺椅上，一邊優哉游哉地喝著茶，一邊瞇著眼曬太陽。正愜意時，門外突然傳來嘈雜的腳步聲，他仔細一聽，竟然還有鐵器碰撞的聲音。廟祝來不及從躺椅裡站起來，一群人就已經吆吆喝喝地進了廟，只聽得幾聲悶響，廟祝閉上了眼，彷彿他的心也跟著碎了一地。

陳正中砸廟砸得很開心，但這是當地的唯一的廟，村民們怎能就這樣算了？

大家都被他這大逆不道的行為嚇壞了，以為弟弟的離去讓他得了失心瘋，同時又害怕神明降罪時會連累到自己。但是礙於陳正中的地位，村民們無可奈何，於是聯名寫了舉報信，舉報他狂妄悖逆，希望青天大老爺做主，把這個中了邪的魔頭送進牢裡。

陳正中在一個豔陽高照的中午被衙役請到了縣府裡。

縣太爺是個普普通通的縣太爺，長相端正，一身正氣雖談不上，但是兩撇鬍子端莊地翹起來，也很有官威。

縣太爺尊口一開，面對村民憤慨的問罪以及周圍衙役威嚴的「威武」喝堂，陳正中絲毫不懼，於堂下侃侃而談。

他從第一個自縊而亡的人說起，一直講到他的弟弟，說的雖然都是大白話，但其中飽含的兄弟之情讓旁聽的村民都動容了。

講完這三位可憐人，陳正中總結道，三人平時都是無病無災、普普通通的老百姓，沒有冤屈難解，也沒有被逼上絕路，唯一的共同點是他們都是從烈傑廟上香回去後莫名其妙自縊的。

堂下村民聽到這裡，倒吸涼氣的聲音接二連三地傳了出來。

陳正中聽著堂下村民激動的私語聲，繼續不卑不亢地說：「烈傑太子四字，史書典籍裡查不到，本地縣誌裡更是沒有。祂明顯是當今聖上正在大力剷除的五通神之類的邪神。」

講到這裡，陳正中藉拱手之際，不動聲色地瞟了一眼縣太爺。

縣太爺此時的坐姿已沒有一開始那麼端正了，臉色突然間變得煞白。

陳正中不動聲色地繼續道：「我現在將邪神的神像毀掉了，使鄉親們對我有所誤解，但是我不後悔，因為我是為了附近村民的安危而砸的。即使背負罵名，我也要砸。」

堂下村民望著他的眼神中已經流露出了感激涕零之意。

陳正中繼續誠摯地說道：「為了賠償附近村民的損失，我將自己出資，在廟裡塑關聖帝君神像。」

堂下百姓頓時發出一片讚美的歡呼聲。

縣太爺見好事壞事都被陳正中一個人包了，而且事情確實也被完美解決了，馬上口頭嘉獎他，免了他的訟狀，讓他擇日完工。

風平浪靜了兩個月後，沒想到怪事又出現了。

廟附近一戶姓孫的人家有個快要及笄的女兒。

一天晚上，一家人正其樂融融地吃著晚飯，女孩突然眉毛倒豎，眼睛歪斜，大喝一聲，跳到餐桌上，一手叉腰，一手高高揚起，彷彿奮勇殺敵的勇士般吼道：「我是烈傑太子！現在我的廟被惡人毀了，你們理當負責我要喝的酒，快，拿酒來！」

孫母幾乎被嚇暈過去。她撫著胸口，捂住嘴巴，望著餐桌上舉止粗俗的女兒說不出話來，原本漂亮纖細的女孩現如今眉目歪斜，聲音完全是雄渾的男人聲音。

孫家無緣無故惹上這麼一個邪神，雖然不曉得這個本來庇護一方百姓的神怎麼成了這副模樣，但還是乖乖地送來了酒食。

女孩見了酒食，馬上喜笑顏開地跳下桌子，坐也不坐好，而是一條腿盤在椅子上，一條腿一顛一顛地點著地，還捨棄了筷子，直接用手撕肉。

孫母縮在一邊，眼睜睜地看著平常宛如小雞啄米般吃飯的女兒，兩三下就吃完了一整隻烤雞。這哪裡是她的女兒？這分明是一匹餓狼。

女孩十分急切，連骨頭都來不及細嚼就抻著脖子把肉嚥了下去；喝酒時她嫌酒杯太小，竟直接就著壺口，將酒大口地灌下。

酒足飯飽後，女孩撫摸著肚子滿意地躺在了椅子上。

孫母咬住手帕，眼淚大顆大顆地掉落。

就這樣任憑對方索取了幾天的酒食，孫母與孫父商量著請人來捉鬼。但是那些騙吃騙喝的術士一聽是烈傑太子附身，哪裡敢來？自古以來他們這些人都是捉鬼的，哪有人有本事捉神？即使有大膽的來了，可還沒等進門，就被掀飛出院門了。

沒想到孫父請人捉鬼的行為惹惱了烈傑太子，烈傑太子開始變本加厲，要求酒食要隨叫隨到，只要祂想吃，酒食必須馬上端到祂的面前來。

這就很過分了，貧苦人家，買菜都要走遠路去買，哪能你想吃，就馬上給你做出來？

得不到滿足的烈傑太子開發了新玩法，祂開始折磨女孩，操控女孩的身體，自己扇自己巴掌，同時還保留了女孩的神智和痛感。每次只要酒食送晚一點點，女孩就要一邊哭一邊折磨自己。

孫母的眼淚都快流乾了。一天，她又和孫父抱頭痛哭的時候，突然氣憤起來：「都怨陳正中，要不是他惹事，非要砸了神像，我們乖巧的女兒至於遭這個罪嗎？」

聽妻子這麼說，孫父靈光一閃，跑到陳正中家裡打算找他算帳，但是真見了陳正中，孫父卻不敢指著他的鼻子大罵，只是嘟嘟囔囔地埋怨他毀了神像。

陳正中倒也有耐心，仔細聽孫父把來龍去脈講了一遍，才知道事情的原委。一聽這烈傑太子又作祟了，陳正中當場就氣壞了，在家裡轉了一圈，找了根桃樹枝，拎著桃枝就憤憤然地往孫家走去。

孫父一路小跑，氣喘吁吁地跟在他後面。

陳正中到了孫家後，從進了院門就開始破口大罵：「好祢個欺軟怕硬的烈傑太子，冤有頭，債有主，砸祢神像的是我，拆祢廟的還是我！有本事就找我報仇，折騰一個小女孩算什麼？祢竟然還厚著臉皮要酒要肉，祢算哪門子的烈，哪門子的傑？我看是無恥小人才對。祢還不快走！」

孫母此時正陪著女孩待在閨房裡。遠遠聽到陳正中的喝罵聲，女孩馬上害怕得瑟縮起來。不過聽了一小會兒，柔美女孩的嘴裡便吐出粗糲的男人聲音，那聲音急切又害怕地說：「不好，紅臉惡人又來了，我走了，我走了。」

說完這話，女孩徹底清醒了過來。

孫家人到底如何抱頭痛哭、慶幸劫後餘生的，咱們暫且不表，只說陳正中被孫父好言好語勸住後，又被請求一定要屈尊住下來。

陳正中覺得自己一個大男人怎麼好意思住在別人家裡？但是一想事情畢竟因自己而起，而且他為人正直，敢做敢當，於是答應了下來。他想，等那烈傑太子再來，自己一定要徹底打跑他。

就這樣住了一段時間後，有一次，陳正中有點事情要出去，他不過出去了一小會兒，女孩竟然再次被附身。但他一回來，烈傑太子馬上跑了，兩人開始打起了游擊戰。

陳正中覺得這樣下去也不是辦法，哪有千日防賊的道理。於是他跟孫父商量，女孩之所以容易被附身，可能是陽氣不足，要不趕緊找個好人家把女孩嫁了吧。

孫父一聽，覺得有道理，於是在附近挑了個人家把女兒嫁出去了。

從此之後，烈傑太子徹底銷聲匿跡。

烈傑太子享受民間香火幾百年，也曾很用心地顯靈庇佑當地的百姓，沒想到祂的落幕曲竟是這樣滑稽且狼狽。

或許，我們也可以從清代這則小故事中窺到一點諸神的黃昏。

卷四

有人就有鬼

人死曰鬼，
鬼的誕生意味著人的死亡，
無論怎樣粉飾，
鬼從頭到腳都籠罩著一層陰霾與不祥，
但鬼跟人一樣，品性不同，也有好有壞。

鬼的文化

《禮記》云：「大凡生於天地之間者皆曰命，其萬物死皆曰折，人死曰鬼，此五代（即黃帝、堯、舜、禹、湯）之所不變也。」也就是說，從黃帝時期開始，生長在天地之間的萬物，只有人死後才能被稱作鬼。

鬼使神差、鬼鬼祟祟、鬼蜮伎倆、鬼節、搞鬼、鬼怪……關於鬼的各種詞句早已滲入我們日常生活的方方面面。鬼文化作為傳統文化不可分割的一部分，可以稱得上源遠流長。

據考據，鬼文化最早可追溯到原始社會時期，「鬼」被文字所定義，最早見於商代的甲骨文，這時候的「鬼」字像個大頭人身的怪物。不過，雖然怪異，但還是能從外形上看出，這是一個人的形狀。鬼跟人，以死亡為分界線，一個處於陽面，一個處於陰面。鬼和那些行走於山澤湖海、躲藏於鬧市靜庵、遊走於陰陽兩界，處於中間狀態的妖怪，共同構成了千百年來古人對未知世界的認知。

在古代的志怪小說中，鬼從來都不是單獨出現的，它與狐、妖怪一起鑄就了那個光怪陸離的幻想世界。

豆棚瓜架下，談鬼講怪。

在那樣的一個時代，或是出於獵奇的想法，或是單純地想要記錄下來，或是想要批判和勸誡某人某事，或是有人把不便說出口的事，借鬼怪的故事表達出來，鬼被人以各種形式描摹。

不管出於何種原因，都不可否認，鬼文化有其特殊的神祕魅力。畢竟，「事有難言聊志怪，人非吾與更搜神」，這已經是幾千年來文人的習慣了。

鬼模鬼樣

古代志怪筆記中關於鬼外貌的描寫有很多，常人見到的鬼也多種多樣。有的鬼就是生前那個深入人心的固定樣貌，比如歷史上的美人，出場時一般都被定格在最美的時刻。《搜神記》中記載了漢武帝思念李夫人，請方士來招魂，被招來的李夫人正是當年風華正茂的形象。也有的鬼就是平常熟識的人所見到的相貌，如《諧鐸》中記載的奇女雪冤的故事，線娘自縊而亡，等她再次出現在負心人面前時，儼然是生前那副男人見慣了的模樣。

但更多的鬼相貌會定格在死去的那一刹。如《子不語》中，有位叫葉老脫的老者遇到的四隻鬼，一個脖子上吊了一塊布，一個手裡提著腦袋，一個遍體如黑炭，一個四肢又腫又黃，這四位的樣貌，都是死時的形態。

不過，雖然鬼的模樣千變萬化，但大致不會與這人生前的樣貌有太大的差別。

也有人曾專門描繪了它們的形象。其中最有名的當屬清朝畫家羅兩峰，他是「揚州八怪」中最年輕的一位畫家，也因為描繪鬼怪世界的《鬼趣圖》而聲名鵲起。據說，他本人確實能看見鬼。羅兩峰曾和酷愛收集志怪故事的紀曉嵐、袁枚交好，還曾向兩人詳細描述過鬼的世界——但凡有人的地方，都有鬼，那些橫死的厲鬼，大多滯留在幽深的宅院裡多年不去，人不能靠近這種鬼，凡接近的，必定為它所害。

而那些四處遊蕩的普通鬼，在中午陽氣大盛時，大多藏在牆角等背陰處，等到午後，陰氣開始往上升了，才從躲藏的犄角旮旮裡冒出來，四處走來走去，忙自己的事情。

這種鬼可以不經門戶穿牆而過，如果碰到人就趕緊避讓，因為它們怕人身上的陽氣。類似於這樣的普通鬼怪，到處都是，不害人。

鬼跟人一樣，也喜歡人氣，喜歡熱鬧。

它們聚集的地方大都在人煙密集處，人們很少在荒郊野嶺見到鬼。根據古人的記載，鬼還喜歡圍在廚灶旁，似乎想吸食物之氣以充饑，也有一些鬼喜歡藏在廁所裡，這就讓人摸不著頭腦了，大概是那裡常年不見陽光，陰氣重吧。

紀曉嵐一直懷疑《鬼趣圖》上的鬼都是羅兩峰按照自己的主觀臆想憑空畫出來的。紀曉嵐描述了一下，其中有個鬼，頭比身子大了幾十倍，世上怎麼會有這種東西呢？一點都不符合常理，這簡直是羅兩峰荒唐的幻想。

在紀曉嵐表示懷疑時，姚安公，也就是紀曉嵐的父親告訴他，別用你井底之蛙的眼光去看待這個世界，世上確實有這種東西。

姚安公說，瑤涇有個姓陳的人，一年夏天，正是燥熱難耐之時，這人開了窗戶打算午休一會兒。老陳迷迷糊糊的，剛要睡著，忽然感覺似乎有東西在窺視自己。那種感覺說不清道不明，雖然眼睛是閉著的，但老陳就是知道，窗外有東西。是什麼呢？

他小心翼翼地睜開眼，順著那個令自己汗毛倒豎的方向望過去——是一張臉，一張巨大的人臉。

那張巨臉一片慘白，將一丈多寬的窗戶塞得滿滿當當的，巨臉上長有人的眼睛、鼻子、眉毛和嘴巴。此時，這張巨臉正面無表情地盯著老陳看——在看他睡覺。

驚恐的尖叫聲都被老陳堵在了嗓子眼兒裡。

沒有身體，只有一張巨大人臉的鬼在死死地盯著自己看！

老陳胡亂地摸索著，終於摸到床頭的一柄劍。他蓄足了力量，猛地把劍刺向巨臉的左眼。劍刺中的一剎那，巨臉消失不見了。

老陳撲通撲通劇烈跳動的心還沒平靜下來，住在他對面的老僕人就顫顫巍巍地走進來，大聲嚷嚷：「老爺，老爺，剛剛我看到了一個巨臉鬼！」

據說，那巨臉是從窗戶下面的地裡冒出來的。

等穩住了心神，老陳連忙喊僕人去窗戶底下挖一挖，一直挖了一丈多深，都沒挖出任何怪東西來。巨臉鬼就這樣憑空出現，又憑空消失不見，宛如夏夜的一場噩夢。

紀曉嵐聽了父親的話，很是驚訝，世上竟然真的有這種大頭鬼。唉，鬼神之事，茫茫昧昧。

面對浩瀚廣大的未知世界，才子紀曉嵐也不由得感慨：「我這種凡夫俗子又能去哪裡知道鬼神的事情呢？」

《閱微草堂筆記》裡還有一篇文章描述了鬼怪的樣貌。

中丞胡太初和羅兩峰都說自己能看見鬼。學士恒蘭台也說自己能看見鬼，但不是經常能看到。

戊午年（1798）五月，紀曉嵐在避暑山莊值夜的地方，偶然跟恒蘭台談到了鬼這個話題。那麼，鬼到底長什麼樣子呢？

恒蘭台是這麼說的：鬼跟人長得差不多，也是人的形狀，只是眼睛不像活人這麼靈動清澈，而是直楞楞地看著前方。它們身上穿的衣服跟人的衣服也不太一樣，是一片片地掛在身上，然後束在身上垂下來的。鬼大多沒有實體，像煙霧一般聚攏在一起，望過去依稀像人的影子；從側面看過去，能看清楚鬼的全身；若是從正面去看，鬼就好像半面隱在牆裡，半面凸出在牆外。

鬼的顏色有黑色和蒼色[37]兩種，它們一般都不敢靠近人，只敢離人一、二丈遠。偶然間避之不及，

37編按：青色、綠色。

有的鬼會瑟縮著躲在牆角，有的鬼會藏進坎井裡，直到人走過去，它們才會冉冉地冒出來。

一般在燈昏月黑、日暮雲陰的時候，我們能遇到鬼，這沒有什麼好驚訝的。

關於鬼，恒蘭台和羅兩峰說的類似，只是恒蘭台的說法更詳盡一些。

可知幽冥之事，不過如此。

驅鬼妙法

鬼的誕生意味著人的死亡，無論怎樣粉飾，鬼從頭到腳都籠罩著一層陰霾與不祥，大都為人所不喜。鬼跟人一樣，品性不同，有好有壞，古代的志怪小說裡記載了許多惡鬼、凶鬼的故事。那麼，如果不幸遇到了害人的惡鬼，人該怎麼辦呢？

我們可以學習一下這幾位老前輩的做法。

舉人蔡魏公曾說過如何鬥鬼。他說，鬼一共三個伎倆：一迷二遮三嚇。

有人問：「這該怎麼解釋呢？」

蔡魏公便說了這麼一個故事——

蔡魏公的表弟呂某，是松江的廩生，小呂生性豪放，自號「豁達先生」。

有次小呂經過湖西鄉，當時日頭西斜，天漸漸黑了，雖然不至於伸手不見五指，但行走也有點吃力了。

一位薄施粉黛的漂亮女人忽然飄飄蕩蕩地出現在夜色中。她手裡拿著一根繩子，正急匆匆地跑著。猛然看到小呂，女人吃了一驚，轉而跑到一棵大樹下躲了起來，而她手裡拿的那根繩子不小心落到了小呂的腳下。

就著昏暗夜色，小呂下意識地撿起來一看——是一根草繩。草繩剛握入手裡，一股刺鼻的腥臭之氣便撲面而來。

他知道，自己這是遇到縊死鬼了。

既然自己發現了，就不能讓女人拿著繩子再去害人。呂某將繩子藏在懷裡，徑直往前走。

女人見狀，著急從樹下衝出來，一下子攔住了呂某的去路。

呂某往左邊走，女人就飛身撲到左邊攔他；呂某往右邊走，女人就飛身撲往右邊攔住他。

呂某看不見前路，只覺得自己好像在原地團團打轉。他心想，難道這就是別人說的鬼打牆嗎？想罷，他不管那麼多就直衝過去。

果然有路了。

鬼無可奈何，長嘯一聲，剛剛略施粉黛的女人不見了，取而代之的是一個披頭散髮、七竅流血、舌頭伸出幾尺長的縊死鬼。

她站在呂某面前旋轉、跳躍，做出種種可怖的怪相。

呂某說：「妳之前塗眉抹粉，是想迷住我。妳擋我路，是想遮我的眼。現在妳又露出這種醜惡的形象，是想嚇唬我。迷、遮、嚇，這三個伎倆，妳全用光了，我就是不怕，想必妳已經無計可施了吧？妳也知道我『豁達先生』的名號嗎？」

鬼聽罷，呸了一聲，心想：「哪來的小子壞我好事？不過他說得對，我確實無計可施了。」

它恢復成女人的樣子，跪在地上說：「我姓施，因為和丈夫發生了口角，一時想不開，尋了短見。現在我聽說泖東某家的妻子也和丈夫不和睦，所以打算找她當我的替身，沒想到，半路上竟然被先生您給攔了下來。您又將我重要的找替身的法寶——繩子奪去了。我實在是技窮了，只求先生您超度我。」

鬼的意思是——既然你不讓我找替身，那我就吃定你了。今天你不想辦法超度我，我就讓你吃不完兜著走。

呂某關切地問：「那該怎麼超度妳呢？」

女鬼一聽有希望，急忙說：「簡單。你幫我告訴城裡的施家，讓我娘家幫我做個道場，請位高僧，多念念往生咒，我就能轉世投胎了。」

呂某爽朗一笑：「何須勞煩別人？我就是高僧。我有往生咒，暫且為妳一誦。」

說罷，呂某高聲唱道：「好大世界，無遮無礙。死去生來，有何替代？要走便走，豈不爽快！」

鬼聽罷，靈台似乎一下子恢復了清明。它恍然大悟，伏地再拜，再抬頭時，已經消失在黑暗的夜色之中了。

後來，聽當地人說，這個地方向來不乾淨，但自打「豁達先生」經過後，這裡就再也沒有發生過鬼魅作祟的事情了。

從這個故事來看，鬼的伎倆不過就這麼幾招，用完了也就無計可施了。我們只需做到見招拆招，便可無往不勝。

但也有匆忙之下沒辦法見招拆招的，再說了，大部分人都無法像豁達先生那般豁達吧，那又該怎麼辦呢？

不怕，我們可以學習下面這位老戴先生的大膽方法。

清代大學者戴東原，他有位長輩，姑且稱之為老戴吧。老戴曾在荒僻的街巷裡租了一座空宅子，這宅子已好一段時日沒人居住。

在老戴搬進去之前，有好事的鄰居經過這裡，探頭探腦半天後，把老戴悄悄拉到一邊：「這地方你們都敢租？」

老戴問鄰居怎麼了？這人打了個冷戰，恐懼地說：「鬧鬼！」

一聽這話，老戴朗聲道：「鬼有什麼可怕的？我不怕！」

鄰人像看傻子一樣看了他兩眼，與其他人竊竊私語著離去了。

當夜，老戴在燈下讀書時，忽然感覺周身發冷，陰森之氣滲入骨髓。他撫撫臂膀，抬頭一看，一盞如豆的油燈下，忽然出現了一個怪東西。

那物巨大如黑塔，也不知道是何時出現的。

巨大又醜陋的怪物站在漆黑一片的燈影中，悄無聲息地盯著老戴看，見老戴終於抬頭並發現了它，便開口說道：「你果然不怕我？」

那聲音轟隆隆的，巨鬼說話時，整座房屋都跟著震盪起來。

老戴慢條斯理地放下書，整理了一下衣襟，眼睛盯住巨鬼，堅定地搖了搖頭：「不怕。」

巨鬼怒極，不斷地變幻形態，展現種種超出常人的詭異面容，一會兒是長相奇特的鬼面，一會兒是夜叉鬼魅，一會兒是沒臉沒頭的怪物。做了許久的鬼臉，巨鬼氣喘吁吁地問老戴：「還不怕嗎？」

老戴搖了搖頭，說道：「不怕。」

巨鬼的臉色這時才稍微和緩了一點：「其實，我也不是非要把你嚇跑，主要是怪你說了大話。只要你現在說一個『怕』字，我就離開，再也不來了。」

一聽這話，老戴怒了：「我就是不怕，怎麼是在撒謊說大話呢？你愛怎麼樣就怎麼樣，反正我就是不怕。」

見他發怒了，巨鬼一改剛剛的直接粗暴，開始死纏爛打起來，再三地請求他說一個「怕」字，說只要他說了「怕」，自己馬上就走，不，是馬上就滾，絕對不會來打擾他。

就算被這樣騷擾，老戴依然不鬆口，甚至還打開書，旁若無「鬼」地繼續看起書來。

那巨鬼無計可施，只得恨鐵不成鋼地嘆了一口氣：「我住在這三十多年了，從沒見過像你這般固執的人。你這蠢傢伙，我才不要和你住在同一個屋檐下。」話音剛落，巨大的鬼如同被漆黑的夜色淹沒了一般，眨眼間就消失不見了。

聽說了這事後，家人責備老戴道：「怕鬼乃人之常情，並不是什麼難堪的事，撒個謊說個『怕』字，又不會要了你的命，還能馬上息事寧人。你跟鬼較什麼勁，它走了還好，要是它留下來，沒完沒了地折騰你該怎麼辦？」

老戴持反對意見：「道行高深的人，用入靜來驅魔，我不是修行人，只能用氣來對付它。我氣盛，那麼鬼怪便不敢靠近；如果當晚我稍微有一點點的氣餒，鬼會蠢蠢欲動，馬上就伺機而入。昨晚那鬼是在想方設法地引誘我上當，幸好我沒中它的圈套。」

後來，有人談論起這事，都覺得老戴說得對。

看樣子，除了見招拆招，對付鬼的厲害妙招還有「不怕」。除了不害怕，還要有清醒的大腦、優秀的口才。看到這裡，可能有人會說：「不行啊，我怕，不要說見到鬼了，就是走夜路我都怕。」

那您不妨採用一下下面這位陳鵬先生的做法。

陳鵬在還沒發跡時，和老鄉李孚向來合得來。秋天的一個晚上，月光鋪地，陳鵬踏著月色前去找李孚聊天。

李孚家很窮，一看到陳鵬來了，李孚就先請陳鵬坐下，接著哈哈一笑：「看來，跟老婆討酒是討不得了，你先坐一會兒，我出門去打酒，再和你賞月。」

陳鵬點點頭，就坐在書房裡邊看書邊等李孚。

正讀著書，陳鵬忽然瞥到有個女人推門進來，是個著藍衣、蓬頭垢面的女人。她默默走進來後，看到陳鵬在，似乎吃了一驚，馬上快步走開了。陳鵬還以為她是李孚家的親戚，為了避客，所以不敢進來。

陳鵬趕緊側過身以示避嫌。女人在門外看他閃躲了，這才緩緩地走進來。女人的袖子裡似乎藏著什麼東西，走到門檻前時，她俯身將袖子裡的東西悄悄塞進了門檻裡，身體卻彷彿腳不沾地，輕飄飄地飄去了內室。

陳鵬覺得不對勁，懷疑對方是什麼不好的東西，來到門檻處一看，發現是條繩子。在他低頭的一瞬間，一股惡臭撲面而來，在月明如晝的夜色下，繩子上已經乾透了的暗紅血漬清晰可見。

陳鵬這才知道，那女人是個縊死鬼。他沒有聲張，只是悄悄地將繩子藏在了自己的靴子裡，然後依然坐在原處，安靜地看書。

不久，那蓬頭垢面的女人出來了，她似乎喜極，手舞足蹈地往門檻處飄去。到了門檻處，她摸來摸去，卻找不到繩子。女人眉梢一豎，頓時凶態畢露，頭髮根根豎起，眼中滴著血淚。她直奔陳鵬而去：「還我東西！」她的聲音淒厲又狠毒。

「什麼東西？」陳鵬反問道。

女人不回答，鼓起嘴巴，衝陳鵬大大地吹了一口氣。

一陣陰森森的涼氣吹到了身上，陳鵬馬上寒毛直豎，牙齒打顫。書房的燈也變得慘綠，幾乎要熄滅了。

陳鵬忍受著陰森森的涼氣，心想，這麼個鬼東西都有氣，難道我沒有？想罷，他更誇張地鼓起腮往女人吹去。一口氣下去，女人被吹到的部分馬上變成一個空蕩蕩的大洞。陳鵬一看，越發大力地吹起氣來。隨著他吹出來的氣，女人的肚子穿透了，他甚至能透過拳頭大的空洞清楚看到對面的圍牆。

不久，女人的上半身也成了空洞，最終，女人的頭也被他吹沒了。

不一會兒，剛剛還怒氣衝天的女人宛如一陣輕煙，風過了無痕。

待這場惡鬥結束，李孚才提著酒壺晃悠悠地回了家。他一進內室，馬上嚇得大喊大叫：「我老婆上吊了！」

陳鵬笑道：「無妨，無妨，鬼繩還在我靴子裡呢。」

陳鵬邊救人，邊將剛剛那一場惡戰描述了一遍。

灌一碗薑湯下去，李孚的老婆這才悠悠醒轉。李孚哭著問老婆，好端端的為什麼要尋死。

李孚的老婆這才說：「咱們家都窮成這樣了，你還這麼好客。我頭上就剩一支釵子了，你還要把它拔去買酒。我心裡氣不過，又苦悶。因為客人還在外面，所以我不敢聲張。正當我悶悶不樂時，門外忽然來了一個蓬頭垢面的女人，她自稱是左邊的鄰居。她告訴我，你拔了我的釵子，不是去買酒了，而是去賭錢了。」

「我聽了，越想越氣，越想越恨，又想到夜已經深了，客人還沒走，你賭錢，如果輸了又沒有酒招待客人，我哪裡有臉出門辭客呢？那蓬頭垢面的女人用手做了一個圓圈，說『從這裡就能進入佛國。其中自然有無量歡喜』。」

「於是我就像被迷住了一樣，把腦袋探了過去，那個圈手套不緊，總是散掉。女人就說，妳等著，我取我的佛帶來，這樣妳就一定能成佛了。」

「於是她喜孜孜地出門取佛帶了，我等了很久她也沒來，我這才如夢初醒，而夫君你已經來救我了。」

他們後來向附近的鄰居打聽，得知幾個月前，村裡果然縊死了一個女人，這是那女鬼在找替身。

看來，對付鬼，採用吹氣的法子還是很管用的。

如果因為太害怕，以至連這個辦法都使不出來的話，那您可以這樣想：

婁真人曾勸人遇到鬼千萬別怕，只要一直不停地用吹氣的法子對付它，一定能成功。這叫以無形敵無形，鬼最怕人氣，比刀槍棍棒還管用。

張豈石先生說：「見到鬼千萬別害怕，打就是了。打贏了最好，打輸了，最多我也變成鬼，大家都是鬼，我還怕什麼？」

這樣一想，是不是天地之間也沒什麼好怕的了？

賣鬼

上一篇中有人遇鬼不怕，但有人更狠，直接把鬼賣了換錢。

我們接下來講的故事並不是家喻戶曉的「宋定伯賣鬼」，而是另一個靠賣鬼發家致富的故事。

有個叫田乙的人，生平最不怕鬼，他不僅不怕鬼，還能降伏鬼，甚至以賣鬼為業。他一家老小的衣食住行，全都靠著賣鬼之所得。當地人都知道田乙的本事，還給他起了個「田賣鬼」的外號。

他賣鬼賺錢是有這麼一個來由的。

田乙二十多歲時，有一次在野外趕夜路。當晚月色朦朧，四下裡寂然無聲，除了田乙悠悠的腳步聲，就只有偶爾傳來的幾聲野獸的嘶吼聲，靜得怕人。白日裡和藹可親的草木，在月光照不到的陰影下忽然變得陰森可怖起來，路邊的灌木叢裡影影綽綽的，似乎潛伏著什麼可怕的東西。

不過，這一切對田乙來說都算不得什麼。他從小就以膽大出名，現在甚至有閒仔細觀察一下路中間那坨黑忽忽的東西是什麼。

它像人又不像人，長著一個如車輪那麼大的腦袋，有高聳的肩膀、佝僂的脊背。田乙正準備細看，那怪東西動了。

田乙罵道：「什麼鬼東西？」

那怪東西還真是個鬼，它老實地回答：「我是個鬼，你是什麼東西？」

田乙覺得好玩，這還是他第一次見到活的鬼，於是起了捉弄的念頭，就騙鬼說：「兄弟，你沒認出來嗎？我也是鬼啊。」

那大頭鬼一聽，喜孜孜地一跳，跳到田乙跟前，一把將田乙抱進了懷裡。

田乙頓時感覺自己和一塊冰抱在一起。

那大頭鬼一抱之下，感覺不對勁，納悶地問：「你的身體也太溫暖了吧，恐怕兄台你不是鬼吧？」

田乙不屑地回它：「沒見識，兄弟我乃是正當壯年的鬼。」

大概是這位大頭鬼見識少，一聽到這話，竟然被唬住了。它果然不再懷疑，高高興興地和田乙並肩趕路。

路上，田乙好奇地問它：「兄弟，你有什麼異於常鬼的本領嗎？」

那鬼得意地一笑：「客氣，我擅長變戲法，讓我變一個給你瞧瞧。」

說罷，那鬼輕鬆地把頭從脖子上搬了下來。它一會兒把頭放在肚子上，一會兒把頭放在屁股下，一會兒把頭放在胯下。田乙驚嘆地湊上去看，那頭安上去後半點兒痕跡都沒有，就好像天生長在那裡一樣。在田乙捧場的驚嘆聲中，那鬼越發來勁了，它又把頭分成兩個，三、四個，甚至五、六個，最後甚至分成了十幾個。

它變出那麼多頭要做什麼呢？拋球耍雜技。

鬼脖子上空蕩蕩的，它把頭接二連三地拋到空中接著玩，有時候也把頭扔進水裡，或者放在地上轉圈圈。戲法耍完了，田乙再看，那頭已經完好無損地安在鬼的脖子上了。

只是為一個「陌生鬼」表演一下罷了，這隻鬼竟然很賣力，將自己生平所學全展示給田乙看了，田乙看得很盡興。

等表演完了，鬼把頭轉向田乙：「兄台呢？你有什麼拿手絕活嗎？」

田乙連眼珠子都不轉，繼續騙鬼：「我太餓了，沒閒工夫變戲法。我準備去紹興的集市上找點吃的，你要一起去嗎？」

大頭鬼表示反正閒著也是閒著，一起去吧。

兩人在朦朧的月光下慢慢走著。半路上，田乙再次發問：「你當了幾年的鬼？」

大頭鬼老實地回答：「三十年了。」

田乙又問它：「那你平常住在哪裡呢？」

鬼說：「我居無定所，有時住在大樹底下，有時住在人家房屋的角落裡，有時直接往土裡一戳。」

介紹完自己，同樣對田乙很感興趣的鬼問道：「那你呢？」

田乙就說：「實不相瞞，在下其實是個新鬼，關於鬼趨利避害的方法，還都不太懂。你算是我的前輩，你願意教教我嗎？」

此話一出，我們就知道田乙心裡打什麼算盤了，他想從這隻鬼的嘴裡套話，套出鬼喜歡什麼好引誘它們，套出鬼忌諱什麼好制伏它們。

大頭鬼並不知道他打什麼主意，雖然活得年歲長，但這依然是一隻單純的鬼。它甚至以長輩帶小輩的口吻諄諄教導道：「記住了啊，我們鬼屬陰，最喜歡的是女人的頭髮，最怕的是男人的鼻涕。」

田乙點著頭暗暗記下了。正走著，他們在半路上又遇到了一個鬼。那鬼又瘦又長，像一截枯木。

大頭鬼作揖：「兄台別來無恙？」說罷，它用手一指田乙，「我們的同類。」

瘦鬼走過來，和大頭鬼寒暄一番後，一人二鬼繼續前行。

快要走到集市上時，天已經濛濛亮了。兩隻鬼越走越慢，似乎腳底灌了鉛，田乙跟在後面偷偷觀察，眼看兩隻鬼的半截腿都要鑽進土裡了，他擔心兩鬼隱遁，趕緊上前捉住它們的胳膊，一左一右地牽起來就跑。

沒想到兩鬼看起來塊頭大，實際上輕若無物。田乙跑得飛快。

兩鬼被他這突然的舉動嚇了一跳，大叫道：「你不怕天亮嗎？」

「你怎麼能跑這麼快？」

「你在幹什麼?」

「快放手!」

「大意了,你肯定不是鬼!快放手,別逼我們發狠!」

田乙不聽,死死攥住兩鬼的胳膊,越跑越快。

兩鬼在他耳邊哀號道:

「放開我!」

「求求你放了我們吧!」

漸漸地,它們連哀求的聲音都沒有了。這時候天也亮了,田乙低頭一看,手裡的兩隻鬼竟然變成了兩隻鴨子。

田乙擔心它們變形,馬上往兩隻鴨子身上打了個噴嚏,等兩隻鴨子身上沾了鼻涕,看樣子是不會再變形了,他才帶著鴨子來到了集市上,兩隻鴨子一共賣了三百錢。

田乙得了甜頭,從此之後,地也不種了,也不出門打工受氣了。他收集好女人的頭髮,每天晚上帶著頭髮去野地裡找鬼。

鬼經常被那些頭髮引來。鬼一被引來,田乙就靠鼻涕把它們捉住。等到天亮了,那些鬼有的化為羊,有的化為豬,有的變成鳥,有的變成魚。

但不論變成什麼,田乙都會帶去集市賣掉換錢。偶爾也有賣不完的時候,田乙就帶回家自己做來吃,味道竟然出乎意料地鮮美。

田乙賣鬼的故事是記載在清代筆記小說《耳食錄》裡的。故事末尾記載的一段評論很有意思——

非非子說:「那些聰明到賣人的人,人都稱他們為鬼,說他們的吊詭之處和惡鬼很像。像鬼的都這樣了,那麼,真鬼又該是怎樣狡猾詭詐呢?而這世上竟然還有賣鬼的人,這麼說來,鬼的詭詐竟比不過人的詭詐嗎？應該把鬼像人的地方當作鬼的詭詐。」

看樣子，這世上最可怕的永遠不是鬼，而是人。

鬼也怕物理攻擊

照理說，鬼虛無縹緲，不屬於物理性存在的範疇，但在古人看來，似乎人世間一些實體的東西，也能傷害到鬼。

傳說句容這個地方有個美貌的女人，女人的第一任丈夫死後留給她不菲的財產。有錢又美麗的寡婦在那個時代不容易生存啊，於是她開始招贅，沒想到這一招便停不下來了。

女人開始接二連三地招贅，可是女人命苦，雖然存住了錢，但就是存不住男人。男人在她的人生之旅中彷彿龍珠，一連收集了九個，女人才得以壽終正寢。生前連嫁九夫的壯舉，在從一而終的時代還是相當驚世駭俗的，但是精彩的日子其實是在女人死後才正式拉開序幕的。

女人的丈夫們死後，都被她妥當地安葬在了一處，而每個人的墳墓位置都安排得很有意思。等到九個人全部入土為安，所有的墳塚剛好圍成一個圓潤的圓圈，而女人死後，則被葬到了這些墳塚的中間。女人宛如太陽，公平地照耀著她一生中九個短命的丈夫。

怪事是一個夜行的旅人遇到的。

旅人行走在暗沉夜色籠罩著的山路上。

正是冬天，野地裡連隻鳥都沒有，四周一片死寂，山野間只有他一個人的腳步聲。旅人要走完這條山路，才能到村口。

旅人雖然走慣了這條路，但不知道為什麼，大概是因為那難以訴諸言語的直覺吧，這一次，他總感覺有些莫名的陰森。

旅人快跑了幾步，村口的大槐樹就在眼前了，他就快到家了。

就在旅人停下腳步想鬆口氣時，死寂的荒郊野外裡，除了他急促的呼吸聲和撲通撲通的心跳聲，呼號的北風中還傳來了一絲不一樣的聲音。

旅人雖然心生恐懼，但是發出怪聲的地方是他回家的必經之處。忍住讓人頭皮發麻的驚懼，旅人又怕又好奇地走了過去。藉著微弱的星光，他看到了發出詭異聲音的地方。

正是那宛如眾星拱月的墳塚群。

此時正有嘈雜的聲音在空無一人的墳塚群中熱熱鬧鬧地響起。

旅人在被嚇暈過去之前，聽到有人正中氣十足地罵街：「我是她的第一任丈夫，你們所有人都吃我的、穿我的，還睡我的老婆。現在她死了，人自然要歸我。」

等暖烘烘的陽光把旅人照醒了，旅人才跟見鬼了似的，不對，他是真的見鬼了，號叫著：「見鬼了！見鬼了！」旅人大喊大叫著跑回了村子。

一個白天，墳塚群鬧鬼的消息便傳遍了整個小山村。

等到了晚上，村裡膽子大的閒漢糾集了十幾個人跑到墳塚群來看熱鬧。果然，太陽一下山，罵罵咧咧的吵鬧聲又在空無一人的墳塋堆裡響起來了。

膽小的人跑走了，剩下膽大的仔細地聽了一個晚上。

第二天回村後，他們繪聲繪色地講給不敢去的人聽。從他們得意揚揚的陳述中，村民們大致猜出，那九個死鬼在為了他們共同的老婆爭風吃醋。

這個故事奇異是奇異，卻也為枯燥的鄉村生活帶來了有趣的話題。不過，這個墳堆是當地人出門辦事的必經之地，白天還好，陽氣足，鬼不敢出來鬧騰。但是到了晚上，膽小的人被嚇死都有可能，於是就有好事的村民聯合起來告到了縣衙裡。

趙縣令聽了村民們的話，雖然覺得這純屬無稽之談，但是看著堂下那一張張溝壑縱橫的臉，再看看村民們講得那麼認真，又那麼害怕，頓時覺得自己作為當地的父母官，理當庇佑一方百姓，為百姓們排憂解難。

趙縣令做了決定，領著眾衙役，在村民的帶領下，浩浩蕩蕩地前往九夫墳。

趙縣令是個人狠話不多的人，當即不分青紅皂白，給這些墳塚判了個擾民罪，喝令左右衙役將每個墳塚各打三十大板。

打完板子，圍觀村民覺得消了氣，雖然不知道問題有沒有解決，但是看到縣太爺處理事情的態度，都滿意而歸。

沒想到的是，這一招竟然真的管用，九夫墳上每晚日落後的怪響從此銷聲匿跡了。

從這則記載在《子不語》裡的故事來看，鬼也是怕物理攻擊的，縣太爺一打板子，他們馬上就停止爭吵了。

《閱微草堂筆記》裡也有一則類似的故事。

有個叫張子虛的佃戶住在曠野附近。

一晚，外面忽然傳來兵器打鬥聲，張子虛一家瞬間被驚醒。他們戰戰兢兢地登牆一看，外面渺茫一片，什麼都沒有。

但是，這不知道從哪裡傳來的廝殺聲卻依舊很激烈，並且一直持續到雄雞報曉時分才戛然而止。

張子虛知道，這一定是鬼在鬧事。

第二天晚上，廝殺聲又起。

煩死了！

張子虛一家被吵得睡不著，張子虛的老婆捂著耳朵踢踢他：「你不是有把鳥槍嗎？去打幾槍試試看。」

張子虛一聽，覺得有理，就從床上爬起來，給鳥槍上了膛，舉著槍去了院子裡。因為沒有目標，他拿著鳥槍，隨手朝著天空放了一槍。

鬼們頓時啾啾作聲，四散逃逸。

有用啊！

得意揚揚的張子虛背著鳥槍回了屋，準備好好睡一覺。

他剛闔上眼，又聽到了聲音，不過這次不是打架聲，而是人說話的聲音。

那聲音在佃戶的房頂上響起，是眾鬼在聒噪。它們大叫：「你知道啥？你知道我們打架的原因嗎？」

於是，一個鬼開始解釋來龍去脈：「東邊墳堆的鬼搶了我們的女人，處於西邊的我們當然也要搶它們的女人。因為雙方實力相當，彼此僵持不下，沒辦法，我們就告到了土地公那。沒想到這土地公十分昏庸，東拉西扯的，勸我們扯平了事。我們當然不服，所以約定在此處一決勝負。」

說到這裡，眾鬼們頓時憤然作色：「我們打我們的，關你什麼事？你竟然敢拿槍打我們，好，現在身居東西墳堆的眾鬼們有了共同的敵人，那就是你——張子虛！我們暫時結盟一起對付你。到時候，你拿槍我們就跑，你放下槍，我們再回來，你能夜夜從早到晚放槍不止嗎？」

躺在床上的張子虛和老婆大眼瞪小眼了一陣，默契地點點頭：「有道理啊。」

沒轍了的張子虛翻身下床，跪拜賠罪，還準備了許多的酒食和紙錢祭祀眾鬼。眾鬼們飽食之後，如濃霧入雲，悄然散去。

從此之後，眾鬼們再也沒跑到他們家打過架。

對於這個故事，紀曉嵐發表了一下見解：不得不做的事，你不出頭去做，那就失去了先機；不得不除的禍害，你不想辦法將之除去，就是在養癰貽患。鬼不侵擾人，人反而去干擾鬼，那鬼怪就有理了，這難道不是開門迎盜嗎？孟子有言：「鄉鄰有鬥者，被髮纓冠而往救之，則惑也。雖閉戶可也」，這話的意思是鄰居打架，如果你衣冠不整地前去勸架，那就是糊塗了，即使把門關著也是可以的。

從上述兩個故事來看，打人的板子和火槍，兩種陽間武器，對無實質的鬼來說，竟然也能起到威懾的作用，陰陽兩界其實是互相影響的，陽間的人做事會影響到陰界的鬼，如果鬼不老老實實地遵守陰陽兩界的規則，騷擾了陽間的人，看樣子，是會挨板子、挨鳥槍的喲！

鬼父母

正像「養兒一百歲，長憂九十九」說的那樣，為人父母的，活著時疼愛兒女，死了，其魂魄依然割捨不下對兒女的掛念。

下面這個故事是交河縣的王洪緒講的。

高川縣劉某，家裡有七間住房，他自己住中間的三間。東廂房有兩間，因為妻子死後一直沒找到合適的葬地，劉某就將棺材停在東廂房中。劉某的妹妹帶著他的小兒子住在兩間西廂房裡。

一晚，劉某忽然聽到小孩大聲啼哭，卻聽不到妹妹哄孩子的聲音。他以為妹妹在廚房裡忙，還沒回來，就從窗戶縫裡察看西廂房的燈有沒有滅掉。

當晚月色明亮，劉某從窗縫裡向外窺去，只見淡如水的月光下，忽然有一道黑煙從東廂房門下蜿蜒鑽出。

那煙出來之後，就飛到西廂房的窗下，縈繞著，不停地轉來轉去。

劉某看了多久，那道黑煙就轉了多久，一直等到妹妹被小孩的哭聲驚醒，迷迷糊糊地發出哄孩子的聲音，那道黑煙才冉冉地斂入東廂房中。

劉某知道，這一定是妻子的魂魄。

從此之後，每到晚上兒子啼哭的時候，劉某就藉著夜色偷偷地往外看，每次都能看到那道濃煙急匆匆地飛出來，直到孩子安然睡去，才緩緩退回東廂房。

劉某將這事告訴了妹妹後，妹妹感動得哭了起來。

悲哉，做父母的，即使死後，仍然忘不掉自己的孩子，做子女的，追念父母，能做到這個樣子嗎？

下一個故事是黎苛塘說的。

有個少年郎，他父親在外經商，久久都沒有歸來。

少年家中母親慈愛，小妻子乖巧聽話，根本沒人管得了他，少年自在得很，每天都無拘無束地跟狐朋狗友到處玩樂。

有賭頭[38]嗅到了味，就像森林裡發現了幼崽的鬣狗一樣，開始想盡辦法地纏著少年，先跟他交朋友，每天帶他花天酒地，再引誘他上門，專門為他設了個賭局。

少年單純，未經世事，不曉得其中的利害，輸贏之間，總是想著翻盤。

最終，在他輸了幾百兩銀子後，賭頭盤算著他那點家底已經差不多，再輸少年也賠不起了，這才藉口讓他先還錢，把賭局給收了。

賭紅了眼的少年這才藉著天邊的一點微光，看到了自己親手簽的名和蓋的手印。

在少年震驚之際，賭頭笑咪咪地說，說你如果信得過我，就由我代為償還你剛剛欠下的銀兩。

少年剛要欣喜地跪下道謝，賭頭話鋒一轉：「幫你還債可以，不過，你要把你家的祖宅賣給我。」

少年聽後，只覺得五雷轟頂。面對剛剛還對他殷勤備至、眨眼間就變成兇神惡煞的眾人，頭昏腦脹的少年無計可施，只好簽了合約將祖宅賣了出去。

簽完賣房合約後，少年被趕出了門。

他失魂落魄地在街上遊蕩，自覺沒臉見母親和妻子，乾脆連家也沒回，晃晃悠悠地來到荒郊野外。

少年思來想去，越想越覺得自己沒臉見人，祖宅都被自己輸光了，還活著幹什麼？

38 指為首聚賭者，抽頭聚賭者。

少年準備以死謝罪。

他剛把腰帶解下來投過樹枝間打了個結，路上忽然有滾滾的馬蹄聲傳來，少年回頭一看，馬上那人的神情緊張又慈愛，這不正是自己的父親嗎？

父親看他竟然要上吊，駭然問道：「發生了什麼事情？怎麼鬧到了這個地步？」

見到了父親，少年一時悲從中來，又是委屈又是害怕。他連忙從石頭上跳下來，跪在地上，愧疚地將自己如何被人引誘賭博，如何輸掉了祖宅的事跟父親說了一遍。

說完，少年直挺挺地跪在地上，閉上了眼，但過了很久，他預想中的責罵也沒有襲來。

少年睜開眼睛一看，父親正慈愛地看著他：「傻孩子，你現在還小，被人哄騙，這不是常有的事嗎？還好，我這次出門賺來的錢應該夠還你欠的債了。你先回家去，你這麼久不回家，你的母親和妻子一定非常掛念，我現在就把那合約要回來。」

聽了父親的話，少年頓時覺得有了主心骨，他知道，天又被父親給撐起來了。

這個時候，賭徒們因為得了一大筆錢，興奮地吃吃喝喝了一天，到了晚上還沒散去。

賭頭向大家邀功，正在描述自己是如何引誘從不賭博的少年染上賭癮的。正贏得滿堂喝彩之際，門砰的一聲被人大力地推開了，少年的父親走了進來。都是同一個鎮上的人，打斷骨頭連著筋，彼此多少都沾親帶故，也算是舊相識。父親將在座諸位的名字一一念出，先是罵他們使壞，引誘他無知的兒子染上賭癮，繼而罵他們逼人太甚，與殺人無異。

孩子的父親都親自找上門了，眾人愕然，無話可說。

見眾人都低著頭不回話，這位父親的語氣緩和了一點：「既然我那不爭氣的兒子寫了賣房的合約，我也知道不能以賭債告官，那這樣吧，我呢，出門在外做生意，賺了一點銀子——」。

他看向賭頭：「我兒子欠你多少銀子，我把銀子還給你，你明天再將銀子分給眾人。再說了，反正我家那棟破房子對你來說也沒什麼用，你最後還不是要把它賣掉換錢？你就當給我個面子，把賣房契還給我，行不行？」賭頭知道自己理虧，而且人家父親說得也有道理，就連忙答應了。少年的父親這才解下行囊，把自己腰間的銀兩交給了賭頭。

當著眾人的面，賭頭一一檢驗了銀兩，覺得沒有問題，就將那合約還給了他。

這位父親得到合約後，卻沒有馬上推門離開，而是轉身將合約放在火上燒了，直到那張薄紙化為灰燼，才憤然離去。

因為父親回來了，事情有了轉機，自己也不需要賣房子了，少年心中的一塊大石頭終於放下了。他回家後，先哄好母親和妻子，又想到父親趕路辛苦，於是為父親做了一桌酒菜。

少年等了許久，一直等到拂曉時分，菜都涼透了，父親都沒有回來。

父親怎麼還不回來？

擔心父親出事，少年連忙起身去賭頭家找人。

賭頭見到他，也沒什麼好臉色：「你爹昨晚燒了合約就走了。」

聽了這話，少年心一沉，不祥的預感讓他幾乎喘不過氣來。他跌跌撞撞地跑回了家。

等到了白天，賭頭準備開箱還給眾人錢。他打開昨晚放銀子的箱子，悚然發現，滿箱的銀子竟然全變成了輕飄飄的紙錢。但是這銀子是賭頭昨晚當著眾人的面點收的，現在他有口難辯。不得已，賭頭只得忍痛拿出自己的銀子分給了眾人。

賭頭滿肚苦水，懷疑自己昨晚遇鬼了。

少年提心吊膽了十幾天後，心中不祥的預感才正式得到了印證——父親的訃告被人送回來了。

原來，那晚風塵僕僕地騎馬出現，救下兒子的性命，並為兒子討回公道的父親，竟然已經死去好幾個月了。

轉世情緣

愛情永遠是志怪小說中最絢麗、最不可少的那顆明星，但佛家素來有「生、老、病、死、求不得、怨憎會、愛別離、五陰熾盛」這八苦的說法，不管生前愛得如何轟轟烈烈、纏綿悱惻，當無常到來，人力不及，總歸要有一方送走自己最愛的人。

當肉體腐朽在呼嘯而過的歲月裡，活著的人該去哪裡尋覓自己的愛人？

這是一個癡情富二代美少年書生的故事，是一段牽涉著前世今生的人鬼未了之情。

通州的呂泗場有位叫江軼林的俊美書生，他家中頗有資產。

年紀稍長後，他娶了妻子，妻子為彭氏。小夫妻倆感情很好，彭氏嫁給江軼林的第三年，江軼林剛剛二十歲，還沒有考中秀才。

一晚，夫妻二人同時做了一個夢，都夢到江軼林在某年某月某日高中，但令人悲傷的是，彭氏也將在當天死去。

後來學使來到了通州，照理來說，江軼林早該動身趕考了，但是呂泗場離通州有上百里遠，考慮到那個不吉的夢，他一直遲疑著不肯動身。彭氏微微一笑，知道夫君的顧慮，便勸說道：「功名事重，何況那只是個夢罷了，你不要當真。」

江軼林沒辦法，只得與妻子灑淚分別，勉強走了。

江軼林果然高中了，榜單公佈的日子，竟然正是他與妻子夢中的日子。得知自己高中的喜訊，江軼林卻一點都高興不起來，他只覺得遍體發寒。

兩天後，他真的接到了妻子的訃告。他胡亂收拾了一下，就急匆匆地往家趕。等趕到家時，彭氏已經故去十四天了。

當晚，正是二七之日。

按照當地的風俗，人死後要做七[39]，而二七這晚，據說魂魄會回來找尋它的身體，這叫作「回煞」，家人會將死者的衣服放在棺材旁邊，然後找個地方躲起來，絕對不能出來走動，否則會衝撞了鬼魂。

痛失愛妻，江軼林悲痛欲絕，當晚不顧習俗和家人的勸阻，執意守在棺材旁。他藏在暗處，心想，不管妳化作什麼樣子，都是我的妻，我總歸要見妳最後一面。

江軼林一直守到三更天。

突然，屋角傳來喀嚓喀嚓的聲音……他望過去，如水的月光下，自己朝思暮想的妻正從房檐上冉冉地飄下來。

他果然等到了她。

彭氏緩緩走到棺材前，先對著燃著的指路燈深深地拜了拜，燈倏然一滅，不過，房內依然亮如白晝。江軼林躲在牆角貪婪地望著妻子，內心煎熬極了，他既想上前握住妻子的手訴說自己的思念之情，又害怕自己露面會把好不容易等到的妻子嚇跑。江軼林咬住手背，眼含淚光地望著彭氏。

彭氏從棺材前緩緩地走到床邊，揭開床帳低聲問道：「是你嗎？是郎君回來了嗎？」

江軼林再也忍不住了，一躍而出，一把將吃驚的妻子抱在了懷裡。一人一鬼相擁慟哭。

大概是知道緣分將盡，兩人不想把時間浪費在哭泣上，不知道是誰先擦乾了對方的眼淚，兩人相擁著互訴離別之情，講著講著，兩人解了衣服躺上了床。江軼林望著已經化為鬼的妻子，沒有絲毫的畏懼，從容地問道：「聽說人死後會有鬼差拘著魂魄將之帶走，而回煞的時候會有煞神將之帶來，為什麼妳會

39 做七，又稱「齋七」、「燒七」、「理七」等，是古代的一種喪葬風俗，即人死後，親屬每隔七天設齋奠祭一次。根據地方習俗的不同，祭奠的方法也不同，不過都是前後七次，共七七四十九天。

自己一個人回來呢？」

彭氏說：「煞神就是負責管束鬼魂的鬼差，有罪的才會被綁著送回來。冥司念我沒罪，況且我和郎君的緣分未斷，所以讓我一個人回來了。」

江軼林納悶了：「既然妳無罪，那為什麼會早死？」

「只是命數的長短罷了，與有罪無罪無關。」

江軼林想到了什麼，急切地抱住妻子的肩膀，著急地問道：「妳說和我前緣未斷，所以這次能回來，那麼我們的緣分就要斷在今晚了嗎？」

「郎君不要著急，」彭氏安撫道，「還早呢，前緣若了，我們還會有後緣。」

話音未落，窗外狂風驟起，彭氏害怕地一把抱住丈夫：「抱緊我！護住我！我們鬼最怕的就是風，如果不小心被風吹到了，那我們就不能來去自主了，一不小心就會被風吹到遠處去。」

沒多久，雄雞報曉，彭氏與丈夫辭別，江軼林抱住她依依不捨。

彭氏再次寬慰道：「別擔心，晚上我還會回來的。」

說罷，彭氏消失在凌晨時刻最濃重的夜色中。從這天起，她每晚都會回來與丈夫相會。除了重溫舊情，彭氏偶爾也會辦點正事，比如檢查一下自己生前的嫁妝，或者給丈夫補補衣服。

好日子僅僅維持了兩個月。

一晚，彭氏忽然長嘆一口氣，緊接著流著淚道：「前緣已了。我們分別十七年才能再續前緣。」

說罷，女人飄然而去。從此之後，她果然再也沒有出現。

這個江軼林是個美少年，家裡又非常有錢，妻子雖然沒了，但他正處於風華正茂的年紀，再加上又成了秀才，所以當地有的是排隊等著為他續弦的人家。但江軼林一概都冷言拒絕了，他一心一意地等著十七年後的妻子。

十七年後，江軼林開始按照彭氏的容貌來徵婚。他遍撒財物，耗費了無數人力，去了通州、泰州、儀徵、揚州，把方圓百里幾乎找了個遍。

但是，依然遍尋不著。

無奈之下，江軼林心灰意冷地回到了呂泗場，打算就這樣了此殘生。

呂泗場近海，經常有船隻往來於此。

一天，有艘船從山東回來，船上載了一對老夫妻。兩人跟當地人介紹：「我們本來是世家貴族，只生了一個女兒，靠著叔叔謀生。後來，叔叔想將我家獨生女嫁給豪族以聯姻，老頭不願意，所以我們才千里迢迢地南下，來到這地方避難。我家女兒也想嫁一個江南人。」

知道了老夫妻的來歷，有好事者就把江軼林尋妻的事說給他們聽，讓他們不如去碰碰運氣，說不定事就成了。

老頭聽了，倒是挺滿意，但是江軼林非要見了女孩才肯下決定。老頭豪爽，馬上喚女兒出來見客。

女孩輕移蓮步，悄悄掀開門簾從內室走了出來。

江軼林抬頭望去，一看女孩的長相和神態，他的眼淚瞬間迸了出來：這不就是我的妻嗎？

他急切地抓著老頭的手問：「幾歲了？她幾歲了？」

女孩大膽地望著這陌生的男人，主動開了口：「十七，今年正好十七歲。我生於某年某月某日。」

女孩出生的日子正是彭氏去世兩個月之後的日子。

這還等什麼？苦熬了十七年的江軼林欣然和女孩成了親。

婚後，他與妻子之間的感情比以往更加甜蜜。

說來也有意思，這女孩不僅長相跟彭氏相似，就連性情喜好也跟彭氏生前一模一樣。有時候江軼林會癡心妄想地問彭氏生前的事情，女孩卻只是笑而不語。

江軼林特意為自己的妻子取了字——「蓬萊仙子」，隱喻彭氏再來。兩人生了個兒子叫彭兒，生了個女兒叫彭媳。

兩人歡聚十七年後，先後得病離世了。

鬼狐故事卷帙浩繁，癡情女人和女鬼的故事也多不勝數，這篇故事卻是少見的「忠貞書生為愛妻守節」的故事。

死守約定的鬼朋友

有兩個關係很好的生意人，一個叫張子虛，一個叫李烏有，他們都是青州人。有一次，兩人相約去長沙合夥做生意。到了約定那一天，只有張子虛來了，他左等右等，怎麼也不見李烏有。怎麼回事呢？這張子虛也是個死心眼，足足在會面地點等了十天，也沒等到李烏有。

李烏有失約了？

「枉我認識你這麼多年，還把你當兄弟，這麼重要的事竟然放我鴿子？商場如戰場，再拖下去，生意還要不要做了？」張子虛沒辦法，只好一個人趕去了長沙。

三年後，李烏有忽然獨自來了長沙。而這時，張子虛已經賺夠了錢，打算回青州老家。忽然遇到風塵僕僕的李烏有，張子虛很納悶，迎上去問他：「兄弟，你怎麼現在才來啊？我都準備回家了。」

李烏有先為自己的失約深深地道了歉，但沒解釋自己失約的原因，還說：「你要回家去啦？那我也回去吧。」

張子虛納悶了，問他：「你不是剛剛來長沙嗎？這千里迢迢的，怎麼才來就要回去呀？」

「我擔心路途遙遠，你孤身一人趕路不安全，所以想跟你做個伴，也算是彌補一下我之前失約的過錯吧。」

張子虛拒絕道：「我們是兄弟，你不要想太多了，沒什麼的。你不遠千里來到這裡，一定有要事要辦。現在你剛來，屁股還沒坐熱，就要因為我往回趕，那我不就連累你了嗎？」

李烏有很固執，不聽勸，一定要陪張子虛回家。張子虛沒辦法，只好同意了。雖然同意了，但他心中依然嘀咕著：「這李烏有有古怪。」

「如果說李烏有因為有事，所以推遲到現在才趕來，情有可原，但是他剛來就無緣無故地往回趕，這點就難以用常理來解釋了。即使他是在為自己的失約而懊悔，也不至於懊悔到這個地步吧？其中必定有異。」

「難道……不，不對，李烏有不是這樣的人。」

不管張子虛心裡如何嘀咕，他不得不承認，在回程的路上，李烏有是實實在在地對自己好。不管是走路還是住店，李烏有都對張子虛關懷備至，其細緻程度甚至超過了三年前。

一路走著，兩人聊起天來。李烏有時常嘆氣，說些人生無常、離愁別恨之類的喪氣話，他的態度讓發了財、本應喜孜孜衣錦還鄉的張子虛聽得心裡淒淒慘慘的。張子虛感覺自己現在的處境就好比「睹寒冰而聽哀笛，對落月而聞斷琴」，別提心裡有多難受了。

等安全返回青州，因為李烏有家離張子虛家有上百里遠，所以李烏有邀請張子虛三天後去他家裡作客。

兩人分別時，李烏有緊緊握住張子虛的手，大哭著與之告別。

看著李烏有這副斷腸樣，張子虛本來還想嘲笑他，但是不知怎的，俏皮話到嘴邊，卻一句都說不出來。到最後，張子虛竟然也莫名其妙地跟著哭了起來。

三天後，張子虛如約而至，但開門的不是李烏有，而是他的妻子。

李烏有的妻子淚漣漣地說：「我丈夫過世已經快四年了，他是在和您相約南下的前一天晚上突然死去的，所以我們根本來不及給您報信。他死之前，嘴裡不停地念叨著，說自己失約了。昨晚，我忽然夢到他回家了，他高興地說您明天要來，還要我準備好飯菜等著您。我還想著您在南方，所以不信他，沒想到您今天竟然真的來了。」

張子虛一聽這話，還有什麼不明白的，頓時號啕大哭起來。

張子虛請好友的兒子帶他上好友的墳前，撫著墓碑哭了一場。張子虛勉強打起精神奠酒：「故人啊，故人，我已經來了。以前，我時常埋怨你失約，沒想到你我竟已陰陽兩隔。你不遠千里特意去看望我，這一路上鬼神關卡那麼多，你是怎麼找到我的呢？你又不顧陰陽兩隔，一路護送著我回家。」

「故人啊，你對我的情誼超越生死。身體湮沒於黃土中，對我的情誼仍如此深厚，在這千古中，在這世間，也只有你一個了。」

「我現在在故人宅前敬一杯酒，能使那猿鶴舊侶再見到彼此的面容嗎？」

說罷，張子虛撫著墓碑嗚嗚大哭，李烏有的兒子也跟著哭了起來。真情動人，連旁邊經過的人，也跟著哭了起來。

忽然，陰風刺骨，山葉驚飛，張子虛抬起淚眼，塵霧之中恍惚出現了李烏有的身影。須臾之間，頷首淺笑的李烏有消失在了明朗清淨的山野間。

卷五

萬物皆可成怪

古代世界中，無一不可成怪，
除了掃帚、飯勺、匾額、毛筆、枕頭這些居家小物，
更多精怪藏匿於深山老林中，
前所未聞的故事帶你進入光怪陸離的異想世界。

物老為怪

妖和怪最開始一般是指自然和社會中出現的反常現象，如群物異變、地震星隕、服妖夢兆等，有一定的預警意義。

東晉干寶的《搜神記》曾給妖怪下過定義，所謂的妖怪，大概是精氣依附到物體上形成的一種東西。精氣鼓動流轉於物體內部，物體自然隨之發生外形上的變化。物體的形神氣質，互為表裡，互相影響。它們的變化之源是金、木、水、火、土五行，與貌、言、視、聽、思等五事相互關聯。即使消長升降，變化萬端，但它在吉凶方面的徵兆，都可以在一定的範圍內加以論證。

直到秦漢之後，隨著魏晉南北朝時期志怪小說的發展，妖怪的含義才悄然發生了變化，這時候的妖怪大多指所有動植物以及無生命的物體變化而成的精靈。

同時，《搜神記》中還提出了一個觀點，那就是「物老為怪」，這種觀點與同時代的《抱朴子．登涉篇》中講的「萬物之老者，其精悉能假託人形，以眩惑人目而常試人」相似。那麼，到底是怎樣一個物老為怪法呢？

孔子周遊列國時，困於陳蔡兩地之間，他與眾學生沒有食物可以充饑，孔子為了鼓舞士氣，在館舍中彈琴唱歌。

半夜時分，館內忽然來了一個人，這人身長九尺有餘，著黑衣，戴高帽，進來就扭頭四處看，邊看邊大吼大叫。他的吵嚷聲不一會兒就將已經睡下的眾人吵醒了。

子貢擔心老師，連忙進門問：「你是什麼人？」

那怪人一下把子貢拎在手裡夾在了胳膊下。一看子貢被抓了，子路趕緊想辦法把怪人引出了房間，兩人在院子裡打鬥起來，打了一會兒，那人確實過於強健，子路節節敗退，很快被打得毫無招架之力。

孔子站在一旁觀戰，他發現這怪人的鎧甲和腮之間似乎有什麼小祕密，那地方時不時就像手掌一樣會自動開合。

找到你的弱點了！

孔子大叫：「打他鎧甲和腮之間那塊地方，抓住就拉！」

子路正被力大無窮的怪人打得節節敗退，聽了老師的話，趁怪人的腮幫子再次張開，他趕緊探手進去，猛地往上一提。那怪人當場撲地，現出了原形。

竟然是一條大鯷魚，這魚足足有九尺多長。

圍觀的學生們都發出了驚嘆聲。

孔子將這條魚從頭到尾細細地觀察了一遍，仍然不明白它來的目的，難道僅僅是為了跟人打架？

孔子對驚恐的學生們解釋道：「這是個妖怪，它是來幹什麼的呢？我聽說天地萬物，只要老了，就容易被各種各樣的精怪依附，這是因為它們的氣已經衰竭了。」

「這鯷魚來到這裡，難道是我遇到了困厄，斷了糧，跟隨的人都病了的緣故嗎？馬、牛、羊、雞、犬、豕六畜，以及龜、蛇、魚、鱉、草、木之類，活得年歲長了，神靈就會依附其上，所以它們能變成妖怪。這種東西被稱為『五酉』，東南西北中五方都有這種怪物。」

「酉，就是老的意思，所以說『物老則為怪』，萬物老了就容易成怪，把它們殺了就沒事了，有什麼好擔憂害怕的呢？或許是上天還不想喪失禮樂制度，所以送它來維繫我的生命吧。不然它為什麼會莫名其妙地來這裡呢？」

說罷，孔子繼續彈琴唱歌，子路將大魚收拾妥當，滿滿當當地煮了一大鍋，大家吃得飽飽的。沒想到生病的人吃罷魚，馬上就好多了。第二天，大家就抖擻起精神，繼續趕路了。

這故事出自《搜神記》，孔子雖不語怪力亂神，但他吃啊，他用吃貨的精神成功打消了學生們對「妖怪」這種東西的恐懼。也就是從這時開始，萬物活得年歲長了就容易成精的說法便正式被確定了下來。

那麼，接下來，就讓我們看看這些存在於歷史長河中的「老」妖怪的故事吧。

會說話的貓主子

作為人類幾千年來的「伴侶動物」，人類對於貓咪的記載，不管是在詩作、畫作，甚至是在史書裡，都幾乎數不勝數。那麼，志怪小說中以貓咪為主角的故事自然也多，甚至還有愛貓成癡的人專門匯總了歷代以來所有關於貓咪的記載，寫成了《貓乘》、《貓苑》兩本集大成的貓咪著作。書中詳細地從「種類」、「形象」、「毛色」、「靈異」、「名物」、「故事」、「品藻」等方面論述了貓咪這種神奇的動物。

那這些古代神異的貓都有怎樣的故事呢？

古時候，浙江金華地區有個傳說——貓咪被養了三年後，會在月圓之夜蹲在房頂，張開嘴巴對著月亮吸收月亮的精華，久而久之，貓咪就能變成妖怪。

貓妖成精後，會出來魅惑人，不拘男女，它皆可引誘。

如果貓妖魅惑的對象是女人，它們會變成美男子；如果魅惑的對象是男人，它們又會變成美女。男女形態，它們皆可隨意變化。

貓妖魅惑人的方式是什麼呢？據說，當貓妖來到人的家中，會先在這戶人家的水裡撒尿，等這戶人喝了水，就看不到貓妖了，此時的貓妖就可以為所欲為了。

那麼，如果人被貓妖魅惑住了該怎麼辦？解救方法書裡也記載了。

如果家裡有人被野物魅惑住了，就把青衣覆在被魅惑的人的身上。蓋一晚後，早上看看青衣，如果青衣上面有貓毛，就能確定這魅惑人的妖怪的確是貓妖，這時就可以悄悄找來獵戶，讓他把自己所有的獵犬牽來，獵犬越多越好，再將房門緊閉，讓獵犬找出貓妖。

等獵犬捉到貓妖後，就把貓妖殺掉，把貓妖肉做好了給被魅住的人吃掉，自然就能夠痊癒。

不過，如果是同性相魅，也就是說，迷住男人的貓妖是雄性，而迷住女人的貓妖是雌性，那就沒法治了，被魅惑的人只能等死。

作者為了證明他的說法，還在後面舉了一個例子：

有個人叫張光文，他女兒年方十八，被貓妖所魅，形容枯槁，頭髮盡落。他找來道士查明原因後，就請獵戶前往他們家逮貓妖。最終，經過一番圍追堵截，獵犬將一隻貓銜到了張光文的身邊，好在這貓妖是雄性，不久之後，他的女兒就痊癒了。

關於貓，古代還有一種說法，那就是——貓也是會說話的。

清代筆記小說集《夜譚隨錄》裡就記載了會說話的貓的故事。

永野亭有一個叫黃門的人，說了他們家一位親戚的故事。這位親戚是位重度「貓奴」，生平最喜歡養貓。忽然有一天，他養的一隻貓竟然口吐人言。

當時，他正坐在房內看書，耳邊忽然傳來說話聲。到底說了什麼話，我們不得而知，只知道他很驚恐，因為房內只有他一個人，如果硬要說還有什麼活物的話，那就只有站在書桌上的「老熟人」——貓了。排除掉所有的可能性後，只剩下一種——剛剛的話確實是貓說的。

貓竟然會說人話，親戚大駭，飛速逮住它，將其五花大綁後，邊打邊問：「剛剛是不是你在說話？說！貓怎麼會說話？你是什麼鬼東西？」

貓被打得慘叫連連，最終忍不住招供了：「求饒，求饒！我實話實說，沒有不會說人話的貓，只是因為說人話犯忌，所以不敢說罷了。我後悔啊！我竟然無意間洩漏了我們貓族流傳千年的祕密。但貓咪一言，駟馬難追，我說的人話已經如覆盆之水，永遠收不回來了。不過，我跟你講，母貓是不會說人話的，只有我們公貓會說。」

這親戚不信，於是從那群圍著自己喵喵叫的貓中又選了一隻公貓綁了，再次邊打邊問。那公貓只是疼得嗷嗷叫，但邊叫還邊瞪著剛剛說話的那隻貓。

那貓一臉的無奈，用人話勸它道：「別看了，招了吧，連我都不得不開口講人話，何況是你呢？」見祕密暴露了，第二隻公貓只好自暴自棄，說：「求免罪。」親戚這才確認，公貓果然都會說話，這才將貓咪放走了。

上面的故事揭露了一個事實——貓是會講人話的，只是平常它們隱藏在人類之中，從來都不開口罷了。

上面的貓咪有點慘，被人狠揍了一頓，下面的貓咪總算有點貓主子的樣子了，知過去，曉未來，戰鬥力還「爆表」。

有位叫張子虛的公子，在官府做筆帖式[40]。張家很有錢，張子虛的父母健在，兄弟和睦，是一個幸福和諧、枝繁葉茂的大家庭。

張子虛生平最愛養貓，什麼白老、烏圓，各種花色的貓，他養了不下幾十隻。

每次到了吃飯時間，貓咪們都會成群結隊地聚在桌案前，喵嗚喵嗚地乞食。張子虛對這群貓非常好，給它們吃最鮮活的小鮮魚，給它們睡最柔軟的毯子，無微不至的照顧它們。

大家也都習以為常了。

一次吃完飯後，一家人正在閒聊，夫人忽然有事吩咐丫鬟去做，喊了四聲都不見有人答應，正準備繼續喊，窗外忽然傳來一聲怪異的喊叫。

40 指清代官府中基層文書官員、執掌部院衙門文書檔案的官員，主要職責是抄寫、翻譯滿漢文。

那聲音喊的是丫鬟的名字，雖然已經儘量模仿老太太的腔調了，不過，依然古古怪怪的，很陌生，是大家從沒聽過的聲音，是誰的聲音呢？

大家閉了嘴，面面相覷，沒人認得這個聲音。

張子虛撩開門簾，門外空寂無人，只有一隻貓蹲在窗臺上。聽到動靜，貓回過頭來看。回過頭來的貓，滿臉都是詭異的笑。

張子虛被嚇了一跳，進門告訴母親：「出怪事了，剛剛那聲音是貓發出來的。」

弟弟們聽罷，一起出門去看貓。

有人不信，戲弄般地問那隻依然蹲在窗臺上的貓：「剛剛叫喚人的，難道是你嗎？」

貓點點頭，說：「對。」

眾人譁然，圍觀的父親覺得貓說話不祥，急忙命大家趕緊捉住那隻貓。貓連忙大喊：「別抓我，別抓我。」

說罷，它縱身一躍，飛到房檐上，邁著輕盈的貓步消失在了眾人的視線中。

它是哪家的貓呢？

雖然家裡的貓很多，但張子虛很確定，它不是家裡養的貓。

貓連續多天都沒回來，但大家依然怕得不得了。這段時間，張家人的話題一直圍繞著那隻會講話的貓。一天，婢女正在餵貓，忽然發現來吃飯的貓裡，有隻貓長得很特別，這……這不就是那隻會說話的貓嗎？

婢女將貓食一撒，飛速地跑入房內，偷偷把這事告訴了公子們。公子們一聽，摩拳擦掌，爭先恐後地出門捉貓妖。

貓這次沒來得及逃掉，被捉住了。它被狠狠地抽了幾十鞭子。

但貓這次只是像平常的貓一樣嗷嗷地叫，梗著脖子，再也不肯開口說人話了。

眾人見它滿臉倔強，甚是可惡，就商量著要殺死它。

張父制止道：「這玩意能作祟，殺了它恐怕不吉，不如直接把它扔掉吧。」

張子虛暗地裡吩咐僕人，將貓裝在米袋裡，帶去河邊，直接把它扔進河裡去。沒想到僕人剛出了城，忽然覺得手裡一輕，再一看，米袋空了。僕人沿著河岸，一路找回家，結果發現那貓已經先回來了。

貓直奔寢室，將門簾一掀，昂首挺胸蹦進了門。此時張子虛正和父母還有兄弟討論這貓妖的事，一眼瞥見它又回來了。一時之間，大家愣住了。

貓一個飛躍蹦上胡床，怒睜雙眼看著張父，渾身炸毛，眼眶充血，咬牙切齒地說：「你個老東西，不過是個還有一口氣的死屍，竟想淹死我！在你家，自然有人拿你當老爺看，但在我家，你們都是摸不上門的九孫子，你怎麼喪心病狂到這個地步？何況你家馬上就要大禍臨頭了，你不知道害怕也就算了，竟然還密謀害我，簡直是荒謬！你也不想想這些年都做了些什麼？」

「你這人也就一點蚯蚓和螞蟻的本事，好不容易靠逢迎巴結得來一點福祿。你一開始到刑部當官，靠陰謀詭計得了上司的歡心。後來你出任兩個地方的知府，越發貪婪狠毒了，刑訊逼供，捏造罪名，在老百姓面前作威作福。為官二十年，死在你手裡的無辜人不知道有多少！」

「你不害怕因果報應，竟然還想安安穩穩地告老還鄉，回歸田園，壽終正寢。簡直是妄想！你這種人才是真正的人面獸心，是人裡面的妖物。你卻認為我是妖。可笑，可笑！真是咄咄怪事！」

說罷，貓開始破口大罵，將張家人從頭到腳罵了個狗血淋頭。

張家人都被罵傻了，等他們反應過來，全亂了套，紛紛手忙腳亂地去捉貓。

有的隨手拎起一把古劍揮舞，有的朝著貓亂扔銅瓶，至於桌上的茶杯、香爐，一時之間，全都成了打貓的武器。

貓靈巧地穿行在各種投擲過來的武器中，神情愜意，如入無人之境，甚至還有閒工夫繼續嘲笑：「我走，我走就是了，你家不久就衰敗了，我才不和你們這些死鬼爭長短呢。」

說罷，貓靈巧地一躍，跳到院子裡的樹上騰躍而去。從此之後，那隻會說話的貓果然沒有再來。

半年後，張家忽然發生了瘟疫，每天都會死三、四個人。張子虛也因為和人爭地被罷了官。張父張母憂鬱成疾，相繼死去。兩年之內，張子虛的兄弟、姐妹、子侄、奴僕死得幾乎不剩幾個了。

最終只有張子虛夫婦和一個老僕人、一個小丫鬟活了下來，雖然活下來了，但張子虛卻從此窮得叮噹響。

不過，這隻貓也算是有未卜先知的本領了，尤其它太過伶牙俐齒，不僅能為前面那兩隻無辜挨揍的貓咪報仇，甚至可以憑藉這出眾的口才參加妖怪界的脫口秀了。

接下來這隻記載於清代筆記《耳食錄》中的貓貓就可愛多了，雖然它也是隻伶牙俐齒的貓，但它不僅不說髒話，還擅長以理服人。

某公晚上睡覺前，忽然聽到窗外有人在竊竊私語，他心想：難道是家裡遭賊了？

某公悄悄起身窺探。

當晚是個好天氣，明晃晃的月亮把院子裡的花草樹木照得纖毫畢現，但四下裡空蕩蕩的，沒有半個人影。

雖然不見人影，但那嘰嘰喳喳的聲音還沒停呢。某公順著聲音望過去，呵！竟然是他家的貓與鄰居的貓蹲在月下，正在煞有介事地閒話家常呢。

鄰居的貓說：「西家娶媳婦，你去不去看熱鬧？」

自家的貓不屑一顧地嘆了口氣：「那家的廚娘小氣得很，很會藏東西，不值得你我大駕光臨。」

鄰居的貓勸它：「是這樣沒錯，但是姑且走一趟，又有什麼壞處呢？」

自家的貓撇撇嘴：「去了也沒好處。」

鄰居的貓開始圍著自家的貓又是舔毛又是打呼嚕，一個勁地撒嬌蹭著自家的貓：「你就陪我去一趟嘛，我想看娶新媳婦。」

自家的貓很堅定，完全不吃這一套，非常有骨氣地拒絕了。

兩隻貓廝磨了很久。

眼看對方意志堅如磐石，鄰居的貓一氣之下，不磨了，乾脆地跳上牆頭，背對著月光遙遙地喊：「你來嘛，來嘛。」自家的貓一臉「拿你沒辦法」的無奈，只得跳上去跟在了鄰居的貓身後，邊走邊無奈地說：「好啦，好啦，就當陪你玩啦。」

兩隻貓悄無聲息地消失在了月色之中。

貓咪聊天一事還有後續。

次日，某公起了個大早，爬起來就滿地找貓。

自家的貓早就鬼混完回來了，正趴在暖烘烘的臥榻旁補覺。某公一把薅起貓的頸子，舉棒就殺。殺之前，他照例大義凜然地說了幾句：「你只是隻貓啊，怎麼會說人話？」

貓一看，壞了，露餡了，不說話不行了，這條貓命雖然不值錢，但它自己還是很珍惜的。被人捏住了命運的後脖頸，貓馬上告饒：「您不知道，我們貓啊，都會說話。這全天下的貓都會說話，您怎麼能說只有我會說話呢？」

貓扭著頭看主人，窺到主人似乎有點猶豫，馬上見風轉舵地說：「好了，好了，你既然不喜歡，我以後不說就是了。」

彷彿那些被男朋友敷衍的女孩子一樣，某公勃然大怒：「真是個妖怪！」

眼看棍子要敲到腦袋了，貓再次告饒：「冤枉啊，天大的冤枉！我真的沒有罪啊。希望您能讓我說句話再死，行嗎？」

某公遲疑了，也想看看它想耍什麼花樣，於是棒子暫時停在半空：「你還想說什麼？」

貓說：「倘若我真的是妖怪，就憑你一個人類，能這麼輕鬆地捉住我嗎？倘若我不是妖怪，你卻冤枉了好貓，殺了我，那我如果化為厲鬼來報仇，你還能再殺我一次不成？」

見主人的表情有所緩和，貓循循善誘道：「何況，我曾為主人您看過家，曾為主人您捉過老鼠，對您來說我還是有一點點功勞的。有功卻被殺死，這會不會不吉祥，有損您的福德？再說了，如果我死了這事被老鼠知道了，它們一定呼朋喚友，相約而至。」

貓的表情忽然猙獰起來：「它們鑽進你的糧倉糟蹋糧食，咬你的箱子鑽進去拉屎、撒尿、磨牙，讓你沒一件完整的衣服穿，沒一件完整的器具用，讓你睡不成一晚安穩覺。」

見主人的神色不對，貓見好就收：「妖怪與老鼠相比，誰作祟厲害？」

某公拿著棒子的手，已經無力地垂下了。

「我看主人您還不如放了我，讓我繼續為您效爪牙之勞，今天的恩惠，我這輩子都不會忘掉的。」

棒子應聲落地，某公哈哈一笑。他被這隻伶牙俐齒、洞察人心的貓咪哄得心花怒放。

貓咪四爪著地，得了自由，滋溜一下，揚長而去。

從此之後，某公家再也沒發生什麼奇怪的事了。

最惹人憐愛的妖怪

婺源有個名叫謝石的書生為了督促自己好好學習，選了張公山一處僻靜之處結廬讀書。一天晨起後，他覺得有些奇怪，慣常的啁啾鳥鳴聲，在今天聽起來似乎有一點不同。

不似鳥叫聲，倒像是鸚鵡在學人說話。

他暗想：這深山老林裡只有我一個人，難道是精怪通了靈，正開始學人說話？

想到這裡，膽子很大的謝石順著聲音找了過去。

發出聲音的地方有一棵茂密得有些不太正常的古樹。古樹十分龐大，除了宛如巨傘般聚攏往上、極力伸展的樹冠，分岔還伸出了一根格外粗壯的枝椏。這根枝椏有些突兀，似乎是人為掰扯而成的，人只要一伸胳膊就能碰得到它。

越靠近樹冠，謝石越感覺有點不對勁。他無意識地打了個寒戰。炎炎烈日下，這古樹莫名地有點陰森可怖。

但謝石聽到的那個聲音實在是太奇怪了，他太想知道到底是什麼東西在說話了。非要找到它不可——謝石抱著這樣的目的，也不管渾身起的雞皮疙瘩，細細地搜尋著。

在樹上爬上爬下找了半天，謝石終於在那根伸出來的枝椏上發現了聲音來源。

那是個人，確切地說，是個縮小了的、五寸多長的小人。

那小人此時正雙腳垂下，坐在一片寬大的葉子下。它身上光潔無毛，通體潔白如玉，像一個用玉石雕出來的小美人，雖然美，但它的眉目之間似乎有無限的愁緒。

謝石伸出手去捉小人。小人也不害怕，溫順地坐在謝石的手裡，不聲不響。

「剛剛的聲音是你發出來的嗎？」謝石將小人捧在了手心。

「你……會說話的吧？」

他剛剛明明聽到宛如人聲的說話聲。

小人只是抱著膝蓋坐在他的手心裡，滿臉愁緒。

見小人不搭理自己，謝石攏著手一路將它帶回了草廬裡，然後翻箱倒櫃，找出一個養過八哥的籠子，把小人放了進去。

就這樣，小人被謝石偷偷養在了書房裡。

謝石讀書讀累了，會跟它絮絮叨叨地說話，小人偶爾也會回答，但是語調怪異，他根本聽不懂它在說什麼。

養了數天後，一天，外面陽光正燦爛。謝石想，天天把小人養在房內也不行，偶爾也得讓它曬曬太陽。沒想到剛把籠子拿出去沒多久，謝石就驚訝地發現，小人已經宛如一朵枯萎的花，被曬乾了。

悲傷之餘，謝石把被曬乾的小人拿進了房間。

後來，有位見多識廣的好友前來拜訪謝石。

謝石將小人的事情跟好友一說，好友道：「我知道小人的來歷，這小人乃是花魄，是在樹上吊死之人的冤苦之氣凝結而成的。」

謝石一聽，終於有個行家出現了，連忙問好友：「那它還有救嗎？」

「有，花魄怕太陽曬，一曬它就成乾花了，但只要用水泡一會兒，它就能活過來。」

謝石連忙給花魄澆了一些水，沒過多久，花魄果然活了過來。

那位朋友是個大嘴巴，不過幾天的工夫，附近的人都聽說了這件事。

一傳十，十傳百，在一個早上，謝石推門一看，門外一片黑鴉鴉地站了一群人，都是要求看花魄的。

謝石唯恐太過招搖，引來禍事，也憐憫小人的淒慘身世，於是將村民勸回去後，便敞開籠子，將花魄攏在手中，放回了發現它的地方。

不等謝石與之道別，陡然間，出現一隻怪鳥。怪鳥撲騰幾下翅膀，頭一伸，便將花魄銜走了，從此之後，再也沒有人見過花魄的蹤跡。

這個花魄應該是歷代志怪小說中最無害且美麗、又可憐可愛的小精靈了吧？而故事結尾出現的怪鳥，想像一下，它可能是花魄的朋友。怪鳥見朋友落入人類的手裡，失去了自由，正急得不得了。不曉得心急如焚地等候了多久，終於等來朋友被放出牢籠的那一刻，它馬上趕來捨命相救。

宛如西方奇幻故事中從巨龍手中救出公主的勇士，怪鳥載著它的小公主——花魄，飛去了一個更幽深、更安全、更神祕的地方，一個人類絕對到達不了的地方。

「變裝」的老虎

根據東晉志怪小說集《搜神記》的記載，古時候的長江與漢水之間，有一種叫貙人的怪人，他們的祖先是廩君[41]。這種生物似人非人，能由人化為虎，也能由虎化為人。真的是虎患成災，當地不僅有真正的老虎出來害人，甚至有人幻化成的老虎來湊熱鬧。當地人深受其苦。

長沙所屬的蠻縣東高的居民，專門做了木柵欄用來捉老虎。

有一天晚上，人們發現柵欄做的陷阱被觸發了。

第二天，眾人裝備齊全後前往查看——柵欄裡空蕩蕩的，沒有斑斕猛虎，只安然坐著一位亭長[42]。亭長圍著紅色的頭巾，頭戴髮冠。面對全副武裝的眾人，他不怒自威：「還不快把我放出去？」眾人趕緊點頭，剛準備放人，其中有個叫張子虛的人忽然制止了眾人，他疑惑地問：「亭長為什麼會跑到這裡來呢？」

一聽這話，亭長勃然大怒：「我怎麼知道？昨天縣令突然召我去問話，天又下了大雨，我為了躲雨不小心走了進來。哪那麼多問題？你們還不放人！」這下沒有疑問了吧。

眾人正要將人放出來，很有懷疑精神的張子虛再問：「既然您被縣長召見了，那肯定有文書吧？」亭長狠狠地瞪了張子虛一眼，氣呼呼地從懷裡掏出召見他的文書。

張子虛接過來，細細看了，這才向大家點點頭。

41 古代巴郡、南郡氏族首領名。
42 編按：鄉官名，相當於現在的村長。

亭長從打開的柵欄裡緩緩踱了出來。眾人正蹲下身子重新修復柵欄，忽然聽到張子虛大罵一聲：

「呸！果然是個貙人！看，它跑了！」

眾人抬頭一看，那假亭長果然在原地化為一頭猛虎，往山上飛奔而去。

後來，古人總結出了一套分辨貙人這種妖怪的方法：由虎化為人之後，如果那人喜歡穿紫色的葛衣[43]，又沒有腳後跟，那一定是貙人；而老虎之中，凡是有五隻腳趾的，全都是貙人。

43 編按：葛布製成的衣服，通常是夏季服裝。

古代的「克蘇魯」妖怪風

大家在網路上一定或多或少地看到過「克系」這個詞，那什麼是「克系」呢？克系是美國小說家霍華德·菲力浦·洛夫克拉夫特創造的克蘇魯神話體系。

克蘇魯是其中一位舊日支配者，但同時也是這個神話體系的「代表神」。

克蘇魯神話世界體系龐大且複雜，經過後期眾多小說家的不斷描寫與完善後，這個「架空」的世界便自成一派，正式呈現在大家的面前。

如果一定要形容克蘇魯的樣子，那麼它正如《克蘇魯的呼喚》中所描寫的那樣：

它刻畫的是一個怪物，隱約帶有人的輪廓，卻長著一個像八爪魚似的、有眾多觸鬚的腦袋，身體像是覆著鱗片的膠狀物，長著巨型的腳爪，身後還有一對狹長的翅膀……巨大的綠色身軀蹣跚地從那黑暗的開口中擁擠而出……好似一座山嶺行走於天地之間。

克蘇魯的世界裡滿是一切未知的、神祕的、不可名狀的、說不清源頭且超出人類認知，詭異且恐怖的存在。外國有克蘇魯這種詭異之神，那中國有嗎？

有的，早在唐代，就有一個人曾經在最深的夢境中與這種詭異的存在接觸過。

唐文宗大和五年（831），復州有個叫王超的大夫。

這人擅長針灸，幾乎手到病除，是位遠近聞名的好大夫。

一天中午，他忽然死了，家人抱頭痛哭了一天後，他咚的一下從床上坐起來，忽然又活了。

家人連忙擦乾眼淚問他：「你感覺怎麼樣？」

王超雖然活過來了，但表情猶似在夢中。

他擁著被子，喃喃道：「我做了個怪夢。」

什麼怪夢呢？

王超說，他一閉眼，忽然就到了一處地方。

那裡宮殿巍峨，戒備森嚴，如王侯的居所。他飄飄然走進去後，看到一個人正躺在床上痛苦地呻吟。在僕人的召喚下，王超走上前一看，發現病人袒露的左胳膊上長了一個巨大的瘡。

病人說道：「早就聽聞王大夫醫術精湛，我被胳膊上這塊膿瘡困擾很久了，實在是沒辦法，只好不顧禮節，把您請來為我看病。」

醫者父母心，王超想想也知道這人有多痛苦，便一句廢話也沒有，接過僕人奉上的銀針，開始為這位病人治病。

將對方胳膊上大瘡裡的膿液全部排出來後，王超又在對方患處附近進行了數次針灸。直到確定對方的胳膊徹底處理好了，他才滿意地拱拱手，準備告辭離去。

那位呻吟著臥在床上的病人此時精神煥發，坐起身後，轉頭對身旁的黃衣小吏說：「帶王大夫看看畢吧。」

於是王超不自覺地跟在了黃衣小吏的後面。

兩人飄飄蕩蕩，停在了一處府衙的門前。門上的木質匾額上龍飛鳳舞地題了「畢院」二字。

黃衣小吏推門而入，王超剛要抬腳，忽然愣在原地，出現在自己面前的到底是怎樣的一座山啊？

這座山臃腫地盤踞在院子中央的空地上，不過，這高山上沒有鮮花，沒有嫩草，更沒有奔跑著的毛茸茸的野獸，而是被無數雙人的眼睛層層覆蓋著！那不是一座山，而是一隻像山那麼大的、渾身布滿了眼睛的不可名狀的怪物！

王超看過去的時候，那些或漆黑或棕色的眼珠子，在渾濁的眼白裡咕嚕嚕地轉來轉去，眼皮開開合合，目光明明滅滅。

是無數雙眼睛在眨動。

王超頓時感到一陣窒息，要暈死過去了。

黃衣小吏面色冷淡地指了指這座「眼球山」，對嚇得雙腿戰慄的王超說道。

「這就是畢。」

王超哪裡有心情欣賞這等後現代風格的「藝術品」？他拔腿就要跑。

這時，旁邊忽然來了兩個長相奇特之人。

這兩人十分高大，五官布局怪異，該長眼睛的地方卻長著人的鼻子，該長鼻子的地方卻是一片空白。

這兩個怪人手中各拿著一柄巨大的扇子，在「眼球山」前站定後，舉起扇子開始扇風，邊扇風，邊對著眼球呼呼地吹氣。

隨著風，眼球們好似蒲公英，紛紛四散逃逸，有的順著風飛走了，有的蹦蹦跳跳地蹦走了，還有的竟然變成人飄走了。

一會兒工夫，龐大的一座眼球山就消失殆盡了。

這時候王超才穩下心緒來。他問小吏：「這到底是什麼東西？」

小吏只說了一句話：「有生之類，先死為畢。」意思是，有生命的東西，早夭的叫「畢」。

話音剛落，王超便活了。

克蘇魯夢於沉沒的深淵之城拉萊耶中，偶爾，它那相對於人類來講過於瘋狂和恐怖的夢境也會影響到人類的夢境。

這位名叫王超的大夫大概就是深陷於一個詭異又恐怖的夢中，與名為「畢」的神祕的未知怪物進行了一次短暫的親密接觸吧。

古琴中的怪

「還是不行嗎？」

「是啊，這琴過於古怪。無論我用什麼技巧，都彈不出最普通的音調。」

問話的這位名為孫鳳。他新得了一張古琴，這琴很美，很得孫鳳的歡心，甚至專門為它起了個名字——「吐綬」，取吐綬鳥之意。據說這種鳥兒身披五彩羽衣，毛色可愛絢爛，如果天氣晴朗，鳥兒會吐出像綬帶一樣的東西，那綬帶長約一尺，鳥兒吐出不久會馬上將之吞回。

但可惜的是，琴不爭氣。剛剛彈琴的人乃是當地最有名的琴師，他卻無論如何都沒辦法讓琴發出任何美妙動聽的聲音來。

不知道是哪裡出了問題，琴師根據他多年斫琴[44]的經驗，從琴弦檢查到龍池，可是所有的地方都很正常，他沒有發現任何問題——除了琴背上有個小孔，那裡似乎被蟲子蛀了。

不排除這個原因，但是，只是一個不仔細看根本看不出來的小孔，怎麼會讓古琴連聲音都沒辦法好好地發出來呢？

不應該啊。

琴師百思不得其解。

又一天，孫家舉辦酒宴，請來了當地的名伶唱曲。名伶嗓音一開，歌聲婉轉繞梁。眾人正瞇著眼愜意地打著拍子，打掃書房的童子突然驚恐地飛奔而來，大呼小叫道：「不得了！不得了！古琴成精了！」

44編按：指對古琴進行精工細作的一種工藝技術。

孫鳳帶著眾人去看，那張啞了的古琴正老老實實地躺在琴桌上，沒有任何成精的跡象。

童子見狀，急忙分辯：「我親眼看見的，它明明成精了，沒有人彈，它自己發出了琴音。」

難道它需要歌聲來伴奏？

想通了竅門，孫鳳急忙命跟過來看熱鬧的名伶再高歌一曲。果然！隨著名伶美妙的歌聲響起，那琴弦自動起伏，沒有人彈奏，自己發出了與曲子相和的琴音。

「我誤會你了，古琴！原來你是個喜歡自己動手的勤快古琴。」孫鳳打趣道。

從此之後，孫鳳家這張不彈自鳴的「個性」古琴美名遠揚。孫鳳還特意將古琴的名字從「吐綬」改為了「自鳴」。

一天，孫鳳家門外忽然來了一個化緣的道士。那道士雖然一身破衣，但精氣神十足。孫家人將他請進了客廳。為了方便慕名而來的客人欣賞，那張古琴被主人放在了廳堂的正中。

道士一進門，熱切的眼神就緊緊盯在了古琴上。

不等孫鳳吩咐人取齋飯來，道士幾個跨步走到了古琴面前。他掃視一圈，回頭向站在一旁的孫鳳解釋道：「這裡面藏有蛀蟲，如果不將之除掉，這張琴很快就會腐朽。」

聽說自己的寶物會朽爛，孫鳳連忙問：「道長可有什麼法子？」

道士得意地一笑：「簡單。」

說罷，他從自己那長長的袖子中摸出一根纖細的竹筒來。

道士打開竹筒，往古琴上那個小孔裡輕輕地倒了一點黑色的藥末。不一會兒，孫鳳眼睜睜地看著一條蟲子從孔裡爬了出來。

果然有蛀蟲！

那蟲子通體碧綠，隨著它的爬動，蟲子背上隱隱有金線紋浮現。

道士見蟲子出來了，雖然滿臉狂熱，但手上的動作卻小心翼翼的。將蟲子捉住後，道士把它放入了竹筒中。此時，為道士的齋飯已經被下人端到了飯桌上，道士卻哈哈笑著擺擺手，飯也不吃，徑直跨門離去了。

道士走後，孫鳳越琢磨越覺得不對勁，趕緊在旁高歌了一曲，但這一次，古琴沒了自行和曲的能力，只是一動不動地躺在桌子上，宛如失去了靈魂的鹹魚。孫鳳急匆匆地找來擅長唱歌的伶人，但無論伶人怎麼唱，那琴也只是老老實實地躺著，已經和其他的琴沒什麼不同了。

後來，孫鳳與朋友聊起古琴的事情。聽了孫鳳的遭遇，其中一位博學的君子扼腕嘆息道：「兄弟，你吃大虧了！那蟲子乃是天生的異寶，名叫『鞠通』。它最神奇的地方不是操縱古琴和歌，而是有一項超前的醫學技能——只要把它放在聾人的耳朵邊，不一會兒，這人的聽力馬上就能恢復正常。你道它為什麼藏在你的古琴裡？因為這蟲子平生喜歡吃枯掉的桐木，還特別愛吃古墨。你那張古琴由桐木製成，所以它會住在裡面。」

孫鳳這才明白，怪不得那條叫「鞠通」的蟲子能被引出來！道士從竹筒裡倒出來的黑藥末，分明就是它最愛吃的古墨的墨屑啊。

但此時想通了又有什麼辦法呢？寶貝早已被人從眼皮底下正大光明地帶走了。孫鳳這是吃了不夠博學的虧啊。

九尾蛇

關於九尾狐的故事經過歷代文人墨客的描寫以及影視作品的宣傳，大家幾乎已經耳熟能詳了。其實，其他的野獸，譬如蛇，也可能有九條尾巴。

下面這個故事被清代的文學家袁枚記載在《續子不語》一書中。

有個叫茅八的小商販，年輕時曾到江西販紙。

紙廠因為需要樹木作為原料，所以大多建在深山之中。茅八一路跋山涉水趕到那裡。

當晚，他用罷晚餐，剛要出門散步，就見紙廠裡的人紛紛關門上鎖，還勸他晚上千萬別出門：「外鄉人，你不知道啊，我們這邊的山裡有怪物，兇猛可怕，堪比虎狼。」

茅八初來乍到，還有些靦腆，聽當地人這樣一說，便接受了村民的好意，沒有堅持外出。

在廠子裡住了許多天後，茅八見周遭很安全，也沒發生什麼怪物吃人的事件，便放鬆了警惕。有一天晚上，他實在是無聊透頂。窮鄉僻壤，深山老林，人人都縮在自己的房內，沒有半點娛樂活動，年輕躁動的他在屋裡待不住了。

他開門走到院子裡，仰頭望去，發現夜空中的月亮格外圓潤明亮。

他想家了。

在院子裡徘徊一會兒後，茅八終於忍耐不住了。這麼美的月色，他卻只能待在小小的一方院子裡欣賞，實在是暴殄天物。他要沿著羊腸小徑，到白天見過的那處湖泊邊賞月。

水上升明月——想一想這景色，他就心生嚮往。

原地躊躇一番後，茅八勸自己，反正自己習武，功夫還不錯，就山裡那些動物有什麼可怕的？難道走慣了深山夜路的自己會怕那些鬼東西？

想罷，他毅然開門，痛快地走在了林間小道上。

他抬頭賞著月，連續多日憋在房裡的鬱結之氣一掃而光。剛走了沒幾步，茅八忽然聽到前方傳來轟隆隆的震顫聲，似乎有一群東西正朝自己狂奔而來。茅八心裡一慌，看到旁邊正好有一棵參天榕樹，連忙躲在樹後。他藉著皎潔的月色一看，向他奔跑而來的竟然是一群猴子。猴子狂奔著，嘴裡吱哇亂叫，神色驚恐。

蜂擁而至的猴子兩三步便紛紛攀到了樹上，直到離了地面，它們才抱在一起瑟瑟發抖，一聲都不吭。見到這麼怪異的場景，茅八也不敢大意，但現在回家也來不及了。他左右看看，把衣袍一撩，也跟著猴子爬上了樹。上了樹後，他藉著月光，向猴子跑來的那個方向張望。

剛剛還一片清爽的森林，不知道從什麼時候開始，竟起了一陣蛛絲般的細密霧氣。就在這團朦朧霧氣籠罩住的叢林的盡頭，猛地遊出了一條大蛇。蛇身粗如拱柱，蛇目灼灼，在密如蛛絲的霧氣中發著瑩瑩綠光。

當看到巨蛇的全貌時，茅八差點驚呼出聲。這蛇竟然長了九條尾巴！

蛇全身覆蓋著堅硬的鱗甲，自腰部以下分散出九條尾巴，這九條尾巴正隨著身子的遊動相互拖曳而行。九尾蛇行動間，鱗甲相碰，發出鐵甲摩擦時產生的吱吱聲。

在一片令人牙齒泛酸的摩擦聲中，巨蛇眨眼間便來到了榕樹底下。

巨蛇攀著榕樹，將身體倒懸，九條尾巴在月下旋轉抖動，好像在跳詭異的舞蹈。

茅八忍受著巨蛇身上散發出的濃烈腥羶味，捂住嘴巴定睛細看，只見那巨蛇的尾巴停在半空，忽然從尾巴下的小竅中嗖的一下彈出了毒液。毒液如子彈般射了出來，但凡被射中的猴子，馬上哀號一聲，從樹上哐當墜地，腹裂而死。

看到地上橫七豎八地布滿了猴子的屍體，巨蛇這才停下來，在那令人寒毛直豎的吱吱摩擦聲中，緩緩地將地上的死猴子吞到腹中。一連吃了三隻，它才滿意地結束了自己的晚餐。

朦朧的月色下，九尾蛇繼續拖著它那九條尾巴，在令人齒酸的吱吱聲中，緩緩爬遠了。

直到森林中的霧氣盡散，月色重新明亮起來，猴子們才如釋重負，接二連三地逃走，茅八也哆哆嗦嗦地下了樹。

從此之後，他一到黃昏便早早歸家，將門窗閉緊，晚上更是再也不敢出門了。

收過路費的山魈

山魈是嶺南才有的怪物。它們長著一隻腳，還有一個長反了的腳後跟，手足都是三根指頭。它們在大樹上做巢穴，用木屏風當帳子，還懂得儲備食物，各種家當準備得很齊全。

山魈中，雌的通常被尊稱為「山姑」，她們喜歡塗脂抹粉；雄的被尊稱為「山公」，他們喜歡金銀珠寶。因為山魈這種習性，嶺南人在山中行走的時候，大多會準備一些黃金白銀或者胭脂水粉，用來當作過路費。

唐代天寶年間（742-756），有北方人經過嶺南群山，行路到了晚上，前不著村後不著店的，只能睡在荒野裡。他們害怕老虎，所以想爬到樹上過夜。大家剛剛爬上樹，就有人在半空中發現了山魈的蹤跡，那是一隻雌山魈。

看到山魈，這人激動地說：「有救了！」

其他人不解地問：「怎麼說？」

這人顧不得回答問題，在夜色中環視了一下眾人。

「你們有誰帶了胭脂水粉？」

人群中，一個平常就喜歡隨身攜帶金銀細軟的人舉了舉背上的包袱。

「我帶了一點。」

「太好了，我們有救了！不出意外，今晚我們能睡一個安穩的好覺。」

這人連忙溜下樹，取出包袱中的胭脂水粉，將之高高舉起，朝著山魈的那個方向跪下，一邊跪拜一邊高呼：「山姑，山姑。」眾人都好奇地順著他的目光望向密林深處。

不一會兒，暗夜裡遙遙傳來一句：「你帶了什麼東西？」

這人將手中的胭脂舉得更高了。

大家被突然傳來的陌生聲音驚了一跳，還沒反應過來，半空裡掠過一個黑影。低頭再看時，那人手中的胭脂已經不見了。

等那陌生的聲音再次傳出來時，已經帶了掩飾不住的驚喜：「儘管睡吧，保證讓你們高枕無憂，睡一個安穩覺。」

大家驚異地談論一番後，雖然覺得事情有些詭異，但因為連日趕路，睏倦很快席捲而來，又得知了山魈的厲害，便安心躺在樹下，紛紛睡去。

半夜時分，睡眠很淺的一人突然驚醒了，藉著灑落森林中有些疏朗的月色，他發現離他們幾十步遠的地方，正蹲著兩隻龐大的斑斕猛虎。他嚇了一跳，正要開口呼喊，眼前的場景卻讓他更加吃驚地閉上了嘴。

只見一隻人形動物站在老虎面前，此時，它正用手撫摸著老虎的腦袋，一邊撫摸一邊輕聲細語：「斑子，我有客人在，你們快走吧。」

老虎似乎聽懂了話，抖動一下身子，站起來，果然聽話地走遠了。

那物似有所感，等老虎轉身離去後，回過頭來，朝著正目瞪口呆地看著它的人微微一笑，然後藉助一根藤蔓，幾個騰挪，眨眼間便不見了蹤影。

眾人果然在危機四伏的深山老林中睡了一個安安穩穩的好覺，第二天便精神抖擻地上路了。

從上面這個故事看來，山魈其實是一種「你敬我一尺，我還你一丈」個性爽快俐落的妖怪。俗話說伸手不打笑臉人，上面的客人對山魈禮貌又尊敬，還送上它最愛的胭脂水粉當作禮物，面對這樣的人，山魈自然是客氣又熱心。

但也有不禮貌的人存在，那麼，山魈會怎麼對待這樣的人呢？

唐天寶末年（756），嶺南有位叫劉薦的判官。一天，他帶著隨從正在山裡趕路。嶺南多山林，密密的森林中，除了自己的心跳聲和喘息聲，其他什麼聲音都沒有，一切都安靜得可怕。

頭頂突然有異動，劉判官下意識地一抬頭，一張花花綠綠的人臉正浮現在自己面前。此時，這張人臉正似笑非笑地盯著他看。

劉判官當場大叫一聲。定下神後，他一打量，發現那不過是隻在林間戲耍的山魈。

長舒一口氣後，劉判官自覺在手下面前丁失了面子，先是「呸」了一聲，接著伸出一指，指著山魈罵道：「倒楣，遇到個妖鬼！」

在藤蔓上盪鞦韆的山魈不高興了，它從藤蔓上盪到附近一棵高大的榕樹上。站穩身體後，它突然口吐人言，叉著腰罵道：「劉判官，我在山林裡自在玩耍，關你什麼事？你幹嘛罵我？」

山魈突然口吐人言，而且，這野物竟然連自己的名字都知道！

劉判官嚇得連腸子都要吐出來了。他渾身發抖站在原地，只聽那隻山魈朝遠方吼道：「斑子，來！」

不一會兒，一陣腥風朝劉判官襲來。

劉判官轉頭一看，密林被猛地劈開，一隻斑斕猛虎咆哮著跳了出來，對著劉薦兇猛地咆哮一聲後，走到山魈面前，溫順地垂下了腦袋。

「斑子，去，把這人給我捉過來。」

劉薦嚇得連忙上馬狂奔，可是馬能跑過常年在密林中行走的老虎嗎？很快，劉薦就被老虎一個飛撲叨進了灌木叢中。

老虎叼著劉薦的衣領，將嚇癱的他拖到了山魈腳下。

山魈暢快地仰頭哈哈一笑：「劉判官，還罵我嗎？」

劉薦此時早已因為驚嚇過度，昏迷過去了。他的隨從不敢逃跑，慌忙跪倒在山魈腳下，求它饒命。

山魈盯著眾人看了半晌，這才極緩慢地一字一頓地道：「算了，斑子，去吧。」聽了這話，守在劉薦身邊的老虎才轉過身，再次跳入叢林裡，消失得無影無蹤。

等山魈攀著藤蔓奔跑跳躍著走遠了，隨從趕緊把昏迷的劉判官扶到馬上。劉薦回家後大病了一場，過了許多天才痊癒。這件事也被他當成了茶餘飯後的話題，幾乎逢人便講。

從上述兩個故事來看，山魈可真是一種愛恨分明的妖怪啊！

發生在山魈身上的事，還有一件很有趣。

山魈每年都會和人一起耕田，人類出地和種子，而種地、耕地、除蟲、澆水之類的後續工作，都是由山魈負責完成的。稻穀成熟時，山魈就把人叫來，將稻穀平分了。

山魈生性耿直，和人分稻穀時，從來不多拿。人呢，雖然心眼多，但也不敢多拿，只敢拿自己的那一份。聽說，昧著良心多拿的人，最後都得瘟疫死了。

原來，這山魈是幫地主打長工的，不過這個長工很硬氣，如果地主敢對它不公平，老天爺就會跳出來幫它撐腰。

山魈雖是妖物，但生性耿直、爽快俐落又愛恨分明，充滿了人性的光輝。

一直到清代，志怪筆記中的山魈都經常作為故事的主角出場。但這時候的山魈已經成為一種妖性遠遠大於人性的妖怪，清代的《閱微草堂筆記》中記載的這個故事就說明了這一點。

故事發生在福建永春山上的一座破廟中，現在那裡已是一片焦土。相傳當初這裡也曾有僧人居住，住在這裡的僧人擅長念咒降妖。

一天晚上，僧人的徒弟起夜，剛準備回僧舍，忽然看到月下有東西在跳躍，那東西四肢俱備，宛如人形。他定睛細看，只見那怪東西只長了一隻腳，腳後跟是反著的，手腳只有三根指頭。

竟然是山魈！

山魈跑夠了，正盤膝坐在地上，抱著一顆剛從廚房裡偷來的大白菜在啃。

徒弟害怕，等到了白天跟僧人說了這事，請僧人施咒下個禁制，讓山魈不敢再來。

僧人是個慈悲為懷的好和尚。他看著小徒弟咬牙切齒的樣子，不由得微笑著搖搖頭，長念一聲「阿彌陀佛」後，柔聲勸道：「人是人，妖是妖。兩者本來就是各不相犯的。人在白天活動，妖在夜間活動，兩方互不傷害。世上萬物並生，各有其安身立命之所。妖不干涉人白天活動，那麼，人為什麼要禁止妖在夜間遊蕩呢？」

聽了這番話，小徒赧然，慚愧地道了一聲「阿彌陀佛」後，這事便這樣過去了。

沒想到，時間一長，那山魈大白天也騷擾起人來。

它偷東西吃、偷人衣服穿、偷學人說話、扔瓦片、砸東西，怎麼令人討厭它怎麼來。

僧舍從此之後再無寧日，和尚這才下定決心施展咒術。

但為時已晚，山魈成了氣候，黨羽眾多，單憑一個和尚，是沒辦法制住它們的。

僧人大怒，背上蒲團，開始雲遊四方。在外行走多日後，他終於請到了一位善於降妖伏魔的高人。

那人與和尚偕同而歸，剛進廟門，僧人看到往日莊嚴整潔的寺廟亂成一團，到處是垃圾，不禁痛心疾首。大白天的，山魈和猴子大搖大擺地四處遊蕩。高人一句廢話都沒有，立馬穿好法衣，開壇做法。片刻，雷電劈下，山魈統統被殲滅了，但與此同時，寺廟也被無差別攻擊的雷電劈成了一團灰燼。

看著眼前的斷壁殘垣，僧人頹然倒地，捶胸頓足：「這都是我的罪過啊，一開始我的咒術足以趕走它們，但我抱著婦人之仁，不肯這樣做。等我的道行收服不了妖怪時，我卻妄想著一戰取勝。只是為了博一個善於教化的虛名啊，我竟然一敗塗地到這個地步。真是養癰貽患啊！」

但又有什麼辦法呢？

廟已經毀了，僧人只得帶著徒弟另覓他處了。

山魈是如何從耿直、爽快俐落又愛恨分明的叢林之王變成作祟害人的妖物的呢？悠悠千年，山魈一族身上到底發生過什麼事情，我們已經不得而知。但不管它們是好是壞，如今的我們，也只能從書中一窺其貌了。

妖怪界的舞蹈家

遠古時期妖怪橫行，那個時代才是真正的人妖共處的時代，不過，與其說共處，倒不如說人深受其害。所以後來《白澤圖》誕生了，這圖乃是專為剋制妖物而作的。

《雲笈七籤》中記載：

帝巡狩，東至海，登桓山，於海濱得白澤神獸。能言，達於萬物之情。因問天下鬼神之事，自古精氣爲物、遊魂爲變者凡萬一千五百二十種，白澤言之，帝令以圖寫之，以示天下。

這說的是黃帝時期的故事。黃帝東巡至海，在海邊遇到了神獸白澤。白澤能說人話，通萬物情貌。據白澤講，天下妖怪鬼神，共計一萬一千五百二十種，白澤一一解釋說明後，黃帝命人將世間所有妖物一一畫下，以告世人。

擁有一卷《白澤圖》，在那樣一個人妖共存的時代，可保家宅平安，免於被妖物吞噬。「知其名呼之者除，不知其名則死。」《白澤圖》中的除妖方法也很簡單直接，沒後世那麼多煩瑣的程序。你只需知曉妖物的姓名，在妖物出現後，大喊一聲它的名字，就能將妖物趕跑。

隨著時代的發展，人的族群越來越壯大，天生的妖物幾乎沒了蹤跡，《白澤圖》功成身退，也逐漸湮滅在歷史的塵埃中。後世不知名的妖怪漸漸地少了，但少不代表沒有，在人跡罕至之處，在熱鬧的酒肆中，也橫行著還未被人類認出的、年久而成的妖物。它們有的會咯吱咯吱地將人剝皮吃掉，有的只是自顧自地玩耍跳舞，沉浸在自己的世界中，並不作祟害人。

下面的故事講的就是兩個「吃人不如跳舞」的妖怪。

紀曉嵐的母親說，紀曉嵐外祖家不知道什麼時候出現了一個怪物。

那怪物是個舞癡，每當月色濃烈時，都會出現在後院年久失修的舊樓前，也不害人，也不作祟，只是跳舞。

月下，怪物旋轉、跳躍，深深地陶醉其中。

但是人一靠近，那害羞的怪物馬上嚇得倉皇出逃。

後來大家學乖了，躲在房子裡從窗戶縫裡偷看它。

只見旋轉跳舞的怪物著一身暗綠外衫，身體粗壯蠢笨，宛如一隻巨鱉。

難道是鱉精？但大家看來看去，也只能看到它的身體和四肢，卻找不到它的腦袋在哪裡。

大家弄不明白，這到底是個什麼怪物呢？

每天晚上有怪物跳舞讓眾人免費欣賞，有趣是有趣，但這也不是長久之計啊，萬一怪物日後作祟怎麼辦？妖物畢竟是妖物。

後來，紀曉嵐的外叔祖紫衡公想了個辦法，他安排幾名身強體健的僕人手持刀杖繩索埋伏在門外，怪物一出現，他們馬上跳出來，用繩索把反應不及的怪物給捆了。

怪物無辜被捉，掙扎著逃跑了，眾人呼呼喝喝地追在後面，最終，怪物的蹤跡消失在樓梯下。

那樓梯年久失修，少有人來打掃，都已腐朽了。

僕人們點燃了火把開始找怪物。

只見最幽深的牆角處有個布滿了灰塵的綠色錦緞包袱，眾人拿出來打開一看，裡面有一艘圓滾滾的銀船。

哈！怪物就是你了！

僕人們將銀船拿給大家看，眾人看了才恍然大悟，這左右有四個小輪子的胖船，是外祖時期孩童們的玩物。

原來，那怪物的暗綠外衫正是這個綠錦包裹，而輪子就是它的手，怪不得它沒有腦袋。銀船日久成了妖，這事無論怎麼看都不是一件好事。外祖家沒多久就將這銀船熔了，得了三十多兩銀子。

一個老太太搖著頭回憶道：「我當奴婢時，忽然有一天，家裡找不到這艘銀船了。我們雖都沒偷，但也狠狠地吃了一頓鞭子。當時我們都不知道銀船被誰偷走了，沒想到是它自己躲起來，成了妖怪。」

除了愛跳舞的銀船怪，妖怪界也有類似愛好的妖怪，那就是木偶怪。

那是發生在紀曉嵐的祖父光祿公家的事情。

康熙年間（1662-1722），光祿公在崔莊開了一家當鋪，管事的是沈玉伯。當時，有個演木偶戲的人提了兩箱木偶來典當，這木偶製作精妙，高尺餘。沒想到當期過了，這人都沒來贖。沈玉伯拿這些木偶沒辦法，他找不到人轉賣，丟又不能丟，只能長期放置在房子裡，讓它們逐漸成了積灰的廢物。

有一天晚上，月色明亮，沈玉伯忙完後剛準備回房休息，忽然聽到院子裡傳來咯吱咯吱的聲音，像是有什麼東西的關節在活動。

沈玉伯提著燈籠，往聲音發出的方向望過去。朦朧的月光下，寬敞的庭院裡，尺餘長的木偶正在翩翩起舞，似乎在演一齣戲。木偶揮舞著木質的胳膊和腿，好像半空中有人在操縱它們一般，同時有咿咿呀呀的聲音傳來，木偶們邊唱邊跳。

忽然，它們似乎察覺到有人窺探，停下舞步，一起轉身過來，死死地盯住沈玉伯。身體上蒙了一層灰的木偶，只有一雙眼睛映著慘澹的月光。

沈玉伯向來有膽識，他絲毫不懼，大喝一聲：「什麼鬼東西？」

這聲音一出，騰空的木偶們頓時散了一地。

第二天，沈玉伯點了火，把那堆木偶全部燒掉了，後來倒是沒再發生什麼怪事。

大概是物老為怪。木偶的身體被燒掉後，它的精氣也隨之消散，不能再聚合了。也有可能是什麼怪東西附著在木偶身上了，木偶被燒掉之後，怪物失去了附身之物，所以不能再作祟了。

但令人唏噓的是，這怪物本無害人之心，卻因那月下一舞葬送了性命。

愛美的掃帚

民間有個習俗，大年初一不丟垃圾，不動掃帚。

這要追溯到姜子牙封神時。傳說姜子牙封自己的妻子馬氏為掃帚星，而馬氏的生日就在正月初一，據說如果有人在這天動了掃帚，那就如同請掃帚星回家一般，接下來一年的運氣都不會那麼好。

當然了，這種說法毫無根據，只被視為一種民俗傳說，一代代地流傳了下來。

除了這種恐嚇人的說法，筆者還聽過一種說法，說是掃帚一年到頭，每天都要被人用，過年了，人總要留給它一天時間，讓它也好好休息一下。就個人而言，筆者更喜歡後者，因為這種說法充滿了體察入微的人情味。那麼，問題來了，掃帚也能成精嗎？

有個米商曾講過一個水鬼索命的奇事。

米商年輕時，到嘉興去販米，路上經過一條黃泥溝。黃泥溝非常深，據說曾淹死過不少人，不熟悉當地情況的人貿然經過這裡，很容易被吸進泥水中，成了屍骨無存的淹死鬼，所以當地人就想出了騎在水牛身上過溝的方法。

開始一切還算順利，雖然水牛幾次差點被吸進去，但它到底還是拔出蹄子，繼續走了下去。走到中段的時候，坐在牛背上的米商忽然發現黃泥中出現了一隻手，這手漆黑如墨，宛如鷹爪，直取他耷拉在水牛腹部的腳。

米商嚇得慌忙把腳縮回牛背上，那黑手怪見拉人不成，改了目標，猛然將牛腳一把拉住。黑手怪力大無窮，這下水牛動彈不得了。

米商嚇得大喊：「救命啊！鬼！鬼手！」

旁邊有路人經過，聽到他的呼救聲，趕緊過來救人。路人把牛牽住，牛卻起不了身了，只能趴在黃泥裡，任鬼手拉著牠往下沉。

路人吆喝了半天，終於想到了辦法，他們有的弄來火，遠遠地丟給米商，讓他拿著火燒水牛的尾巴。果然，水牛吃痛，用盡全力從淤泥裡拔腿而起，眾人這才看到牛肚子上緊緊地附著一把破掃帚。

等水牛載著米商上岸了，眾人才將破掃帚取了下來。

取掃帚時也發生了一點意外。

取掃帚的人低頭拿破掃帚時，一股腥臭難聞的味道撲面而來，讓他差點嘔吐，於是捂住鼻子、伸長了胳膊開始用棍子打掃帚，想把掃帚從牛身上打下來，沒想到，掃帚竟然會說話！它在挨打時發出啾啾的叫聲，再看打下來的水，竟然都是黑血。

等掃帚落地了，見這玩意這麼難搞，眾人害怕它再害人，就有人拿了刀子，將它劈頭砍斷，又弄了一堆柴火把它燒掉了。

破掃帚被燒掉時散發出來的腥臭味，過了一個多月才漸漸地散掉。

從此之後，黃泥溝便再也沒有人淹死了。

米商為此還專門作了一首詩：

本欲牽人誤扯牛，何須懊悔哭啾啾？

與君一把桑柴火，暗處陰謀明處休。

上面的掃帚精委實可怕，但也有對人無害又愛美的掃帚精靈。

紀曉嵐在《閱微草堂筆記》裡就記載了這麼一則故事。

有一天，紀曉嵐聽僕人王廷佑的母親說了一件怪事。

據說青縣有戶農家，除夕時有一個賣通草花[45]的人突然在他家門口叩門大喊：「你們家這是怎麼回事？我都站在門口這麼久了，怎麼還沒有人把錢送出來？」

農家主人遠遠聽到賣花人的喊叫聲，納悶地打開門，說道：「我們家沒人買你的花啊。」

但是賣花的人堅持道：「別耍賴，就是你家的人買的。」

農家主人可受不了冤枉，於是把家裡人都叫了出來，站在院子裡，扭頭問賣花人：「我們家的人都在這了，你看看，是哪位買了你的花？」

賣花人打量了一圈，一擺手，一籃子的各色花朵隨著他的動作胡亂抖動著：「都不是，是個垂髫少女買的，而且她進的就是你們家的門。」

他無比堅持。

雙方正吵鬧時，忽然聽到一個老婆婆大喊：「出怪事了，出怪事了，掃廁所的那根破掃帚上竟然插了幾朵花。」

農家主人連忙請她把掃帚拿過來，賣花人一看，斬釘截鐵地說：「這就是我的花啊！」

眾人這才知道是農家的掃帚成精了，大概是因為過年了，辛苦了一整年的破掃帚也想打扮打扮自己，因為愛美，所以它化作小姑娘買了花偷偷戴在頭上。

為了避免掃帚精再作怪，主人趕緊弄來火盆，將掃帚扔在裡頭燒掉了。

在燃燒的過程中，掃帚還發出了啾啾的呼救聲。

這真是咄咄怪事。既然這掃帚精能化人形，就應當潛養靈氣，精進修煉，為什麼要無事生非，做這

45 指用通草製作的花，耐放。

等怪異的舉動，以致讓人知道了它的存在，從而自取滅亡呢？

紀曉嵐聽完這件事情後，感嘆道，天底下有很多人往往事情還沒開始做呢，就先大張旗鼓地嚷嚷，剛剛有點成績，就大肆炫耀，不懂得韜光養晦，生怕別人不知道。大概，這把被燒掉的掃帚也是犯了這個忌諱吧。

觸手怪

匾額，一般掛在古建築物的門上方和屋檐下。匾額的形式各式各樣，所處位置不同，性質也不同。在古代，匾額可彰顯出戶主的身分和地位，也可以用來褒揚良善，表達心意。

它被高高地懸掛著，每天看人進進出出，冷眼旁觀一個家族的榮辱興衰，在人來人往中，被人氣滋養著。按理來講，它也算是吸收了天地日月的精華。那麼，匾額也能成精嗎？

古代杭州有個姓孫的秀才，一個夏夜，孫秀才在一間書齋裡讀書，讀著讀著，他忽然感覺頭頂和前額上有什麼東西在蠕動。

是蟲子嗎？

秀才胡亂地用手一拂，抬頭一看，被嚇了一跳，竟然有千萬根雪白的莖鬚從房梁的匾額上垂了下來！

他順著蠕動的觸鬚往上看，書齋的匾額上竟然趴著一張如七石缸那麼大的人臉，人臉上長有眉毛、眼睛、鼻子，還有嘴巴。此時，那巨大的怪臉正面朝下對著秀才微笑，剛剛碰到秀才的就是它下頜上的觸鬚。

好一個膽大的孫秀才！見到這麼詭異的場景，他不但絲毫不怕，還伸出手來薅巨臉的觸鬚。觸鬚隨著孫秀才的捋動紛紛往回縮，最終只留下一張微笑的人臉在那匾額上。

孫秀才見狀，把凳子擺在書桌上，踩上凳子去看，匾額上忽然空空如也了。剛剛出現的巨臉觸手怪彷彿是夏夜的一個噩夢。

沒找到怪物，孫秀才只好坐回凳子上重新讀書。可沒過多久，白色的觸鬚再次垂下來騷擾他。但他一伸手去觸碰觸鬚，那怪物又馬上縮回去。怪物好像在逗他玩。面對這種無止境騷擾人的無賴，孫秀才快煩死了。

就這樣過了幾晚，那張巨臉忽然從匾額上蜿蜒著走了下來。它溜上了書桌，用長長的觸鬚蒙住了正在讀書的孫秀才的雙眼，似乎想跟孫秀才玩「你猜我是誰」的遊戲，但是很明顯，孫秀才不想玩，只想好好讀書。

孫秀才被蒙住了眼睛，沒辦法再看書了。他怒不可遏，胡亂摸到硯臺，隨手將硯臺砸了過去。咚的一聲，自己彷彿敲了一下木魚。

匾額怪再次消失得無影無蹤。

又過了幾天的晚上，孫秀才剛剛睡著，那匾額怪不再滿足於在人讀書時騷擾，它竟然趁黑摸到了孫秀才的床上。

當晚，匾額怪悄無聲息地出現在孫秀才的枕邊，還偷偷用觸鬚撫摸他的身體。孫秀才被擾得睡不安穩，胡亂拎起枕頭再次狠狠砸去，巨臉怪滾落在地，滿臉的觸鬚隨著它的動作發出颯颯的風聲。

大概是見人真的生氣了，不一會兒，它再次攀爬到匾額上消失不見了。

眼看匾額怪擾人擾得越來越過分，全家人都火了，趕緊將這匾額取下來投入了火中，從此之後，那妖怪才徹底消失不見。

幸運的是，孫秀才沒被匾額怪擾亂讀書的決心，最後也登第了。

飯勺精，一閃一閃亮晶晶

唐憲宗元和年間（806-820），有位叫周乙的國子監學生。一天晚上，他正在房內溫習功課。在翻書的間隙，周乙不經意地一抬頭，發現燈影下忽然出現了一個小人。

這小人有二尺多長，也就是六、七十公分，滿腦袋亂蓬蓬的烏髮，亂髮上點綴著細碎的光點，這光點宛如夜空中的星子，隨著小人的走動，在昏暗的房內一閃一閃的。

這是個小鬼。

這小鬼很是淘氣，出現在房中後，似乎對任何東西都感到好奇，一會兒玩燈，把油燈弄得忽暗忽亮的，一會兒玩硯臺，把硯臺上的墨汁塗來抹去。小鬼蹦蹦跳跳，自己一隻鬼玩得不亦樂乎。

吵死了，還讓不讓人看書了！

周乙向來大膽，他大喝一聲：「鬼東西！給我滾出去！」

被人呵斥了，小鬼才慢慢地放下手裡翻來翻去都看不懂的書。它稍稍向後退了一些，似乎極力控制自己不要去玩。但才過了一下子，它又躍躍欲試地靠近書案，這次，它的目標是周乙手中的毛筆。

眼看小鬼不聽話，周乙瞅準時機，趁它靠近時一把將它抓住。

被抓後，小鬼連忙跪地求饒：「求求你饒了我吧，我不是故意的，只要你饒了我，我馬上就走。」它的聲音啾啾作響，彷彿孩童的聲音，求饒的話語也很是淒苦，一副可憐巴巴的樣子。

周乙不為所動，揪著小鬼的脖子，繼續看書。

天快亮時，周乙忽然聽到東西折斷的聲音，一看，自己手裡抓著的是一柄破木勺，上面沾了百餘粒粟米。

原來是挖飯的木勺成精了。

在古代，勺子這種與人朝夕相處的小器皿似乎很容易成精，《搜神記》中曾記載過這樣一個故事。曹魏景初年間（237-239），咸陽一位縣吏家忽然出了怪事。每晚無緣無故的，縣吏家人總能聽到有人在歡快地拍著手互喚名字。但他們仔細找，卻什麼也找不到。

一晚，縣吏的母親幹活累了，枕著枕頭睡覺了。不久，她忽然聽到灶台下有人在喊：「文約，你怎麼還不來啊？」

女人腦袋下的枕頭應道：「哎呀，可惡，可惡，去不了啦。」

「怎麼了？」

「我現在被壓在枕頭底下動彈不得，不如你來我這邊，找我喝水啊。」

天明時，女人翻開枕頭在陽光一看，呵！原來枕頭下壓了個飯勺，與它對話的，看樣子是牆角邊的一柄鐵鍬。

這家人於是把它們一起燒掉了，從此之後，他家裡再也沒有發生過怪事。

借火種的怪人

除了勺子和鐵鍬，其他的器具也能成精嗎？可以的。

南北朝時期，中山人劉玄住在越城。他家裡忽然出現了怪事，不知道從什麼時候起，每當天色一黑，就有一個奇怪的男人忽然出現。那男人一聲不吭地從黑沉沉的某處緩緩走出來，徑直到劉玄家放火種的炊具處去取火。

只是取火而已，眾人並不放在眼裡，只是這人的來歷沒人知道。等那人取完火，小心翼翼地捧著火種離開了，僕人們面面相覷，這人是誰呢？

沒有人認識。

由於對方太過於輕車熟路和理直氣壯，僕人們猜想，難道他是主人的朋友？

男人再次出現時，剛好看到他的僕人跟在後面問：「你是誰？」

那怪人聽到問話，一聲不吭地捧著火種飛速地消失不見了。

他每晚都來取火，到底是什麼人呢？正常的朋友不該是這種反應吧？

僕人們很害怕，就對劉玄說了這個怪人的事情。當晚，劉玄待在盛放火種的篝火旁，專門等那個怪人。

如一團濃霧，怪人忽然出現在院子裡。他沉穩緩慢地悄悄走近藏著火種的炊具。

劉玄握緊了手中的刀，嚥了一口口水，瞪大眼睛躲在黑暗中。

怪人來到炊具旁邊，他似乎沒有發現站在黑暗中的劉玄，徑直向燃燒的火種伸出了手。

「啊！」

劉玄大喝一聲，四周燃起了火焰。

等看清對面怪人的樣子，劉玄揮刀的手停在半空，暈倒在了地上——那怪人著一身黑色褲褶[46]，名為「臉」的一張面皮上，此時空蕩蕩的，眼睛、鼻子、嘴巴、耳朵……在該有五官的地方，卻什麼也沒有。

第二天，被救醒的劉玄命家人趕快去請巫師。

巫師來後，聽了劉玄的描述，當即占卜道：「這是你家先輩的東西，是老物件了，屬於物久成精的怪，是會殺人噬肉的。還好，它現在還沒有長出眼睛，還很好對付。要趁早除掉它啊。」

當晚，太陽剛剛下山沒多久，正是一天中最昏暗的時候，那怪物再次悄悄地來了。

有了準備，劉玄和家中的僕人趁怪物往火中伸手時，一擁而上，不等怪物反應過來，飛速將它綁住，幾刀劈了過去。劉玄感覺這觸感不對，旁邊有人點燃了燭火，劉玄一看，不由得嗤之以鼻，心想還以為是什麼怪物呢，原來，被大家團團綁住的竟然是一個枕頭。

這枕頭是劉玄祖父活著時的物件。

46 一種古代北方遊牧民族的傳統服裝，基本款式是上身為齊膝的大袖衣，下身為肥管褲。

推銷鬼才——毛筆精

南朝的文學批評家鍾嶸在《詩品．齊光祿江淹》中記載了一個故事：當時的著名才子江淹在罷官之後，有一天晚上睡在冶亭裡。他做了個夢，夢中出現了一個美男子。

那美男子自稱郭璞，對他說，我在您這寄存了一枝毛筆，已經寄存了很多年了，您可以把它還回來了。江淹聽罷，隨手往懷裡一掏，掏出了一枝泛著五彩炫光的毛筆，不知不覺間，江淹將筆遞給了這位美男子。

第二天醒來後，江淹發現自己再也沒辦法作詩了。這時的他不僅不能出口成章，就連成句的詩都沒辦法寫出來了。

這就是江郎才盡的典故。

上面故事中的五色毛筆，顯然是一枝不俗的毛筆，凡人擁有了它馬上就能文思泉湧，那麼，毛筆也能成精嗎？可以的。

唐元和年間（806-820），博陵有個叫崔玨的人從汝鄭來，僑居在長安延福里。

一天，崔玨正在窗下讀書。讀書的間隙，他忽然感覺周圍有什麼異樣，抬頭一看，自己面前不知何時站了一個童子。

那童子長相奇特，不足一尺，也就是說還不到三十公分高。

小人披散著一頭濃黑的頭髮，一身土黃色的衣服，從北牆一路走到床前。小人不顧崔玨吃驚的眼神，落落大方地對他說：「讓我寄居在您的硯臺和座席上，陪著您學習可以嗎？」

崔玨本著「見怪不怪，其怪自敗」的想法沒吭聲。小人再次祈求道：「我年輕力壯，能幫主人幹很多活呢，我心甘情願地受您支使，您為什麼要這樣抗拒我呢？」

崔珏還是不理它。

小人歪著腦袋在原地思索了片刻，乾脆上了床。它在床上蹦跳了一會兒，玩夠了，就拱手站著，似乎在等待崔珏的吩咐。

等了很久，見崔珏依然不理他，小人眼珠一轉，嘴角翹起，從袖子裡拿出了一小紙文書，走到崔珏面前，遞給他看。崔珏這下總算給了小人一點回應，他順手接過來一看，上面竟然題了一首詩，不過那字宛如小米粒。儘管如此，崔珏還是能看出上面寫的是什麼。詩曰：

昔荷蒙恬惠，尋遭仲叔投。夫君不指使，何處覓銀鉤。

詩句表明了小人追隨他這個主人的志向。

看罷詩，崔珏總算有了一點笑意。他捏著袖珍文書，笑著問小人：「既然你願意跟著我，將來可不要後悔啊。」

小人抿著嘴，再次從袖子裡拿出一首詩，作為它的回答，放在了案几上。詩曰：

學問從君有，詩書自我傳。須知王逸少，名價動千年。

崔珏瞇著眼睛讀罷詩，問小人：「我可沒有王羲之的才藝，即使得到你，你對我來說，好像也沒什麼用處啊。」

小人不假思索，又飛速往案几上放了幾句袖珍詩句。詩曰：

能令音信通千里，解致龍蛇運八行。惆悵江生不相賞，應緣自負好文章。

崔珏開玩笑道：「我只遺憾你不是五色的神筆啊。」

小人哈哈笑著跳下了床，再次走回了北牆下，最終消失在一處洞穴中。

崔珏趕緊命僕人往下挖，竟然挖出了一枝毛筆。崔珏於是擦乾淨筆上的土，蘸了墨汁寫字。雖然它深埋在地下，但還是像新筆一樣鋒銳，崔珏用了一個多月，也沒出現什麼怪事。

這是一個雅致又充滿了智慧的小毛筆精，不愧是一個飽蘸墨水又有飽讀詩書的妖怪啊，在不遺餘力地推銷自己時顯得如此才華洋溢又風雅，最重要的是，它推銷成功了！

異次元的出入口

前面的故事裡只說某種家庭用具成了精，然而《聊齋志異》中一戶人家家中的家具卻全都能跑會動，據說是宅子成妖了。

長山縣有個姓李的人，姑且叫他李烏有吧。他是大司寇的侄子，據說他家的宅子裡經常有妖怪出沒。有次，李烏有看到廳堂裡擺放了一張春凳，它的顏色是怪異的肉紅色，看起來十分潤澤細緻。餘光掃過，李烏有覺得有點不對勁：以前也沒看過這凳子啊，是從哪裡冒出來的？

他走過去順手摸了摸，沒想到凳子像含羞草一般，被人摸了不知是害羞還是覺得癢，馬上順著人的手指往裡彎了一截。

李烏有被這觸感驚到了：這……自己難道是在摸肉？

他嚇得拔腿就逃。

李烏有邊逃邊猶疑地回頭看，只見剛剛害羞的春凳用它的四條腿也飛速地跑動起來了，漸漸地走近牆壁，彷彿黏土入泥般，融入了牆壁之中。

還有一次，他看到牆角倚著一根瑩白修長的棍子。

他走過去想把棍子拿過來看看，沒想到這木棍學會了「碰瓷」的本領，人的手一碰到它，它馬上就軟綿綿地躺倒在地，宛如一條活蛇，蜿蜒鑽入牆內，不一會兒就消失不見了。

之所以有這種異狀，大概是因為他家的宅子位於異次元的出入口吧。

金銀財寶也可以成精

前面講了家具能成精，就連壽命極短的家具都能吸收日月精華變成妖怪，那麼與人關係最為密切的金銀珠寶也能變成妖怪嗎？

確實可以，《列異傳》中就記載了這麼一個故事。

故事發生的年代已不詳，只知道有個叫張奮的財主，家裡非常有錢，但後來不知道遇到了什麼事，張家衰敗了，張奮只好把宅子賣給了黎陽縣的程家。

程姓人家自從住進新買的宅子後，就開始倒楣，不是家人生病就是有人過世，可說諸事不順。看來這宅子不祥啊，於是程家主人又把宅子轉賣給了鄰人何文。

何文的背景無人知曉。只說那大宅子過戶給他後，大概是知道裡面住了妖怪，何文手持大刀，在日落時分進了宅子。

他徑直去了北堂，飛身上梁，成了一位「梁上君子」。

我們姑且推測一下，這個何文應該是一名略懂一點皮毛的術士，他在買下這座宅子的時候，可能已經知道這裡面有不乾淨的邪祟，所以才會持刀坐在房梁上等待妖怪們的到來。

何文睜著眼睛，在北堂的梁上等到了二更時分，空蕩蕩的房間內忽然傳來聲音——有東西抽動鼻翼，粗聲粗氣地問道：「奇怪，奇怪。有生人味，哪裡來的生人味？」

自言自語罷，那聲音高喊：「細腰，細腰！聞到了嗎？有生人味。」

不一會兒，就有一個細聲細氣的聲音回應他：「哪裡有什麼生人味？我看是你鼻子出了問題吧！」

何文趴坐在梁上，低頭一看，只見堂中站著一個頭戴高帽、身穿黃衣的人，剛剛的問話正是他說的。

等那名為「細腰」的東西回了話後，戴高帽子的黃衣人才抽動著鼻翼，帶著滿腹疑惑消失在原地。

黃衣人消失後，房間裡又走進來一位戴著高帽子、著青衣的人，那人也聳動著鼻子問細腰：「細腰，細腰！聞到了嗎？有生人味。」

那躲在不明角落裡的聲音繼續回應：「哪裡有什麼生人味？我看是你鼻子出了問題吧！」

青衣人緊接著也消失不見了。

青衣人消失後，堂中又出現了一位戴著高帽子、著一身白衣的人，那人與「細腰」展開了一模一樣的對話後，也跟著消失在了房內。

等天際露出微光，何文才從房梁上一躍而下。

他像剛剛那三人一般，試探著問道：「細腰，細腰，穿黃衣服的是誰？」

那聲音認真地回道：「是金子，在廳堂西面的牆壁下面。」

「細腰，細腰，穿青衣服的是誰？」

「是錢，在堂前離井邊五步遠的地方。」

「細腰，細腰，穿白衣服的是誰？」

「是銀子，在牆壁東北角的柱子下面。」

「那你是誰呢？」

「我是個棒槌，就住在灶台下。」

一直等到天色大亮，何文才按照問到的答案依次挖掘，最後得了金銀各五百斤、銅錢數千萬枚，並用火把從灶台下找到的那根棒槌燒掉了。

從此之後，這座宅院才清靜下來。

床底下的怪手

一些搞怪類的影視作品中經常出現四處亂走的手，似乎長在人身上的手在離開人體後有了自主意識。它們有了自己的小祕密，可以走來走去地欣賞風景。在古代，也有奇詭的怪手出沒。

唐朝永泰年間（765-766），揚州孝感寺北住了一個姓王的書生。那是一個晚風徐來的夏夜，喝了酒躺在床上小憩的王書生翻身時，手從床上垂了下來。

在旁邊縫衣服的妻子看到了，擔心丈夫受風寒，就想把他的手拉進薄被裡。沒想到她剛摸到丈夫的手，床底下突然鑽出一隻巨手。

不等王妻反應過來，乾枯的巨手抓住王書生的胳膊就往床下拉。在巨手的拉扯下，書生的身子竟然漸漸地沒入地裡。

王妻驚恐的大叫聲引來了奴僕，奴僕和王妻合力拽住王書生，要把他拉上來，但是那隻巨手的力氣實在是太大了，它彷彿鐵箍一般，將人死死地抓住。王妻正驚慌恐懼時，忽然發現床下不知什麼時候悄悄裂開了一個巨大的裂口，在那隻巨手的拖拽下，王書生就這樣毫無知覺地被拖入了敞開的裂口中。

等到王書生的衣帶也被完全拖進去，那巨大的裂口才轟然合攏，四周一片寂靜，只有蟲鳴鳥叫，剛剛發生的一切彷彿只是一場噩夢。

王書生不見了之後，王妻召集家人合力挖掘床下的土地，挖到二丈深時，驚見一具枯骨。這具枯骨白森森的，十分光滑，看樣子，似乎也有數百年的光景了。

在那樣一個皓月當空的夏夜，喝醉酒的書生就這樣永遠地消失不見了，甚至沒人知道那隻拖走人的巨手到底是什麼怪物。

上面的怪手如此詭異且可怖，但它們並不總是這麼威風，也有被人打敗了的怪手。

陵州有座龍興寺，寺廟裡住了許多的僧人，大家每天誦經念佛，寺廟裡香火非常鼎盛。也不知道是不是因為天天在佛祖座下聽經，受了香火的薰陶，忽然之間，這裡出現了妖怪。

這妖怪既不吃人，也不作祟，是個特行獨立的妖怪——它乃是一個吃貨。每次只要看到廟裡有人在吃東西，它馬上將駭人的大手一伸：「給點吃的！」

人要是不給，它就鬧，但即使是鬧，它也不會害人，只會繼續大聲嚷嚷著討吃的，尤其愛吃剛剛出鍋的香噴噴的煎餅。

因為這妖怪對人無害，又長得可怖，來無影去無蹤的，所以一直也沒人想到要把它抓起來。

當時寺裡有個叫惠恪的僧人，這人性情豪爽，不拘小節，而且力氣很大，能舉起幾百斤重的石臼。熱情好客的他，經常有很多朋友前來投靠，他的日常生活就是念經、參禪和聚會。

有天晚上，寺裡的十幾個僧人以惠恪為中心聚在了一起，當晚大家聚在一起煎餅吃。

在宴會上，有僧人舉著香噴噴的煎餅笑道：「你好大的膽子，明知咱們廟裡有個最愛討吃食的妖怪，還敢把這麼多的煎餅擺出來，你不怕它來作怪嗎？」

惠恪哈哈一笑：「怕什麼？它要是敢來，我就揪出它的狐狸尾巴，讓大家看看它的真面目。」

大家開始起哄：「真的嗎？我不信。」

惠恪輕蔑一笑，將煎餅送入嘴裡：「等著瞧吧！」

大家笑罷，邊吃邊聊，一直聊到了二更時分，正聊得熱火朝天時，那怪物果然來了！

有隻大手憑空出現，這手遍體是毛，好比裝箭的胡鹿[47]，大咧咧地伸在空中，大聲嚷嚷道：「給塊煎餅！」

我們不妨想像一下，位於荒郊野外的古寺，時間正是鬼物橫行的二更時分，只點了一盞油燈的昏暗土屋內，於半空中突然伸出一隻來歷不明的巨手……

「妖怪啊！」眾僧嚇得四散而逃，只有惠恪面色如常地拿起幾張煎餅，放在了怪手的手心裡。

怪手得了煎餅，滿意地合上手掌準備退到黑暗中細細地品嘗。

就在怪手將要合掌時，惠恪猛地伸手，趁機抓住了怪手。

怪手被人逮住，很害怕，不停地哀求惠恪放了自己：「饒命！我以後再也不敢了。求法師發發慈悲放了我吧。」

怪手的聲音聽起來誠懇又可憐。

惠恪不為所動，只是緊緊地握著怪手，扭頭對著門口喊道：「快！拿斧子砍了它！」

眾僧正在門口探頭探腦，見惠恪竟然如此勇猛，也有了勇氣。有膽大的連忙跑進廚房取了斧子，趁著怪手動彈不得，一斧子將它砍了下來。手斷，幻術消散，出現在眾人面前的是一隻鳥的翅膀。

天亮後，惠恪領著眾僧順著淋漓的血跡追出了寺廟，這血跡在西南方的小溪處消失了。看來，怪物就藏在這裡。惠恪帶著僧人開挖附近的岩洞，最終只挖出了一坑黑琥珀。

47 編按：古代盛裝箭矢的容器。

借物的小小人

外國作品中經常出現小人的身影，如《格列佛遊記》中的小人國，如《借物少女艾莉緹》中的小人一族，那麼，中國呢？中國的文藝作品中也有小人的存在嗎？

有個姓蔣的書生要去河南。經過鞏縣時，天色已晚，路邊剛好有家客棧，於是他上前拍門投宿。

店家引他去客房，經過西樓時，書生看到這裡打掃得極為乾淨整潔，從雕花木窗望過去，外面正是月滿西樓的美景。書生風雅情致一起，也不管店家原本安排他住哪一間，當即就把自己的行李放在了西樓，朗聲笑道：「店家，今晚我就住在這裡了。」

店家見他一副無知者無畏的樣子，不由得笑道：「你的膽子大不大啊？這樓向來不太乾淨哦！」

蔣書生仰頭一笑，爽朗地回應道：「椒山自有膽[48]。」

即使在旅途中，蔣書生也不忘讀書，一直秉燭夜讀到半夜時分。

周圍一片靜謐時，蔣書生忽然聽到了幾聲怪聲，像是水從竹筒裡漫出的聲音，似乎有什麼東西跳了出來。

蔣書生放下書，低頭一看，腳邊不知道什麼時候出現了幾個三寸多長的小人。這些小人穿青衣，戴黑帽。在蔣書生打量它們前，小人似乎已經盯了蔣書生很久了，見蔣書生似乎不為所動，不像以往見到它們的人一樣，大呼小叫地逃跑，它們沒辦法，只好吆喝著退下了。

蔣書生見到這詭異的場景，彷彿沒事人一樣，繼續秉燭夜讀。

48 此處引用了典故。明嘉靖年間（1522-1566），楊繼盛因上書彈劾嚴嵩，被投入大牢，受盡酷刑。他的幾個朋友著急，為他帶來可以止痛的蛇膽和蛇膽酒，楊繼盛朗聲拒絕道：「椒山自有膽，何必蚺蛇哉！」說罷，他慷慨赴刑。

不一會兒，又出現了一陣怪響。

蔣書生被嘰嘰喳喳的聲音吸引了，順著聲音的來源一看，發現了一群小人。小人舉著官旗，駕著馬車，眾星拱月般地抬著一位頭戴烏紗帽的小人，浩浩蕩蕩地出來了。這架勢真如人間皇帝出巡一般。

看著腳底下這些黃豆大小的小馬、小車子，蔣書生頓覺有趣，不由得湊近了細看。

那名坐在馬車上的小人，開始指著蔣書生的鼻子大罵，雖然它氣勢十足，但它的聲音實在是太小了，聽在蔣書生耳中，好似蜜蜂嗡嗡叫的聲音。

雖然被痛罵了一頓，但蔣書生毫不在意，只是饒有興致地看個不停。嘿！這些人小是小了點，但和長相人類一模一樣！蔣書生看上癮了。

乘坐馬車的小人被這個大膽的人類給激怒了，它的玲瓏小手拍在扶手上，發出啪啪的聲響，指揮眾人捉拿蔣書生。

眾小人得令，一擁而上，拽鞋的拽鞋，扯襪的扯襪，可蔣書生巋然不動。小人們的力氣都快用盡了，卻還是撼動不了蔣書生分毫。坐馬車的小人勃然大怒，準備親自動手收拾蔣書生。

不過，即使它們傷害不到自己，蔣書生也覺得自己看夠了。他打了個哈欠，沒想到這哈欠產生的「颶風」把小人吹得東倒西歪，它們骨碌碌地滾了一地，趴在地上找帽子的找帽子，牽馬的牽馬。「颶風」過後，小人們悚然發現，自己的頭兒不見了。

小人們急得在地上團團亂轉，翻瓜子殼、翻樹葉，但都找不到人。最終有個眼尖的小人發現，它們的頭兒原來被蔣書生順手拎起，放在了茶几上。

戴烏紗帽的小人被捉，它剛剛罵人的氣勢頓時消失不見了，不等人湊上來，小人忽然呆呆地倒在了茶几上。

蔣書生仔細一看，什麼小人，這不是街上隨處可見的不倒翁嗎？不過一尊泥塑而已，怎麼成了能說會動還有思想的小人了？

見頭兒被人捉走了，小人們都快嚇死了，紛紛撲倒在地，磕頭的磕頭，哭號的哭號，祈求蔣書生把它們的主人還給它們。

蔣書生覺得好玩，這群小人竟然把泥塑當成了主子，於是戲謔道：「把主人還給你們可以，只不過你們得拿寶貝來換。」

小人們紛紛應承：「喏。」

得了命令，小人們飛舞著小短腿，忙著去拿自己的寶貝。

不一會兒，蔣書生又聽到嗡嗡的說話聲。小人們聚在牆角的縫隙中，正忙得熱火朝天。為了贖回老大，小人們非常賣命，果然弄來了寶貝。

有四、五個小人用小車拉著一枚金釵的，也有兩個小人抬著一根簪子的，它們吵吵嚷嚷，旁邊還有小人在喊口號助威，不過片刻，黃金首飾就散落了一地。見小人當真弄來了寶貝，蔣書生倒也信守承諾，將那只泥塑的不倒翁往小人群裡一扔，小人們哄然一聲，慌忙去接。

回到小人群中後，不倒翁才變回了活生生的小人，也慢慢地恢復了一開始的神氣。但此時，它的隊伍已經不像一開始討伐蔣書生時那麼整齊了，小人們紛紛四散而逃。

第二天天剛亮，店主人忽然大呼：「遭賊了！」

蔣書生問明原委後，才知道原來昨晚小人送過來的贖金，都是臨時從店主人那裡「借」來的。

風雅的花妖

《西遊記》中對人最無害且無辜的妖怪是哪個？在筆者看來，當屬杏花精。她對唐僧一見傾心，在松、柏、檜、竹四位老妖的幫助下主動而大膽地追求屬於自己的愛情。她抓唐僧不是為了吃唐僧肉求長生不老，只是為了一個「愛」字。但最終因為她妖怪的身分，被豬八戒「不論好歹，一頓釘鈀，三五長嘴，連拱帶築，把兩顆臘梅、丹桂、老杏、楓楊統統揮倒在地」。

杏花精的愛情，不過是唐僧取經路上一個無傷大雅的小小磨難。

松、柏、檜、竹這幾個出口成章的妖怪，雖然想讓這一人一精成好事，但對付唐僧這等手無縛雞之力的凡人，它們也只能口頭勸說，沒辦法使用武力讓唐僧屈服。比起那些折磨得師徒四人到處搬救兵又來歷不凡的大妖，這五個木系的妖怪是那麼的無害且風雅。

或許因為它們原為草木，所以即使成了精，也是無害的。似乎，古書中記載的花木之妖，大都如此。

一、牡丹花妖

洛陽尊賢坊裡有個人叫田令，他家裡忽然出了怪事，這件怪事與牡丹有關。

田家宅邸的中門內不知何時種了一株紫牡丹，這株牡丹很能長，多年後長成了一棵枝繁葉茂的牡丹樹。一到春天，上千朵碗口大的牡丹同時盛開，花香縈繞，蜜蜂嗡嗡，遠遠望過去，蔚為壯觀。

而怪事是在花朵繁盛時發生的。

每當月明之夜，花上都會浮現出五、六個一尺多高的小人，小人穿著打扮仙氣十足，精緻漂亮，宛如精靈，也不怕人。它們徑直在花朵間飛來飛去，旁若無人地聊天和玩鬧。

人們驚訝了一段時間後，大概見這些小精靈自顧自地玩，沒有作祟，也就隨它們去了。偶爾，在月明之夜，這戶人家也會將美食擺在庭院裡，邊吃東西，邊欣賞飛來飛去的小精靈。精靈們嘰嘰咕咕的，誰也聽不懂它們在說什麼，但這並不妨礙它們和人在同一片屋檐下和平相處。就這樣，人妖相安無事地度過了七、八年的光陰。家裡忽然有人起了興致，想捉一隻小人來玩，他剛把手湊上前，小人就嘻嘻哈哈一陣，憑空消失不見。從此之後，月圓花開之夜，小人再也沒有出現過。

大概這就是那個時代的鷗鷺忘機[49]吧。當人與妖相安無事時，人不打擾妖，妖也不會打擾人，一旦人動了歪心思，妖便能馬上感知，人和妖也就到了緣盡告別的時候。

木系的妖怪總是這般無害，下面這些竹葉精也是如此。

二、竹葉成精

豐溪有個叫吳奉珴的人在福建境內一處偏遠山區做官。後來，他因病辭官，準備回老家。船經過豫章時，正是酷熱難耐的盛暑時節，他暫時租了百花洲一個空置很久的房子歇息幾天。

這棟房子不錯，房間寬敞明亮，微風吹過，很是涼爽舒適。但住下之後他才發現，房子有問題，附近似乎住了鬼。

房裡房外經常能聽到鬼嘯般的咆哮聲。第一次聽到怪聲時他也仔細找過聲音的來源。但明明聽到聲音是從房內傳出來的，他進屋查看後，卻什麼也看不到。等他再聽，那怪聲就出現在房子之外了。沒人

49 這個典故出自《列子‧黃帝》，意思是人如果沒有巧詐之心，異類便會來親近。

知道這些怪聲是什麼東西發出的。

除了能聽到怪聲，這家人獨自外出走路時，也經常能看到各種詭異的黑影。但能怎麼辦呢？租金都交了，暫且當它們不存在，住一段時間再說吧。

一晚，吃完飯，趁著院子裡湧動著涼爽的夜風，吳奉珴在走廊上擺了一張竹榻，躺在上面納涼。正愜意時，他忽然聽到牆角的芭蕉叢裡傳出窸窸窣窣的聲音。

扭頭一看，蟄伏在黑暗中的芭蕉叢裡緩緩走出了一些活物。在明晃晃的月光下，吳奉珴震驚地發現，那竟然是無數個小人！

這些小人有長有短，有肥有瘦，跟人差不多，只不過都不足一尺長。走在最後的一個小人，比其他的小人稍微大一點。它戴著一個大斗笠，臉藏在斗笠的陰影中，讓人看不清面容。

小人們排隊走出來後，開始繞著牆頭轉來轉去，速度很快。遠遠望過去，就像幾十個不倒翁在隨風搖擺。

直到這時，吳奉珴才從看到異類的震驚中緩過神來：「來人！來人啊！」

他開始大叫。

人聲一出，幾十個小人倏地消失不見了，原地只剩下滿地流螢。吳奉珴試探著伸出手捉了一隻，螢火蟲在人的手裡發出吱吱呀呀的聲音。

在其中一隻被捉後，其他的螢火蟲眨眼間消失不見。他牢牢地捏住那隻螢火蟲，取來蠟燭一照，竟然是一片竹葉。

當竹子時，它對人無害；化為妖怪後，它依然對人無害且怕人。木系的妖怪，就是如此惹人憐愛啊！

三、騎蝶仙女

紀曉嵐的朋友鄭慎人曾遇到過兩次花仙子，這是怎麼一回事呢？

鄭慎人說他曾和幾個朋友一起到福建仙遊的九鯉湖玩，玩累了，就住在仙遊縣的一戶民居中。晚上所居的民宅濕冷難耐，他翻來覆去，實在是睡不著，乾脆披上衣服出門賞月。

鄭慎人剛走進山林沒多久，忽然有一陣清風冷冷地穿林而過。樹葉被風吹得簌簌作響，就連晚宿的鳥兒都被驚得飛出了巢穴。清風過處，沁人心脾的花香撲鼻而來。鄭慎人被異香吸引，順著香味走出了樹林，沿著小溪拾級而上。

水鳥在林間咯咯亂叫，好像被什麼東西驚擾了。他順著聲音往森林深處望去，除了漆黑一團的林木，什麼也看不到。鄭慎人想，剛剛莫非有精怪或者仙子經過？

第二天一睁開眼，鄭慎人就去了昨晚經過的樹林，想看看那裡有什麼異常情況。

昨晚不知道什麼時候下了雨，只見微雨新晴，綠苔如茵，上面布滿了小小的繡鞋印，有的還是光腳印，但不論是穿鞋的鞋印還是光腳的腳印，都沒有超過三寸的。

順著足跡一路尋過去，鄭慎人發現，就連溪邊的泥地上也有腳印。

他數了一下，腳印足有二十人之多。回去之後，鄭慎人將這事跟大家一說，眾人來到後山，圍著腳印徘徊了很久，又是驚訝又是嘆息，都不知道這是什麼神女。

鄭慎人甚至專門寫了四句詩來記敘這件事，但紀曉嵐在寫下這篇文章時已記不起來了。

那些留下小小腳印的異類出沒之處有種種花香襲來，我們可以猜想一下，可能仙子們也曾在剛剛下過小雨的草地上翩翩起舞，興致來了，乾脆踢掉鞋子，盡情地跳起舞來。如此風雅，大概也只能是花仙子了吧。

鄭慎人還說了一件遇到花仙子的怪事。

在無限春光中，他家的庭院裡百花盛開，每天都有蜜蜂和飛鳥縈繞在花間，很是熱鬧。

一天，他正在書房裡讀書，忽然聽到了吵鬧聲，聲音是從庭院中傳來的。他推窗一看，大家都又叫又跳地指著桂樹頂。順著眾人手指的方向望去，鄭慎人發現，桂樹頂上面有一隻蝴蝶！

當然了，一隻蝴蝶沒什麼好稀奇的，但這是一隻手掌般大的蝴蝶！

蝴蝶的翅膀在陽光下散發著繽紛燦爛的光，然而，蝴蝶的翅膀雖耀眼，卻不及蝴蝶背上的紅衫女子來得嬌俏迷人。

那紅衫仙子約拇指大小，正駕著蝴蝶在樹頂上翩翩起舞，似乎在採擷樹頂上的花蜜。

專心工作的仙女對眾人的驚呼聲充耳不聞，在原地停留了一會兒，大概是採好花蜜了，才駕著那隻大蝴蝶翻牆而去。

這時候，大家聽到鄰居的小兒女們驚呼了起來。

到現在，鄭慎人都不知道這到底是什麼怪物。

難道它是所謂的花月之妖嗎？

大家談論這件事時，正待在劉景南家。劉景南說：「難道這不是閨房中的女孩子們玩的遊戲？她們用通草花紮成一個小人，把它綁在蝴蝶的背上，然後再把蝴蝶給放掉。」

這也算是一種說法。

但鄭慎人說：「我確實見到那小人在蝴蝶背上做出駕馭蝴蝶的樣子，而且那小人前仰後合，左顧右盼，活靈活現的，根本就不像用通草紮成的小人。」

他這樣一強調，大家就又不知道那究竟是怎麼一回事了。

這騎著蝴蝶的風雅仙女，不知道是從哪裡來的，也不知道要往哪裡去。它突然之間就這樣出現了，又忽然消失在人類的世界裡，只留給後人無限想像。

上面這個故事和無數的志怪故事一樣，忽然開始，忽然結束，只消隻字片語，就把那個光怪陸離的世界拉到了人的眼前。這個世界充滿了天馬行空的想像、未知和隱祕，以及種種怪誕離奇與恐怖的氛圍，但最終留給人們的是長久的悵然。

我想，這大概就是志怪小說的魅力所在吧。

附錄　妖怪檔案館

檔案no.1	名稱：龍
樣貌	原形已難考，但根據《龍經》中匯總的歷代古書之中龍的形象，可總結為：龍，神獸，亦曰雨工，亦曰雨師，鱗蟲之長也；王有一十六等，鱗具八十一數，首似駝，角似鹿，耳似牛，目似鬼，項似蛇，腹似蜃，鱗似魚，爪似鷹，掌似虎；含珠在頷，司聽以角；頭上如博山者曰尺木，喉下長徑尺者曰逆鱗。角浪凹峭，目深鼻豁，鬣尖鱗密，上壯下殺，龍之雄也；角靡浪平，目肆鼻直，鬣圓鱗薄，尾壯於腹，龍之雌也。
特點	能幽能明，能大能小，能長能短，能巨能細。
出處	《爾雅》、《龍經》、《原化記》、《說文解字》、《酉陽雜俎》等。

檔案no.2	名稱：狐妖
樣貌	本體是毛茸茸的狐狸，成精後千變萬化，可男可女，可老可少。
特點	知過去、曉未來、懂修煉、會化為人形。
出處	《閱微草堂筆記》、《山海經》、《搜神記》、《子不語》、《太平廣記》等

檔案no.3	名稱：鬼
樣貌	具有人的形狀但千奇百怪。
特點	鬼為人死後的一種狀態，看不到摸不著，偶爾現身。
出處	《禮記》、《搜神記》、《子不語》、《閱微草堂筆記》等

檔案no.4	名稱：白石生
樣貌	年齡兩千多歲，外表看似三十多歲。
特點	長壽
出處	《神仙傳》

檔案no.5	名稱：王靈官
樣貌	赤面髯鬚，身披金甲紅袍，三目，足踏金輪，左手掐靈官訣，右手持鋼鞭。
特點	道教護法神，一般道觀山門內第一座殿供奉的就是王靈官。
出處	《閱微草堂筆記》、《耳食錄》

檔案no.6	名稱：閻王秦廣王／蔣子文
樣貌	豹眼獅鼻，絡腮長鬚，頭戴方冠，右手持笏於胸前。
特點	為人時浪蕩無賴，成鬼後任性而為，為達目的不擇手段，做神後說一不二，但同時執法嚴明。
出處	《搜神記》、《閱微草堂筆記》

檔案no.7	名稱：曲阿神
樣貌	泥塑的神像。
特點	沒有立場，誰的口才好，聽誰的。
出處	《神鬼傳》

檔案no.8	名稱：土地神
樣貌	慈眉善目、白鬚白髮的老人。
特點	民間信仰之神。
出處	《閱微草堂筆記》

檔案no.9	名稱：雷神／雷公
樣貌	長約兩尺，雞爪尖嘴，長有翅膀，全身如墨，手持鐵錘，眼睛閃閃發光，腰間圍有黑皮。
特點	怕人類的排泄物。
出處	《子不語》

檔案no.10	名稱：掠剩使／掠剩鬼
樣貌	作古代武官打扮的神使。
特點	用各種方式掠奪人超出定數的錢財（古代的宿命論認為人一生的錢財數量已定）。
出處	《玄怪錄》

檔案no.11	名稱：烈傑太子
樣貌	少年英雄。
特點	民間信仰之神。
出處	《子不語》

檔案no.12	名稱：貓妖
樣貌	化為人後可男可女。
特點	世傳金華貓會在半夜月圓時，對月吸收精華，成妖之後，化為美人誘惑人；也有古人記載，貓會說人話，知過去，曉未來。
出處	《堅瓠集》、《夜譚隨錄》、《耳食錄》等

檔案no.13	名稱：花魄
樣貌	長約五寸，赤身無毛，通體潔白如玉。
特點	不怕人，有自己的語言，面露憂愁，怕曬，會被太陽曬乾，但澆水就能活過來。
出處	《子不語》

檔案no.14	名稱：貙人
樣貌	當人的時候一身紫衣，沒有腳後跟；做虎時，有五隻腳趾。
特點	有人形與虎形兩種形態，可隨心意變化，變成人後愛穿紫葛衣。
出處	《搜神記》

檔案no.15	名稱：畢
樣貌	巨大如高山，由無數隻眼睛組成。
特點	不知來歷，不知歸處，被扇子扇到後，眼睛會像蒲公英一樣四散飛去。
出處	《酉陽雜俎》

檔案no.16	名稱：鞠通
樣貌	綠色小蟲，背上有金線紋。
特點	藏於古琴中，喜吃古墨，可治耳聾。
出處	《琅嬛記》

檔案no.17	名稱：九尾蛇
樣貌	體型巨大，身體表面覆蓋著鱗甲，腰部以下有九條尾巴。
特點	所過之處，群獸瑟縮；捕食時會從尾巴下的小竅中彈出毒液，凡是被毒液彈中的野獸，會馬上死去。
出處	《續子不語》

檔案no.18	名稱：山魈
樣貌	嶺南獨有的妖怪，單腳，有反著長的腳後跟，手足都只有三根指頭。
特點	有雌雄之別，雌性喜歡塗脂抹粉，雄性喜歡金銀珠寶；它是森林之王，人若得到它的庇佑，可在森林中安枕無憂，有的山魈還會下山幫人種地。
出處	《廣異記》、《閱微草堂筆記》

檔案no.19	名稱：銀船怪、木偶怪
樣貌	銀船怪身子滾圓，宛如巨鱉，沒有腦袋；木偶怪外形為普通的木偶。
特點	喜歡在月下跳舞。
出處	《閱微草堂筆記》

檔案no.20	名稱：掃帚精
樣貌	掃帚的樣子，化為人後，是個喜歡戴花的小姑娘。
特點	藏入水裡會變成水鬼索人性命，有害；在人的家裡，會變成小姑娘，還會偷偷出門買花戴，無害。
出處	《子不語》、《閱微草堂筆記》

檔案no.21	名稱：匾額怪
樣貌	長著千百根觸鬚，像巨大的人臉，長有人的眉眼，會對人笑。
特點	喜歡騷擾人。
出處	《子不語》

檔案no.22	名稱：木勺怪
樣貌	二尺長，滿頭亂髮，亂髮上點綴著點點星光。
特點	淘氣，喜歡捉弄人。
出處	《酉陽雜俎》、《搜神記》

檔案no.23	名稱：枕頭精
樣貌	變成人後，是一個著黑色褲褶、沒有五官的漢子。
特點	每天傍晚都到人的家裡取火。
出處	《集異記》

檔案no.24	名稱：毛筆精
樣貌	會變成不足一尺的小人。
特點	出口成詩，很會推銷自己，很有智慧。
出處	《宣室志》

檔案no.25	名稱：宅妖
樣貌	家具的樣子。
特點	能跑能動，還能鑽入牆裡。
出處	《聊齋志異》

檔案no.26	名稱：金、銀、銅錢三怪
樣貌	金精，一身黃衣的人；銀精，一身白衣的人；銅板精，一身青衣的人。
特點	原形為古代金屬貨幣，無人之時會變成人。
出處	《列異傳》

檔案 no.27	名稱：怪手
樣貌	單獨的一隻大手，遍體帶毛，像是一個胡鹿（古代裝箭的器具）。
特點	憑空出現，或害人，或喜向人討要煎餅。
出處	《酉陽雜俎》

檔案 no.28	名稱：不倒翁
樣貌	泥塑不倒翁
特點	被一群三寸長的小人奉為王，自大，但被人捉住後馬上現出原形。
出處	《子不語》

檔案 no.29	名稱：牡丹精
樣貌	紫牡丹，巨大，上千朵花盛開時，花上浮現出一尺多高的美人。
特點	漂亮的小精靈
出處	《酉陽雜俎》

檔案no.30	名稱：竹葉精
樣貌	不足一尺高，有長有短，有肥有瘦，戴大笠帽，看不清面容，像不倒翁。
特點	怕人，人呼之後，化為流螢；被人捉住，化為竹葉。
出處	《子不語》

檔案no.31	名稱：騎蝶仙女
樣貌	一身紅衣，拇指大小，以巴掌大的蝴蝶為坐騎。
特點	在春光中駕駛著蝴蝶在鮮花中遊玩。
出處	《閱微草堂筆記》

參考書目

・先秦《山海經》
・西漢戴聖《禮記》
・西漢劉向《列仙傳》
・西漢劉歆《西京雜記》
・東漢趙曄《吳越春秋》
・東漢班固《白虎通義》
・東漢班固《漢書》
・三國曹丕《列異傳》
・三國張揖《廣雅》
・東晉郭璞《山海經校注》
・東晉干寶《搜神記》
・南朝無名氏《神鬼傳》
・唐朝谷神子《博異志》
・唐朝李亢《獨異志》
・唐朝張鷟《朝野僉載》
・唐朝張說《梁四公記》
・唐朝戴孚《廣異記》
・唐朝牛肅《紀聞》
・唐朝牛僧孺《玄怪錄》
・唐朝段成式《酉陽雜俎》
・唐朝皇甫氏《原化記》
・唐朝薛用弱《集異記》
・唐朝張讀《宣室志》
・唐五代杜光庭《神仙感遇傳》
・唐五代／宋代孫光憲《北夢瑣言》
・宋代徐鉉《稽神錄》
・宋代李昉、扈蒙等十四人共同編纂《太平廣記》
・無名氏《湖海新聞夷堅續志》
・元代伊士珍《琅嬛記》
・明朝吳承恩《西遊記》
・清朝王晫《龍經》
・清朝蒲松齡《聊齋志異》
・清朝袁枚《子不語》、《續子不語》
・清朝紀昀《閱微草堂筆記》
・清朝和邦額《夜譚隨錄》
・清朝樂鈞《耳食錄》
・清朝褚人穫《堅瓠集》
・清朝沈起鳳《諧鐸》
・清朝《山海經圖》彩繪本
・當代李劍國《中國狐文化》
・當代霍華德·菲力浦·洛夫克拉夫特（美）《克蘇魯的呼喚》

搜妖記
中國古代妖怪事件簿

作　　者　白龍
封面插畫　Agathe Xu
封面設計　石頁一匕
內頁排版　高巧怡
行銷企劃　蕭浩仰、江紫涓
行銷統籌　駱漢琦
業務發行　邱紹溢
營運顧問　郭其彬
責任編輯　李世翎
總 編 輯　李亞南
出　　版　漫遊者文化事業股份有限公司
地　　址　台北市103大同區重慶北路二段88號2樓之6
電　　話　(02) 2715-2022
傳　　真　(02) 2715-2021
服務信箱　service@azothbooks.com
網路書店　www.azothbooks.com
臉　　書　www.facebook.com/azothbooks.read
發　　行　大雁出版基地
地　　址　新北市231新店區北新路三段207-3號5樓
電　　話　(02) 8913-1005
訂單傳真　(02) 8913-1096
初版一刷　2022年11月
初版三刷(2)　2024年9月
定　　價　台幣450元

國家圖書館出版品預行編目 (CIP) 資料

搜妖記：中國古代妖怪事件簿/白龍著. -- 初版. -- 臺北市：漫遊者文化事業股份有限公司, 2022.11
336面；17×23公分
ISBN 978-986-489-720-9(平裝)
857.23　　111016703

ISBN　978-986-489-720-9